Natasha Narayan

Die Abenteuer von Kit Salter

Der Fluch des grünen Skarabäus

Bibliografische Information der Deutschen Nationalbibliothek:

Die Deutsche Nationalbibliothek verzeichnet diese Publikation
in der Deutschen Nationalbibliografie.
Detaillierte bibliografische Daten sind im Internet
über **http://dnb.d-nb.de** abrufbar.

1 2 3 4 5   14 13 12 11 10

Die englische Originalausgabe erschien bei
Quercus 21 Bloomsbury Square, London, WC1A 2NS
unter dem Titel „A Kit Salter Adventure: The Mummy Snatcher of Memphis“

Der Titelwortlaut „Der Fluch des grünen Skarabäus“ wurde gewählt mit freundlicher Genehmigung des Mosaik-Verlags, Berlin.

Umschlaggestaltung: Sabine Reddig unter Verwendung
einer Illustration von Emil Landgreen
Redaktion: Claudia Scharf

Printed in Germany

ISBN 978-3-473-34783-4

www.ravensburger.de

Natasha Narayan

Die Abenteuer von Kit Salter

Der Fluch des grünen Skarabäus

Band 1

Aus dem Englischen
von Yvonne Hergane-Magholder

Ravensburger Buchverlag

Teil 1

Was auch immer geschieht – folge stets deinem Herzen und deinem Gewissen.
Elfte Maxime aus der *Lehre des Ptah-Hotep*

Die Lehre des Ptah-Hotep wurde im 19. Jahrhundert von dem Franzosen Prisse d'Avennes im ägyptischen Theben entdeckt. Der sogenannte *Papyrus Prisse* wird auf etwa 2500 vor Christus (Mittleres Reich Ägyptens) datiert und befindet sich im Louvre in Paris. Es ist das älteste erhaltene Buch der Welt. Doch dieser Papyrus ist nur eine Kopie eines noch älteren Werkes, das um 3350 vor Christi Geburt entstanden sein dürfte, in den frühen Anfängen des ägyptischen Reiches. Dieses legendäre Werk allerdings verschwand schon vor langer, langer Zeit.

I

„Socken!“

Mein Vater, Professor Theodore Salter, blieb wie angewurzelt stehen. Ich sprang die Eingangsstufen hinunter und stürmte ihm hinterher.

„Was sagst du, Liebes?“

„Ach Papa, du hast es schon wieder getan!“

Er schaute mich bestürzt an.

„Papa! Wenn du bitte mal deine Füße betrachten könntest ...“

„Wieso, was ist mit ihnen?“

„Du hast vergessen, Socken anzuziehen“, erklärte ich. „Weißt du nicht mehr, was für Blasen dir das beim letzten Mal eingebracht hat? Du konntest kaum laufen, als du vom Museum zurückgekommen bist!“

Mein Vater sah auf seine Füße hinunter. Von Kopf bis Knie oder genauer: von seinem Zylinderhut bis zur ordentlich gemangelten Hose sah er wie der perfekte Gentleman aus. Nur die Füße steckten nackt in den steifen Lederschuhen.

„Wie außergewöhnlich!“, sagte er, als würde er jemand anderes Füße betrachten. „Wie um alles in der Welt konnte dies geschehen?“

Ohne ein weiteres Wort schlüpfte er aus seinen Schuhen und ging zurück zu unserem Haus. Heute schien er noch verwirrter zu sein als sonst. Ich seufzte, hob seine Schuhe auf und folgte ihm. Vor der Gartenpforte stieß er gegen eine Dame, die einen riesigen Hut trug. Ihr Pekinese jaulte und schnappte mit seinen spitzen Zähnchen nach meinem Vater.

„Bonaparte, aus!“, bellte die Dame und starrte Vater an, als wäre er geisteskrank.

Wie, fragt ihr euch jetzt wahrscheinlich, ist es denn auch möglich, dass ein Mann vergisst, seine Socken anzuziehen? Die Antwort lautet: Mein Vater ist anders als andere Männer. Sein Gehirn scheint nicht mit seinem Körper verbunden zu sein. Während seine Füße durch die Straßen von Oxford schlurfen, weilt sein Geist ganz woanders. Meist im Reich staubiger Manuskripte und längst ausgestorbener Sprachen.

„Was würde ich nur ohne dich tun, Kit?“, sagte er, sobald wir den sicheren Hort unseres Hauses betreten hatten und ich ihm seine Socken geholt hatte.

Ich weiß, was du ohne mich tun würdest, dachte ich. Du würdest in Morgenmantel und Puschen in dein Museum gehen. Aber das behielt ich für mich.

Mein Vater ist das Einzige, was mir auf der Welt geblieben ist. Seit dem Tod meiner Mutter vor sechs

Jahren hat er mich ganz allein aufgezogen. Inzwischen bin ich aber zwölf, und die Verhältnisse haben sich komplett verkehrt: Mittlerweile scheine ich mehr für meinen lieben alten Vater zu sorgen als er für mich.

Wenn es um antike ägyptische Sarkophage oder um die Übersetzung eines koptischen Pergaments geht, gibt es in ganz Britannien keine bessere Anlaufstelle als meinen Vater. Dafür versagt er jedoch bei den simpelsten Alltagsaufgaben. Schickt man ihn los, damit er ein Glas Marmelade einkauft, kommt er sicher mit Räucherhering zurück.

Die Bewohner von Nordoxford gelten allgemein als recht zerstreut. Aber selbst unter ihnen fällt Professor Theodore Salter besonders auf. Mein Vater ist anscheinend mit einem doppelt großen Gehirn geboren, hat dafür aber nur halb so viel gesunden Menschenverstand abbekommen. Manchmal habe ich das Gefühl, das Kindermädchen eines hochbegabten Krabbelkindes zu sein.

Vaters Wangen glühten, als er seine Schuhe zum zweiten Mal anzog. Er war ziemlich außer Atem.

„Alles in Ordnung?“, fragte ich.

„Ja, ich hab's nur etwas eilig wegen der Angelegenheit mit deiner Tante Hilda.“

„Welche Angelegenheit? Ist Tante Hilda nicht gerade auf einer Expedition in Ägypten?“

„Ja, genau darum geht es auch. Hast du die Zeitung noch nicht gelesen? Hilda ist wieder da, und sie kommt heute Vormittag ins Museum.“ Vater warf mir die Tageszeitung zu. Die Überschrift der Ausgabe vom 22. Oktober 1872 lautete:

Berühmte Forscherin schenkt Naturhistorischem Museum eine Mumie

Die berühmte Forscherin Hilda Salter, die im vergangenen Jahr in Persien die Perle der Panagar entdeckt hat, traf gestern wieder in London ein. Diesmal hatte sie ihre Reise ins ägyptische Nildelta geführt, zu den Gräbern von Memphis.

Der zwanzigköpfige Expeditionstrupp hatte sich der Erforschung des Pyramiden-Komplexes gewidmet, wo sich unter anderem auch das Grabmal des großen Pharao Isesi befinden soll. Berichten zufolge wurden sagenhafte Schätze entdeckt sowie enorme wissenschaftliche Fortschritte im Verständnis des alten Ägypten gemacht.

Dr. Howard Cartwright, der Leiter der Expedition, berichtete dem Reporter der *London Times* auf telegrafischem Wege: „Unfassbare Schätze! Entdeckung Isesi-Grabmal täglich erwartet. Englische Archäologen haben Nase vorn!“

Hilda Salter ist mit einem von Thomas Cooks modernen Ausflugsdampfern, der *Maharani,* in heimische Gefilde zurückgekehrt – im Gepäck eine ägyptische Mumie. Sie hat angekündigt, diese dem Naturhistorischen Museum von Oxford zu schenken.

„Wow! Eine echte Mumie“, keuchte ich. Sofort wirbelten in meinem Kopf Bilder herum von endlosen Sanddünen und hohläugigen Gestalten in ellenlangen, weißen Leinenwickeln. „Darf ich mitkommen, Papa? Bitte, bitte, bitte!“

„Ich bin spät dran. Jetzt muss ich eine Kutsche nehmen“, grummelte mein Vater. Schon war er wieder aus dem Haus und winkte einer vorbeifahrenden Droschke zu. Das Pferd, das die ziemlich schäbige Mietkutsche zog, kam langsam zum Stehen, und mein Vater stieg ein. Es war ein armseliges Exemplar Pferd, das erschöpft und halb verhungert wirkte. Es macht mich jedes Mal furchtbar wütend, wenn ich sehe, wie schlecht manche Leute ihre Tiere behandeln.

„Ich möchte aber wirklich, wirklich unheimlich gern mit!“, rief ich.

„Nicht jetzt“, wehrte mein Vater ab. „Ah, da ist ja schon Madame Minchin! Zeit für deinen Unterricht!“

Schmollend ließ ich meine Gouvernante eintreten. Mit einem viel zu breiten Lächeln sah sie zu Vater hin, aber dem entging dies ganz und gar. Das ist alles so ungerecht!, dachte ich. Ich hänge mit der langweiligen Minchin zu Hause fest, während im Museum Mumien und ägyptische Schätze eintreffen! Ich hasse es, noch ein Kind zu sein. Um die meisten praktischen Dinge rund ums Haus zu erledigen, bin ich offenbar schon alt genug – ich bin diejenige, die über unseren Speiseplan entscheidet oder der Haushälterin Anweisungen gibt.

Aber wenn es um wirklich interessante Dinge geht, werde ich plötzlich wieder wie ein Säugling behandelt!

„Guten Morgen, Kathleen.“ Die Minchin rauschte herein und rammte mir dabei ihren riesigen Reifrock gegen die Brust. Außer meiner Gouvernante nennt mich niemand Kathleen. Manchmal denke ich, sie macht es mit Absicht, weil sie weiß, wie ich diesen Namen hasse. „Wenn du bitte so freundlich wärst, mir in die Kinderstube zu folgen und deine Bücher vorzubereiten?“

Die Kinderstube befindet sich ganz oben unter dem Dach unseres Hauses. Sie ist ein großer, luftiger Raum mit verblichenen Tapeten, ausgestattet mit einigen Schreibpulten und einer Tafel. In einer Ecke steht mein rotgoldenes Schaukelpferd „Amelia“. Als ich klein war, bin ich immer auf ihr geritten, in letzter Zeit wurde sie allerdings sträflich vernachlässigt.

Kaum hatte ich mich auf meinen Platz am Fenster gesetzt, hörte ich auch schon Schritte auf der Treppe.

Es war Rachel Ani, meine beste Freundin. Sie ist nur wenig älter als ich und eine sanfte Schönheit mit ihrem Heiligenschein aus dunklen Locken und ihren Rosenknospenlippen. Während ich schnell ungehalten werde, ist Rachel ein wahrer Geduldsengel. Manchmal ist es schon fast anstrengend, wie vernünftig sie ist – aber sie sagt, ich könne mich glücklich schätzen, sie zu haben. Denn ohne jemanden, der mich immer wieder auf den Boden der Tatsachen zurückholt, würde ich mir ständig Ärger einhandeln.

Von ihrem Bruder Isaac war noch nichts zu sehen – wie üblich trödelte er noch auf der Straße herum. Die Anis sind Vollwaisen und leben bei ihrem Vormund, der fast genauso zerstreut ist wie mein Vater. Isaac ist nur ein Jahr jünger als Rachel, wirkt im Vergleich zu ihr aber wie ein kleiner Hundewelpe. Ständig fieselt er mit irgendwelchen Schrauben oder Drahtstücken herum und stellt sich vor, einmal ein großer Techniker und Erfinder wie Brunel zu werden. Ich nehme ihn nicht ernst. Unglaublich, dass es immer heißt, Jungen wären uns Mädchen weit überlegen – in Wahrheit sind es solche Kindsköpfe!

Die Minchin rückte gerade umständlich Bücher, Riechsalze und ein Glas Wasser an den richtigen Platz, als plötzlich Isaac hereinstürmte. Mit erschreckender Geschwindigkeit schlitterte er über den Fußboden und krachte direkt gegen den Tisch meiner Gouvernante, woraufhin das Wasserglas umkippte. Sofort ergoss sich das Wasser über den ganzen Tisch und verfehlte die Rockschöße der Minchin nur um Haaresbreite.

„Du liebe Güte!“, schrie sie und sprang entsetzt auf. „Was kommt denn wohl als Nächstes?“

„Entschuldigung“, keuchte Isaac.

Ich gab mir alle Mühe, nicht loszukichern, als mein Blick auf Isaacs Füße fiel. „Was in aller Welt ...“

„Wie findest du die?“, rief Isaac. „Meine neueste Erfindung: Rollschuhe!“

„Rollschuhe?“

„Ich hab die Dinger einfach an meinen Schuhsohlen festgemacht.“ Er stützte sich mit einer Hand am Pult ab und hob seinen Fuß. An der Sohle waren winzige glänzende Rollen befestigt. „Damit ist man schnell wie der Wind! Meine Rollschuhe werden aus mir einen reichen Mann machen!“

Ich fand die Rollschuhe auch großartig. Rachel hingegen schien entsetzt zu sein. „So ein Unsinn wird sich nie im Leben durchsetzen!“, zischte sie ihren Bruder an. „Nimm sie ab!“

„Und zwar sofort!“, fügte die Minchin hinzu. „Setz dich, Isaac. Ich werde mich ob deines ungebührlichen Verhaltens mit deinem Vormund unterhalten müssen. Und jetzt holt bitte alle eure Schulbücher heraus.“

Eine Minute später trat Waldo Guppy mit lautem Gepolter herein. Waldo liebt große Auftritte. Er ist Amerikaner und einfach unerträglich. Warum er von seiner früheren Schule abgehen musste, ist ein dunkles Geheimnis. Jedenfalls wird er jetzt mit Rachel, Isaac und mir unterrichtet, und er besteht darauf, uns immer „Kinder“ zu nennen. Ist selbst nur ein Jahr älter als wir Mädchen und behandelt uns, als wäre er unser Großonkel. Manche Leute finden Waldo mit seinen blonden Locken und den hellblauen Augen sehr attraktiv, und er selbst hält sich auf jeden Fall für ein Geschenk Gottes an die Menschheit. Wenn man mich fragt, ist er vor allem eins: arrogant.

Die Minchin setzte sich und betrachtete uns gelangweilt. „Also aufgepasst, meine kleinen Schüler“, sagte sie. „Ich denke, die Jungen sollten heute Vormittag Lateinvokabeln lernen. Euch beiden, Rachel und Kathleen, werde ich eine Zusatzlektion in Sachen Etikette erteilen. Schließlich wissen wir alle, dass insbesondere Kathleens Manieren zu wünschen übrig lassen.“

Dummerweise entschlüpfte mir ein Seufzer. Sofort starrte die Minchin mich an, und ihr Blick war so hart wie der Panzer der schwarzen Käfer, die ständig unter unseren Schreibtafeln herumkrabbeln.

„Irgendwelche Einwände, Kathleen?“

„Ich wüsste nicht, welchen Sinn Etikette haben sollte“, sprudelte es aus mir heraus. „Ich halte das für ein unnützes Unterrichtsfach.“ Waldo sah mich an und schnaubte, aber ich konnte mich einfach nicht bremsen. „Wieso dürfen wir nicht auch Latein machen?“

„Wenn du, wie jedes junge Mädchen, davon träumtest, bei Hofe eingeführt zu werden …“, zischte die Minchin.

„Dann würde ich schreiend aufwachen wie aus dem schlimmsten Albtraum“, unterbrach ich sie.

Selbst Rachel, die als Jüdin nie Teil der feinen Londoner Gesellschaft werden würde, wirkte angesichts meiner Worte entsetzt.

Die Minchin zog bestürzt die Luft ein. „Und wie gedenkst du einen Ehegatten zu finden, wenn du nicht debütierst, junge Dame? Ich nehme an, dir ist der nächste Kaminkehrer gut genug!“

„Ich will doch überhaupt nicht heiraten! Wieso sollte ich mir von einem Mann vorschreiben lassen, was ich zu tun und zu lassen habe?“

„Dich würde auch keiner nehmen“, raunte mir Waldo so leise zu, dass unsere Gouvernante es nicht hören konnte. „So einen Blaustrumpf wie dich will doch niemand haben. Du wirst als haarige alte Jungfer enden.“

„Lieber alte Jungfer als so ein Holzkopf wie du!“, keifte ich zurück. Lahme Antwort, aber etwas Besseres war mir nicht eingefallen, so wütend, wie ich jetzt war. „Etikette“, also der Benimmunterricht, war das Allerschlimmste für mich. Vater legt großen Wert darauf, mir „weibliche Tugenden“ beibringen zu lassen. Vielleicht weil meine Mutter nicht mehr lebt. Aber ich habe nun einmal nicht die Absicht, mein Leben mit dem Schnüren meines Korsetts zu verbringen und darauf zu warten, dass mich jemand zum Tanz auffordert.

„Wie allgemein bekannt ist“, fuhr ich etwas sanfter fort, „liegt mein Hauptinteresse mehr im Bereich der Worte. Ich möchte Sprachen studieren, vor allem alte Sprachen und Kulturen. Vielleicht werde ich, wenn ich älter bin, Forscherin wie meine Tante oder auch ...“

„Das reicht!“ Die Minchin schnitt mir das Wort ab.

Eine Sekunde lang war es so still im Raum, dass man die Tauben hören konnte, die in den Schornsteinen gurrten. Die Minchin presste ihre Lippen fest aufeinander, bis sie beinahe mit dem Kinn verschmolzen. Dann teilte sie die Lateinbücher an die Jungs aus. Ihre spitzen Absätze ließ sie laut über den Boden klackern – jedes Klackern ein einziger Ausdruck ihres Missfallens.

Dann schlug sie mit einer schnellen Handbewegung das Buch *Tadelloses Benehmen* auf, geschrieben von einem gewissen Jeffrey Young. Ein dämliches Buch, das uns Waldos Mutter geliehen hatte. Die hält ihren Sohn nämlich für den „perfekten kleinen Gentleman", wohingegen meine Manieren sie offenbar viel weniger beeindrucken.

Ich begann zu lesen:

Grundlegende Tischmanieren
Bei Tisch ist grundsätzlich darauf zu achten, dass man keine Geräusche erzeugt, weder vom Löffel schlürft noch schmatzt noch während des Kauens heftig atmet – all dies gilt als Zeichen niedriger Herkunft.

Wie so häufig im Unterricht meiner Gouvernante schweiften meine Gedanken bald ab und ich begann, im Kopf Listen zu erstellen.

Was ich gerne mag:

- Abenteuer
- auf meiner Scheckenstute Jesse ausreiten
- Pyramiden
- Kuchen mit Sirupüberzug, Eiscreme, Malzbonbons, Buttertrüffel und Karamellbonbons

Was ich gar nicht mag:

- mir „Benehmen“ beibringen lassen
- Korsetts
- Jungs, die sich für was Besseres halten als Mädchen
- Käse
- die Minchin, die Minchin und noch einmal die Minchin

Wieso konnte meine leidige Gouvernante sich nicht einfach in Luft auflösen? Ich wollte frei sein! Die Zeitungen waren voll mit aufregenden Berichten über die Forschungsreisen meiner Tante. Ich hatte jeden einzelnen verschlungen. Wochenlang hatte ich über seltsamen Inschriften uralter Grabmäler gebrütet, und mein Kopf war voll mit Bildern von Pyramiden und Kamelkarawanen im Wüstensand.

Die Blökstimme der Minchin drängte sich in meine Tagträume: „Kinder, ich fühle mich auf einmal ganz schwach. Ich glaube, ich werde kurz nach oben gehen und ruhen. Bitte fahrt mit euren Studien fort.“

In der Tat sah sie beunruhigend blass aus, ihre Haut hob sich milchig weiß neben ihren Ringellocken ab. Hastig rauschte sie aus der Kinderstube hinaus. Ihre Absätze klapperten die Treppe zu dem Tagesraum hinunter, in dem sie immer zu ruhen pflegte.

Meine Gebete waren erhört worden! Jetzt würden wir mindestens eine Stunde lang ungestört sein. Wenn die Minchin einen ihrer „Schwächeanfälle“ hatte, zog sie sich immer zurück und ward eine Weile nicht mehr gesehen.

Ich hatte zu diesen „Schwächeanfällen“ meine ganz eigene Theorie entwickelt. Einmal war ich nämlich zu ihr gegangen, um ihr eine Frage zu stellen, und hatte sie dabei ertappt, wie sie hastig etwas unter dem Bettüberwurf versteckte. Aber nicht hastig genug – ich hatte den Titel des bunten Buchumschlags noch lesen können: *Lady Audleys Geheimnis*. Es war eines der Bücher, die mein Vater verachtet, Geschichten voller Verbrechen und Herzschmerz. Ich persönlich finde sie ziemlich aufregend.

Aber im Moment war es mir vollkommen gleichgültig, womit die Minchin sich gerade beschäftigte. Dies war meine große Chance!

Schnell packte ich meine Bücher weg und eilte zur Tür. „Ich gehe“, verkündete ich. „Wer kommt mit?“

Sofort redeten alle wild durcheinander. Hastig erzählte ich den anderen von der Mumie, die heute im Museum eintreffen würde. Dort wollte ich hin! Die Gelegenheit konnte ich mir doch nicht entgehen lassen!

Isaac stürzte sich, ohne mit der Wimper zu zucken, ins Abenteuer, und Waldo – zu meiner großen Überraschung – ebenso. Nur Rachel zögerte.

„Dafür bekommen wir bestimmt großen Ärger“, sagte sie. „Miss Minchin kriegt Zustände, wenn sie zurückkommt und wir sind nicht mehr da.“

„Jetzt sei doch nicht so ein Windelpupser!“

„Sie gibt uns sicher tausend Strafzeilen zum Schreiben auf!“

„Das ist mir die Sache eindeutig wert!“, rief ich über die Schulter zurück und stürmte die Treppe hinunter, wobei ich zwei Stufen auf einmal nahm. Die Jungs folgten mir auf dem Fuße. Widerstrebend, um nicht als Einzige zurückzubleiben, schloss auch Rachel sich an.

„Die Sache gefällt mir nicht“, sagte sie. „Wenn es schiefgeht, sagt bloß nicht, ich hätte euch nicht gewarnt.“

Arme Rachel. Längst schon hörte ihr keiner mehr zu.

2

Vor dem Naturhistorischen Museum war schon einiges los. Kutschen, laut wiehernde Pferde, dunkelhäutige Fremde, die in Tücher und weite, weiße Tuniken gehüllt waren, Gepäckträger, die große Kisten schleppten und einander unter Geschrei anrempelten – alles wuselte wild durcheinander. Tante Hilda war schon immer ein Wirbelwind gewesen und das Chaos deutete darauf hin, dass sie nicht weit sein konnte. Ich stürzte mich mitten ins Getümmel – und bekam prompt einen Ellbogen ins Gesicht. Aber dann drang eine vertraute Stimme an mein Ohr.

„Mach schon, Junge, ich hab nicht den ganzen Tag Zeit."

Tante Hildas stämmige Gestalt schälte sich aus dem Durcheinander heraus. Ihr Gesicht war braun gebrannt und wettergegerbt, das Haar völlig zerzaust. Aber was mich am meisten erstaunte, war ihre Kleidung. Sie hatte ihren Rock abgelegt und trug – was für ein Skandal! – Hosen! Ich dachte erst, sie hätte sich als Mann verkleidet, aber dann ging mir auf, dass sie eine Art Reitbekleidung trug. Die Reithose war aus blauem Serge-Stoff und die Hosenbeine steckten in groben Schuhen, die selbst an meinem Vater klobig ausgesehen hätten.

Meine Tante war eben immer wieder für eine Überraschung gut.

„Das ist kein Sack mit Steckrüben, Sie ignoranter Flegel!“, fuhr Tante Hilda einen Gepäckträger an, der unter dem Gewicht einer Kiste von der Größe eines ausgewachsenen Sarges ächzte. „Ich bin doch nicht den ganzen Weg von Memphis angereist, um die Schätze des Pharao hier von einem nachlässigen Bengel zerstören zu lassen!“

Der „Bengel“, von dem sie sprach, war in Wirklichkeit ein Mann mittleren Alters. Tante Hildas Geschimpfe machte ihn nur noch unsicherer; ich fürchtete schon, er könnte die Kiste tatsächlich fallen lassen.

Hinter Tante Hilda zappelte mein Vater wie eine wild gewordene Marionette herum. Das war ein unglaublicher Tag für ihn, und in seinem Gesicht spiegelten sich die Leiden, die er durchmachte, ganz deutlich wider.

Ich zwängte mich mit meinen Freunden im Schlepptau durch die Menschenmenge.

„Kit? Wieso bist du nicht bei Miss Minchin?“, fragte mein Vater überrascht.

„Du hast doch gesagt, du brauchst Hilfe.“ Ich baute darauf, dass er sich nie daran erinnerte, was er noch vor ein, zwei Stunden gesagt hatte.

„Oh, schön“, sagte er abwesend, und sein Blick wanderte zu einem anderen Gepäckträger ab, der gerade eine Kiste von einem Wagen herunterhievte.

Tante Hilda gab es auf, den „Flegel“ mit Beschimpfungen zu traktieren, kam auf mich zu und verpasste mir eine forsche Umarmung.

„Können wir uns nützlich machen?“, fragte ich.

„Ah, du hast gleich Freunde mitgebracht! Na, ich denke schon, dass ihr euch nützlich machen könnt. Hier, Abdul braucht zum Beispiel Hilfe. Ich bezahle ihm jeden Monat zehn Schilling – dafür, dass er meine kostbarsten Besitztümer fallen lässt! Das ist Diebstahl am helllichten Tag!“

Ich fand, der arme Abdul machte seine Sache angesichts der riesigen Ausmaße der Kiste ausgesprochen gut, aber ich wusste, dass es auf der ganzen Welt keinen anspruchsvolleren Menschen gab als meine Tante. Wir scharten uns um Abdul herum und gemeinsam trugen wir die Kiste vorsichtig ins Museum. Ein paar andere Gepäckträger folgten uns, beladen mit noch größeren Kisten und Truhen.

Um zur Sammlung Pitt zu gelangen, mussten wir die Eingangshalle des Naturhistorischen Museums mit ihrer Kuppeldecke aus Glas und Stahl durchqueren. Langsam kämpften wir uns an den Vitrinen vorbei, in denen prähistorische Knochen und längst ausgestorbene Schmetterlinge ausgestellt waren.

Isaac liebt das Naturhistorische Museum und nennt

es das beste Museum der Welt. Mir gefällt darin natürlich vor allem die Sammlung Pitt, deren Direktor mein Vater ist. Obwohl die Gänge dort muffig und dunkel sind (manche nennen die Sammlung Pitt auch „das Loch“), beherbergen sie eine ganz bezaubernde Ansammlung von Kuriositäten, eine wahre Schatztruhe voll kunterbunter Kostbarkeiten. Von Hexen-Schrumpfköpfen bis zu hoch aufragenden Totempfählen – hier ist alles zu finden.

Kurz darauf standen wir schon im Vorraum der Pitt, wo mein Vater bereits wartete. Aufgeregt hüpfte er um uns herum und flehte uns an, unsere Last bitte, bitte, nur ganz vorsichtig abzustellen. Der Raum war mittlerweile bis oben hin voll mit Kisten, die teilweise mit dicken Seilen verschnürt und mit der Aufschrift VORSICHT, ZERBRECHLICH! versehen waren.

„Also, Theo – wie lautet der Plan?“ Tante Hilda kam herangerauscht.

„Der Plan?“

„Na, wo gedenkst du, das alles auszupacken?“ Sie deutete unwirsch auf die Kistenstapel. „Ich will überprüfen, ob meine Schätze auch wirklich sicher angekommen sind. Außerdem bin ich mit einem Kerl von der *Illustrated London News* verabredet. Ich gehe davon aus, dass er auch einen Künstler mitbringt, der einen Porträtstich von mir mit der Mumie macht. War bisher jedenfalls immer so.“

„Wie aufregend!“

„Nein, eigentlich ist das ausgesprochen langweilig, aber was soll's. Anscheinend kann die Öffentlichkeit einfach nicht genug von mir bekommen."

„Wir haben extra ein Zimmer leer geräumt. Möchtest du es sehen?"

„Ja, wäre wohl besser. Um sicherzugehen, dass dort kein schädliches Sonnenlicht oder Staub zu finden ist. Meine Sammlung ist etwas ganz Besonderes, Theo. Ich möchte, dass sie gebührlich behandelt wird."

Tante Hilda befahl den Trägern, draußen auf die nächste Kistenlieferung zu warten. Dann verschwand sie mit Vater in einen Flur. Und auf einmal waren wir vier allein mit der Mumie!

Langsam spazierte ich an den Kisten vorbei. „In welcher wohl die Mumie steckt?", fragte ich. Die lange Reise hatte Kratzer und dicke Staubschichten hinterlassen. Tausende von Meilen waren sie gereist, hatten auf dem Rücken von Kamelen geschaukelt, auf den starken Schultern von Gepäckträgern, waren per Dampfschiff und Kutsche transportiert worden. Welche Geheimnisse sie wohl bargen?

„Es muss eine große rechteckige Kiste sein", sagte Waldo. „Ich tippe mal auf diese hier." Er blieb vor einer Kiste stehen, die gerade einen Sonnenstrahl einfing. Waldo legte besitzergreifend eine Hand darauf, als gehörte sie ihm ganz allein, und seine blauen Augen glänzten vor Stolz.

Die Kiste war in verwittertes braunes Papier eingeschlagen und verschnürt. Ein ausgeblichenes Etikett prangte darauf. Wir scharten uns alle um sie herum.

„Was, wenn sie mit einem Fluch belegt ist?“, fragte Rachel.

„Mumien bringen nur demjenigen Unglück, der ihre Grabmäler schändet“, sagte Waldo. „Ich würde sagen, deine Tante muss gut auf sich aufpassen, Kit.“

„Huhuuu, der Fluch der Mumie!“ Isaac tanzte um die Holzkiste und stieß schauerliche Geräusche aus.

„Pst!“, sagte ich streng. „Das hier ist ein ernsthaftes, wissenschaftliches Museum. Wenn du nur herumalbern willst, mach das bitte woanders.“

Ohne mich zu beachten, machte Isaac mit seinem dummen Tänzchen weiter.

„Ruhe jetzt!“, fauchte ich.

Endlich blieb Isaac stehen. „Du bist ja schlimmer als die Minchin“, schmollte er.

Einen Moment lang versanken wir in Stille, nur das entfernte Rumpeln der Wagenräder draußen war zu hören. Da ertönte plötzlich ein Geräusch. Ein Stöhnen! Ein heiseres Stöhnen, das aus diesem Zimmer kam. Ich wirbelte zu Isaac herum.

„Raus hier! Mir reicht es mit deinen Späßen!“

„Das war ich nicht.“

Wieder ein Stöhnen, lauter diesmal, und begleitet von einem scharfen Knacken. Isaac konnte es eindeutig nicht gewesen sein, außer er hatte sich heimlich in einen Bauchredner verwandelt.

„Die Mumie!“, keuchte Rachel und klammerte sich an mir fest.

Das Geräusch kam aus der größten Kiste, die im Raum stand, aufrecht gegen die Wand gelehnt. Sie war so groß wie ein riesiger Schrank. Hatte ich mir das nur eingebildet oder hatte sie gerade leicht gewackelt?

Ein eisiger Schauer durchzog den Raum, wie der modrige Atem eines Geistes, der seit Tausenden von Jahren tot ist. Eine unerklärliche Angst ergriff mich – und offenbar auch meine Freunde, denn auf einmal waren wir alle wie erstarrt. Dann schüttelte ich mich. Meinen rasenden Herzschlag konnte ich nicht verlangsamen, aber immerhin brachte ich meine Beine dazu, sich vorwärtszubewegen. Langsam näherte ich mich der Kiste, während die arme Rachel mich vergeblich zurückzuhalten versuchte.

Da – wieder das grausige Geräusch! Das Stöhnen. Und diesmal gab es keinen Zweifel mehr daran, dass es aus der Kiste kam.

3

Die Kiste erbebte. Auf der einen Seite beulte sich das Holz aus, als wäre von innen irgendetwas dagegengefallen.

Rachel schrie.

„Pst!“, zischte ich.

Waldo raunte Rachel etwas Beruhigendes zu, aber mir fiel auf, dass er sich keinen Schritt näher auf die Kiste zubewegt hatte, um mir zu helfen. Ich sag’s ja, so sind Jungen eben – viel Gerede und nichts dahinter. Echter Mut ist was anderes.

Ich streckte eine Hand aus, um die Kiste zu berühren, da erzitterte sie wieder. Da war etwas drin! Etwas Lebendiges!

„Die M-M-Mumie ist erwacht“, stammelte Rachel.

„Eher ein kleines Tier. Eine Ratte oder so“, sagte ich, um sie zu beruhigen.

Da fiel mir etwas Seltsames auf. Alle Kisten waren mit festen, grünen Kordeln verschnürt worden, aber an dieser war die Schnur zerrissen.

Es gab nur eine Möglichkeit herauszufinden, was da los war. Mit einer schnellen Bewegung riss ich die Reste der Schnur herunter. Meine Freunde umringten mich und halfen mir dabei, die Kiste zu entwirren. Und dann machte ich – wobei meine Hand nur ein bisschen zitterte – den Deckel auf. Was erstaunlich leicht ging. Der Deckel lag nur lose auf und ließ sich, trotz seiner Größe und seines Gewichts, überraschend schnell abnehmen.

Es war dunkel im Inneren der Kiste. Nur der Sarkophag, der hölzerne Sarg, der das antike Skelett beherbergte, glänzte leicht golden. Die berühmte Mumie! Auf einmal fiel mir eine dunkle, zusammengekauerte Gestalt auf. Zwei Augen glitzerten mir durch die Schwärze weiß entgegen.

„Da drin ist irgendwas“, flüsterte ich. „Ein gefangenes Tier oder so.“

Langsam und inständig hoffend, dass es mich nicht beißen würde, steckte ich eine Hand in die Kiste. Sofort sprang die Gestalt auf, fegte meinen Arm beiseite und hüpfte heraus. Ich erhaschte nur einen Blick auf zerfetzten Stoff und braune Haut, dann war sie schon an mir vorbeigerauscht.

„Schnapp ihn, schnell!“, rief Waldo Isaac zu.

Jetzt sah ich auch, wer die Gestalt war – ein magerer Junge in einem zerrissenen Nachtgewand. Waldo stürzte sich auf ihn, aber der Junge war zu schnell. Flink schlüpfte er an uns vorbei und war schon einen Augenblick später an der Tür, die zum Naturhistorischen

Museum führte. Isaac stellte ihm ein Bein. Mit einem dumpfen Aufprall fiel der Junge vornüber zu Boden und blieb still liegen.

„Tu ihm nichts!“, rief ich Isaac zu und rannte zu ihnen hinüber.

Vorsichtig kniete ich mich neben den Jungen. Während die anderen sich um mich versammelten, versuchte ich ihn umzudrehen. Der Junge war staubig und dreckig und starrte mich aus weit aufgerissenen Augen an, verängstigt wie ein wilder Wüstenfuchs. Aber seine Nase und Lippen waren fein und schmal, die Augen groß und glänzend, die Wimpern schön geschwungen. Er wirkte beinahe hübsch – eher wie ein Mädchen als wie ein Junge.

„Wie heißt du?“, fragte ich sanft.

Stumm blickte er uns an, vier Fremde, die sich über ihn beugten und ihm Licht und Luft wegnahmen.

„Keine Angst. Wir sind Freunde.“

Waldo schob seine Hand nach unten, und bevor ich ihn daran hindern konnte, kniff er den Jungen fest in den Arm.

„Hör auf, uns etwas vorzumachen!“, sagte er barsch. „Was führst du im Schilde? Wolltest du die Mumienschätze stehlen?“

„Das reicht jetzt!“, keifte ich Waldo an. „Siehst du nicht, wie viel Angst er hat?“

Der Junge zitterte, und verzweifelt blickte er sich auf der Suche nach einem Fluchtweg nach allen Seiten um.

Sachte legte ich ihm eine Hand auf den Arm. Keine Ahnung, was ich dann sagte, wahrscheinlich machte ich eher nur besänftigende Geräusche, aber es schien ihn zu beruhigen.

Rachel, die gute Seele, legte ihm einen Arm um die Schultern, um ihm hochzuhelfen. Und diese Geste schien ihn am allermeisten zu trösten. Niemand, der in Rachels sanftes Gesicht blickte, hätte darin etwas anderes als Wärme und Güte erkennen können.

„Wollen doch mal sehen, ob er ein Messer hat", sagte Waldo.

„Ja, vielleicht will er uns erstechen", gab Isaac ihm Recht.

Sofort begann Waldo den fremden Jungen nach Waffen abzusuchen. Diese Dummköpfe! Natürlich fanden sie nichts.

„Sag uns, wie du heißt", bat ich den Jungen.

Aber die großen braunen Augen schauten sich nur weiter verängstigt im Raum um. Langsam fragte ich mich, ob der Junge vielleicht taubstumm war.

„Unmöglich!", sagte ich. „Er versteht uns nicht."

Rachel warf mir einen Seitenblick zu, wie um mich für meine Ungeduld zu rügen. Dann sah sie dem Jungen in die Augen, bis er ihren Blick erwiderte und sich endgültig beruhigte. Sie zeigte auf mich. „Kit", sagte sie, langsam und deutlich. Dann tat sie dasselbe bei den anderen und schloss mit sich selbst: „Ich, Rachel."

Endlich schien der Junge zu begreifen. Ein kleines

Lächeln erblühte in seinem Gesicht und gab den Blick auf zwei Reihen blendend weißer Zähne frei.

„Ich, Ahmed."

„Freunde", sagte Rachel.

„Freunde", wiederholte der Junge.

„Frag ihn, was er in dem Sarkophag zu suchen hatte", ging Waldo dazwischen.

„Vielleicht ist er ja ein Dieb", fügte Isaac hinzu.

„Eher ein Spion. Ein dreckiger Franzmann-Spion", keifte Waldo.

„Dann wäre er aber ein sehr schlechter Spion", entgegnete ich sarkastisch. „Noch eine Stunde in diesem modrigen Kasten und er wäre vermutlich erstickt."

Während die Jungs und ich uns zankten, war Rachel unbemerkt verschwunden. Nun kam sie mit einem Glas Wasser zurück und reichte es Ahmed. Wie ein Verdurstender stürzte er das Wasser mit drei großen Schlucken hinunter.

„Essen", sagte Rachel. „Er muss etwas essen."

Schon nahm ein Plan in meinem Kopf Gestalt an. Ich würde Ahmed bei uns zu Hause einschmuggeln, wir würden ihm etwas zu essen und anständige Kleidung geben. Und dann würde ich mit Rachels Hilfe seine Geschichte herausfinden. Er sah nicht viel älter aus als wir, höchstens zwölf oder dreizehn konnte er sein. Wie kam so ein armer Junge plötzlich nach Oxford, elendig bibbernd, obwohl es doch so ein milder Herbst war? Wie war er, so hungrig, zerlumpt, verängstigt und mutterseelenallein, den langen Weg aus seiner Wüstenheimat bis hierher gelangt?

Wie ihr euch denken könnt, war mir mittlerweile schon klar, dass der Junge Ägypter war. Die Augen, die so schwarz waren wie Ebenholz, die Tatsache, dass er kein Englisch sprach und in dieser Mumienkiste gesteckt hatte ... das waren eindeutige Hinweise. Wir hatten es offenbar mit einem ägyptischen blinden Passagier zu tun.

„Wir besorgen ihm etwas Brot und Käse", beschloss ich. „Wir nehmen ihn mit nach Hause und geben ihm etwas zu essen."

Plötzlich hörten wir Tante Hildas Stimme über den Flur schallen. „Du hast angemessene Vorbereitungen getroffen, Theo", sagte sie gerade. „Aber auch nicht mehr als das."

„Danke, meine Liebe."

„Lass die Dankesreden. Du solltest dir lieber Vorwürfe machen, dass du es auch besser hättest machen können. Aber nun gut – ich schlage vor, du taufst die Sammlung ‚Hilda Salters Vermächtnis'. Das ist wohl das Mindeste. Dies ist schließlich eine der wertvollsten Sammlungen ägyptischer Artefakte, die es gibt, wenn ich das ohne falsche Bescheidenheit mal so sagen darf."

„Ja, wirklich eine herausragende Sammlung", sagte mein Vater.

Tante Hilda war solch eine starke Persönlichkeit,

dass sie selbst den härtesten Mann in die Knie gezwungen hätte. Und mein Vater war weit davon entfernt, der härteste Mann zu sein. Seit er sich zurückerinnern konnte, hatte er Angst vor seiner großen Schwester gehabt.

Aber die Wirkung, die Tante Hildas Stimme auf Ahmed hatte, war dennoch überraschend. Bebend vor Angst sprang er auf und stürzte davon, wobei er sich schmerzhaft an einer Truhe stieß. Ohne einen Klagelaut rappelte er sich wieder hoch und stürmte weiter.

„Schnell, schnappt ihn euch!" Waldo rannte hinterher.

Zu seinem Glück war Ahmed genau auf die dunkle Ecke zugerast, in der es zum Büro meines Vaters ging. Dort holten wir ihn ein. Ich öffnete die Tür und ließ ihn ins Büro eintreten – es war Vaters Heiligtum, ein Raum voller Kisten, Schachteln, Keramikwaren, Pergamenten und uralten Knochensplittern. Hier gab es jede Menge Ecken und Winkel, in denen ein magerer Junge sich unbemerkt verkriechen konnte.

„Alles ist gut", sagte ich. „Hier bist du in Sicherheit. Hier kannst du dich verstecken."

Offenbar verstand Ahmed dieses eine Wort. Mit riesigen, angstvollen Augen sah er mich an. „Verstecken", wiederholte er. „Verstecken."

4

Ahmed kauerte sich in die dunkle Ecke zwischen den Schreibtisch meines Vaters und ein Bücherregal. Dem lauten Poltern nach zu urteilen, das durch die Wand drang, hatten mittlerweile etliche Träger den Raum nebenan betreten. Meine Tante teilte nach allen Seiten Befehle aus und mein Vater gab sich alle Mühe, sie zu befolgen.

Der ägyptische Junge hatte den schlimmsten Schrecken in der Zwischenzeit anscheinend überstanden, dennoch machte mich sein starrer Blick irgendwie stutzig. Wieso hatte er denn solch eine übertriebene Angst? Sicher, Tante Hilda ist ein ziemlicher Drache, wenn sie will, aber doch kein Unmensch! Unter ihrer rauen Schale klopft ein weiches Herz, da bin ich mir sicher. Aber der Junge reagierte auf ihre Stimme, als sei Tante Hilda der Teufel höchstpersönlich.

Nach einiger Zeit verebbte der Krach nebenan. Offenbar hatten Tante Hilda und mein Vater ein neues Betätigungsfeld gefunden, denn wir hörten, wie sich ihre Schritte entfernten. Ahmed sackte in sich zusammen und lag dann wie ein Häufchen Elend stumm am Boden. Meine Freunde und ich wechselten einen Blick. Ich zuckte mit den Achseln. Ich hatte keine Ahnung, was ich jetzt mit ihm machen sollte.

Schließlich kniete sich Rachel neben ihn hin.

„Ahmed“, flüsterte sie.

„Rachel.“

„Alles wird gut, Ahmed.“ Der Tonfall schien ihn zu beruhigen. „Dir wird nichts passieren. Bitte, du musst uns vertrauen.“

„Böse.“

„Nein, Ahmed. Wir wollen dir nichts Böses. Wir tun dir nichts.“

Der junge Ägypter richtete sich ein klein bisschen auf und ließ seinen flackernden Blick von einem zum anderen gleiten.

Man konnte ihm ansehen, dass in seinem Kopf tausend Gedanken durcheinanderwirbelten. Die mageren Hände verschwanden unter seinen Kleiderfetzen und holten ein Päckchen heraus, das in senfgelbes Wachstuch eingeschlagen war. Das Päckchen war höchstens acht mal acht Zentimeter groß und hatte an der Oberseite ein Loch, durch das eine rote Schnur gezogen war. Jetzt erkannten wir, dass es an der roten Schnur von Ahmeds Hals baumelte.

„Rachel“, sagte er. Dann holte er ein Pergament aus dem Päckchen und reichte es meiner Freundin.

Rachel drehte die Pergamentrolle in den Händen und strich vorsichtig über die Oberfläche. Das gelbe Wachstuch war fleckig und voller Staub. Kein Wunder, war es doch mit Ahmed um die halbe Welt gereist ... Die Inschrift, die darauf zu erkennen war, bestand aus drei mit grüner Tinte gemalten Schriftzeichen. Ich erkannte sie sofort: Hieroglyphen – die Sprache der alten Ägypter!

Zwar wusste ich, wie die Schriftzeichen hießen, aber lesen konnte ich sie deswegen noch lange nicht. Ich beschloss auf der Stelle, endlich zu lernen, wie man Hieroglyphen entzifferte, um ihnen ihre Geheimnisse entlocken zu können.

Rachel, zu deren besten Eigenschaften ein hervorragendes Gespür für anderer Leute Gefühle gehört, sah mir an, wie neugierig und aufgeregt ich war.

„Kit“, sagte sie zu Ahmed und reichte mir dann das Pergament.

Vorsichtig machte ich die Rolle auf. Ganz oben prangten die gleichen drei Schriftzeichen wie auf der Außenseite des Pergaments, aber darunter tat sich zu meiner großen Überraschung eine Nachricht in einer Schrift auf, die ich durchaus lesen konnte. Es war Englisch – in einer feinen, flüssigen Handschrift geschriebenes Englisch!

Meine Freunde scharten sich um mich und ich begann vorzulesen:

Dies sind die Worte eines Sterbenden.

Mein Name ist Mustafa El Kassul. Der Junge, der diesen Brief bei sich trägt, ist mein Sohn Ahmed.

Ich lebe mit meiner Familie in der Nähe von Memphis, in einem kleinen Dorf am blauen Wasser des Nils. Im Alten Reich der Pharaonen war Memphis die Hauptstadt des mächtigsten Landes der Welt. Welch Reichtum hier herrschte! Mächtige, aus Stein gehauene Pyramiden erhoben sich hier, goldglänzende Monumente, umgeben von grellweiß blitzenden Mauern. Aber jeder Reichtum zerfällt einmal zu Staub. Heute leben wir bescheiden, fahren unsere Getreideernte ein, hüten unser Vieh. Das Leben war uns wohlgesinnt.

Irgendwas stimmte nicht mit dem Brief. Ich hielt inne und sah Ahmed an. Er beobachtete mich argwöhnisch, und der Blick aus seinen großen, strahlenden Augen ging mir durch und durch. Das waren nicht die Augen eines Tieres, das gejagt wird, wie ich bis eben noch gedacht hatte. Dafür wirkten sie viel zu intelligent. Beinahe – aber das war ja unmöglich! –, als hätte er jedes Wort verstanden, das ich vorgelesen hatte.

„Dein Vater kann aber gut Englisch“, sagte ich.

Ahmed sah Hilfe suchend zu Rachel hin.

„Dein Vater. Er kann sehr schön schreiben.“ Ich tat so, als schriebe ich etwas auf.

„Ah!“ Ahmed schien ein Licht aufgegangen zu sein, und er sagte ein Wort, das ich nicht verstand.

Rachel, die ihn genau beobachtet hatte, sagte: „Ich glaube, er hat gerade so was wie ‚Schreiber' gesagt. Vielleicht hat jemand anders den Brief für ihn geschrieben, ein Dorfschreiber oder so."

„Na, bei uns gab es ja früher auch Dorfschreiber", sagte Isaac. „Vielleicht ist es in Ägypten bei den Bauern auch so – weil sie selbst nicht lesen und schreiben können, müssen sie ihre Briefe von einem der wenigen Schriftgelehrten schreiben lassen."

Ich sah wieder Ahmed an. Seine Augen waren schwarz wie Käferpanzer, glänzend und undurchdringlich. „Schreiber, Schreiber", wiederholte er mehrmals und nickte.

Ich beschloss weiterzulesen.

Doch irgendwann wandte sich das Schicksal gegen uns – und zwar in Gestalt meines eigenen Neffen Ali.

Eines Abends tauchte Ali nicht zum Abendessen auf. Wir fürchteten um sein Leben und beschlossen, ihn zu suchen. Zu meinem Entsetzen entdeckte ich, dass die Grabkammer von Ptah-Hotep, dem Wesir des Pharao Isesi aus der fünften Dynastie, entweiht worden war. Die Tür war ausgerissen, ein fauler Gestank drang aus dem Inneren. Jemand hatte einen toten Esel in den Schacht geworfen, dessen Verwesungsgestank Neugierige fernhalten sollte. Die Diebe waren wie eine Meute Schakale über das Grabmal hergefallen, hatten es in ihrer Gier geplündert und zerstört.

Mein Kopf wusste sofort, dass Ali dabei gewesen sein musste – auch wenn mein Herz sich weigerte, dies zu glauben. Immer wieder hatte er mich in der Vergangenheit nach dem geheimen Grabmal gefragt, bis ich ihm schließlich gezeigt hatte, wo es lag.

Aber es sollte noch schlimmer kommen. Der Herz-Skarabäus, der in Ptah-Hoteps Mumienbinden eingelegt gewesen war, war verschwunden! Dabei ist er doch außer für uns bescheidene Dorfleute, die er seit Urzeiten beschützt hat, für niemanden von Wert. Die Legende besagt nämlich, dass das Dorf von großem Unglück befallen werde, sollte der Herz-Skarabäus je Memphis verlassen.

Die Schande, ihn verloren zu haben, überwältigte mich. Ich sackte zu Boden und krümmte mich vor Schmerzen. Und seit jenem Tag bin ich ein gebrochener Mann, dem das Todesurteil dräut.

Unser Dorf ist verflucht und dem Untergang geweiht.

Seit der grüne Skarabäus des Ptah-Hotep verschwunden ist, hatten wir Missernten zu beklagen, verloren Ziegen aus unseren Herden, die Milch wurde sauer. Der Priester sagt, unsere Familie habe Unglück über das Dorf gebracht.

Die einzige Möglichkeit, dem Fluch ein Ende zu setzen, besteht darin, Ptah-Hoteps Skarabäus zu finden – den Sitz seines Ba, seiner Seele – und ihn wieder in sein Grabmal zurückzulegen.

Ihr, die ihr dies lest, mögt euch alle anderen Schätze zu eigen machen. Aber bitte sorgt dafür, dass die Seele des armen Ptah-Hotep wieder in Frieden ruhen kann.

Mustafa El Kassul

PS: Ptah-Hoteps Sarg ist üppig mit Gold und Türkisen geschmückt. Ihr werdet seinen Namen in der Schrift der Alten darauf finden sowie die Gestalten von Anubis, dem schakalköpfigen Gott, Maat, der befiederten Göttin der Wahrheit, und Ptah, dem Erschaffer der Welt. Der Herz-Skarabäus aus Malachit liegt unter den alten Leinenbinden der Mumien verborgen.

Bestürzt sahen wir einander an.

„Was ist denn ein Skarabäus?", fragte Waldo.

„Eine Art ägyptischer Käfer", erklärte Isaac.

Rachel hatte gar nicht richtig zugehört. „Wir müssen Ahmed helfen!", drängte sie.

„Ja", gab ich ihr zögernd Recht, aber ganz überzeugt war ich nicht. Ich mochte Ahmed. Er hatte ein ehrliches Gesicht und machte einen gewinnenden Eindruck, und ich war gern bereit, ihm zu vertrauen. Aber konnten wir das überhaupt? War seine Geschichte wahr? Hatte der Verlust des Skarabäus ein ganzes Dorf unter einen Fluch gesetzt?

„Wir müssen, Kit", wiederholte Rachel.

Ahmed starrte mich an, als wollte er sich in meine

Gedanken hineinwinden. Ohne ein Wort flehten seine Augen mich um Hilfe an. Er sah so verzweifelt aus.

„Einverstanden. Wir werden alles tun, um den Skarabäus zu finden und wieder nach Memphis zu bringen“, verkündete ich die Entscheidung, die ich soeben getroffen hatte.

Rachel war außer sich vor Freude und auf Ahmeds Gesicht blühte Hoffnung auf.

Nur Waldo wirkte noch misstrauisch. „Du willst einfach so die Worte eines Eingeborenen für bare Münze nehmen?“

„Warum denn nicht?“

„Na ja, weil ... Er ist doch nur ein Eingeborener!“

„Na und?“

„Es heißt, Eingeborene wären Lügner und Betrüger. Wie Kinder – sie kennen den Unterschied zwischen Richtig und Falsch nicht.“

„Alle Kinder, die ich kenne, können sehr wohl zwischen Richtig und Falsch unterscheiden. Mag natürlich sein, dass das in Amerika anders ist ...“

„Wahrscheinlich ist er nur hinter dem Schatz der Mumie her. Bekanntlich sind Eingeborene von Natur aus raffgierig!“

„Also wirklich!“, stieß ich hervor. Waldos Einstellung fand ich einfach widerwärtig, auch wenn ich an Ahmeds Geschichte selbst ein wenig gezweifelt hatte. Ich weiß, es ist keine gute Eigenschaft, aber wenn Waldo sich so zum Besserwisser aufspielt, kann ich gar nicht anders, als sofort den entgegengesetzten Standpunkt einzunehmen. Ich kann es nicht leiden, wenn jemand auf Menschen anderer Kulturen herabschaut – auf Menschen, die er überhaupt nicht kennt! Ich versuchte immer noch, meine Gefühle in Worte zu fassen, als Rachel plötzlich in ihrer ruhigen Art das Wort ergriff.

„Das sagt man über Juden auch. Es gibt viele Leute, die uns für raffgierig halten."

Waldo lief rot an. „Das habe ich nicht gemeint ...", begann er.

„Sieh ihn dir doch an!", ging ich dazwischen. „Er ist nur ein armer, verängstigter Junge. Und überhaupt – was für einen Schatz meinst du? Wir reden hier nicht von Gold und irgendwelchen Kostbarkeiten. Es geht nur um einen rostigen alten Skarabäus!"

„Der trotzdem einiges wert sein könnte."

„Und wenn schon – wer hat mehr Anrecht darauf, Tante Hilda oder die Dorfbevölkerung?"

Waldo war immerhin so anständig, zumindest einen Hauch seiner Selbstüberzeugung fallen zu lassen.

„Wir müssen ihm helfen", schloss ich. „Wir müssen uns für die Gerechtigkeit einsetzen."

Mit solch einem Motto konnte sich selbst ein eingebildeter Fatzke wie Waldo identifizieren. Wir würden also den Skarabäus stehlen! Obwohl man die Tatsache, dass man etwas an sich nahm, um es seinem rechtmäßigen Besitzer zurückzugeben, kaum Diebstahl nennen konnte. Sobald wir den Skarabäus hatten, würden wir nur noch eine Möglichkeit finden müssen, Ahmed eine sichere Heimfahrt auf einem Dampfer zu besorgen.

Wie man sich doch irren kann! Wir hielten es für eine Kleinigkeit, die Sache in Ordnung zu bringen. Wir sind doch Engländer, dachten wir, Schutzbefohlene von Königin Victoria – und Kinder des mächtigsten Reiches, das die Welt je kannte. Unsere tapferen Soldaten haben einen Großteil der Welt erobert – so groß, dass „im britischen Königreich die Sonne niemals untergeht". Was war all diese Macht wert, wenn man sie nicht für das Gute einsetzte?

Außerdem dachte ich insgeheim, so schwer kann es doch nicht sein, einem einfachen ägyptischen Bauernjungen zu helfen. Den Skarabäus zu stibitzen müsste doch ein Kinderspiel werden. Schließlich genoss ich im Museum das volle Vertrauen meines Vaters.

Aber unglücklicherweise verlief gar nichts nach Plan. In den darauffolgenden Wochen sollten wir so viel Angst und Schrecken durchleben wie noch nie zuvor – und in das Angesicht blanker Bosheit blicken. Wir alle sollten mehrfach auf die Probe gestellt werden. Und eure Freundin Kit Salter sollte die schwerste Lektion von allen lernen – ich musste nämlich die Erfahrung machen, dass ich nicht *immer* Recht habe. (Sondern nur in neunundneunzig Prozent aller Fälle.)

5

„Es ist mir eine Ehre, Sie wiederzusehen, Sir“, sagte Papa zwischen zwei Gabeln Fasanenauflauf zu Ahmed. „Wenn ich mich recht entsinne, haben wir uns letzte Woche bei der Königlichen Gesellschaft der Wissenschaften kennengelernt.“

Ich starrte meinen Vater an. Es war doch – selbst für ihn – unmöglich, dass er in Ahmed nicht einen Jungen sah, sondern einen seiner gelehrten Professoren, oder? Aber natürlich behandelt er jeden Menschen absolut gleich. Letzte Woche habe ich ihn dabei ertappt, wie er den jungen Mann, der zu uns immer die Küchenmesser schärfen kommt, nach dem seiner Meinung nach besten System der Entzifferung von Hieroglyphen fragte.

Der arme Ahmed sah Papa ähnlich verständnislos an. Während der Vorspeise – einer ziemlich wässrigen Schildkrötensuppe – hatte mein Vater ihn überhaupt nicht bemerkt, obwohl der junge Ägypter direkt zu seiner Linken saß. Deswegen hatte Ahmed wohl schon gedacht, der Kelch wäre an ihm vorbeigegangen.

„Bitte verzeihen Sie, Sir", versuchte mein Vater es noch einmal. „Ich bin so vergesslich. Ich fürchte, Ihr Name ist mir entfallen ..."

„Ich ... sein ...", stotterte Ahmed.

Wie sich herausstellte, verstand Ahmed nämlich durchaus einige Wörter auf Englisch, sofern man sehr langsam und deutlich sprach. Papas Wortschwall war jedoch eindeutig zu viel für ihn, und er wandte sich Hilfe suchend an mich.

Zum Glück fiel mir geistesgegenwärtig eine Notlüge ein: „Du erinnerst dich doch sicher an Ahmed, Papa? Tante Hilda hatte uns gebeten, ihn für ein paar Wochen bei uns aufzunehmen."

Die gerunzelte Stirn meines Vaters entspannte sich wieder. „Aber natürlich. Entschuldigung, wie dumm von mir."

Ich beugte mich über den Tisch hinweg und senkte die Stimme zu einem Flüstern. „Du musst mit Ahmed viel Geduld haben, er spricht kaum ein Wort Englisch." Ich wollte schon weiterreden, irgendeinen Unsinn darüber, dass Ahmeds Vater ein Pyramidenexperte sei oder so, aber dann entschied ich mich dagegen. Wenn man Papas Interessengebiete streifte, bestand immer die Gefahr, dass er sich doch etwas merkte.

Ahmed saß mir gegenüber, sein Gesicht wurde von unserer Suppenterrine halb verdeckt. Die Hälfte, die ich sehen konnte, blitzte vor Sauberkeit. Er trug ein weißes Hemd von Isaac, das an seinem mageren Körper schlackerte. Gleich nachdem wir vom Museum zurückgekommen waren, hatten wir Dora, dem Hausmädchen, dabei geholfen, heißes Wasser für ein Bad herbeizuschleppen. Ahmeds zerfetzte Kleider waren direkt auf den Müll gewandert, und dann war er gewaschen und geschrubbt worden, von oben bis unten, jeder Quadratzentimeter seines Körpers. Hinterher sah er aus wie ein ganz neuer Mensch, sauber und ordentlich, ein Bild von Wohlanständigkeit.

An diesem Tag aßen auch Rachel und ihr Bruder mit uns zu Abend, und dass Rachel neben Ahmed saß, war außerordentlich hilfreich. Der Junge himmelte sie regelrecht an. Wie ein verlassener Welpe hatte er sich meiner liebenswürdigen Freundin angeschlossen. Seine Augen folgten ihr überallhin, und wenn sie nicht in der Nähe war, wirkte er ängstlich und unsicher.

Ahmeds Tischmanieren hätte die Minchin sicher noch schlimmer gefunden als die meinen. Er aß kaum etwas und spießte das Fleisch mit dem Messer auf, obwohl ich versuchte, ihn durch einen Tritt unter dem Tisch auf den rechten Weg zu bringen. Beim Hauptgang machte er ein Gesicht, als wäre er gezwungen, Sägemehl zu essen. Doch dann, nach dem Fasanenauflauf, kam der absolute Höhepunkt des Abends – ein dickflüssiger, geschichteter Pudding, der einfach köstlich aussah. Die großzügig in Marsala-Wein eingelegten Biskuitschichten wurden von einem dicken Überzug aus Marmelade und steif geschlagener Sahne gekrönt.

Ahmed probierte zunächst nur einen einzigen Löffel. Anscheinend setzte er nur wenig Hoffnung in die britische Küche, die im Vergleich zu den üppig gewürzten Gerichten seiner Heimat enttäuschend fad schmecken musste. Doch zu meiner großen Freude wurde unsere Nationalehre durch den Pudding wiederhergestellt.

Kaum hatte Ahmed den ersten Löffel zum Mund geführt, breitete sich ein Ausdruck der Verzückung auf seinem Gesicht aus. Er schlang seine Portion hinunter und nahm dankend mehrmals Nachschlag. Offenbar können ägyptische Nachspeisen unseren englischen nicht das Wasser reichen!

Rachel, Isaac, Papa und mir schmeckte es genauso gut wie Ahmed. Wir hatten gerade den letzten Krümel verputzt und fühlten uns zum Platzen voll, als es an der Tür klingelte. Einen Moment später erschien Dora, das Hausmädchen, ganz aufgeregt im Esszimmer.

„Ich habe ihr gesagt, dass Sie gerade beim Abendessen sind“, sagte sie verzweifelt, „aber die Dame wollte nicht warten.“

„Geh mir aus dem Weg, Mädchen.“ Tante Hilda schubste Dora mit dem Ellbogen beiseite. „Theo, ich hatte gerade eine Eingebung!“

„Ähm ... wie schön, meine Liebe“, stammelte mein Vater, während Dora sich wie ein geprügelter Hund in die Küche zurückzog.

„Ein Geniestreich, könnte man sagen.“

Bei Tante Hildas Anblick hatte mein Herz sofort zu

wummern angefangen. Die Situation konnte brenzlig werden. Würde sie Ahmed enttarnen?

Aber ich hätte mir keine Sorgen zu machen brauchen. Tante Hilda war so von ihrer neuen Idee eingenommen, dass sie uns kaum eines Blickes würdigte. Sie hatte sich mittlerweile ein schlichteres Kleid angezogen, trug aber immer noch ihre Herrenschuhe und schleppte einen großen Beutel aus Sackleinen über der Schulter. Nun begann sie durch das Zimmer zu tigern, wobei ihre Schuhe auf dem Holzboden polterten, und schlug immer wieder mit der Hand auf den Tisch, um ihre Worte zu unterstreichen.

„Das wird Monsieur Champlon in Rage versetzen! Ja, selbst die Zeitungen in New York werden auf mich aufmerksam werden. Das wird eine internationale Sensation!"

„Worum geht ...", begann Papa, aber Tante Hilda schnitt ihm das Wort ab.

„Du weißt doch, wie viel Beachtung meine Sammlung bereits erfahren hat. Die *Times* hat über mich berichtet, der *Manchester Guardian* ..." Sie zählte die Zeitungen an den Fingern ab. „Mehr als ein Dutzend Zeitungen und Zeitschriften interessieren sich für mich und möchten bei der feierlichen öffentlichen Vorstellung von ‚Hilda Salters Vermächtnis' dabei sein." Sie ließ ihren Blick über uns wandern. „Ihr kennt mich ja. Ich mache keine halben Sachen. Und ich habe wenig Lust auf irgendwelche Bürgermeister, die langatmige

Reden halten. Also dachte ich, man sollte den Zeitungen etwas ganz Besonderes bieten. Und dann hatte ich eine Eingebung! Eine ganz wunderbare Idee!“

„Ja?“, fragte Papa zweifelnd.

Aber dann sagte Tante Hilda, als hätte sie uns eben erst bemerkt: „Nicht vor den Kindern, Theo.“

„Wie bitte?“, hakte Papa nach.

„Das besprechen wir unter vier Augen. Tut mir leid, meine liebe Kit, aber das ist eine private Angelegenheit. Wie heißt es so schön: Die Wände haben Ohren. Komm mit, Theo!“

Papa trottete hinter Tante Hilda her, die ins Wohnzimmer marschierte und die Tür hinter sich zuschlug.

„Ich bin gleich wieder da“, flüsterte ich meinen Freunden zu und folgte den beiden auf Zehenspitzen. Das Ohr an die Tür gepresst, versuchte ich ihr Gespräch zu belauschen. Aber leider konnte ich nur dumpfes Gemurmel hören. Ich wollte schon aufgeben, da wurden die Stimmen plötzlich lauter.

„Theo!“, bellte Tante Hilda.

„Das mache ich *nicht!*“, drang Papas Stimme an mein Ohr.

„Vielleicht habe ich mich nicht deutlich genug ausgedrückt …“

„Ich werde meine Meinung aber trotzdem nicht ändern.“

„Ist das dein letztes Wort in dieser Angelegenheit, Theo?“

„Ja."

Polternde Schritte näherten sich der Tür. Panisch drückte ich mich an die Wand, aber Tante Hilda bemerkte mich gar nicht, als sie die Tür aufstieß, obwohl sie kaum drei Zentimeter entfernt an mir vorbeirauschte.

„Dann werde ich Hilda Salters Vermächtnis eben woanders unterbringen müssen!", rief sie meinem Vater über die Schulter zu. „Morgen lasse ich meine Ausgrabungen an einen Ort bringen, wo sie angemessene Wertschätzung erfahren!"

„Tu das", erwiderte mein Vater. „Du wirst mich niemals dazu bringen, meine Meinung zu ändern."

6

„Wie konnte ich mich nur dazu überreden lassen?“, wimmerte Papa. Wir befanden uns im Hinterzimmer des Museums und mein Vater sah in seinem fließenden Anubis-Kostüm schon etwas lachhaft aus. Natürlich hatte der Arme sich am Ende doch dem Willen seiner Schwester gebeugt und wartete nun auf seinen Auftritt als ägyptischer Gott. Er wirkte dabei so panisch, dass man hätte meinen können, sein Henker würde gleich durch die Tür kommen, nicht das ehrenwerte Oxforder Museumspublikum.

„Du musst lernen, dich durchzusetzen, Papa.“

„Aber wie? Wie soll ich das schaffen?“

„Du musst üben, auch mal Nein zu sagen.“

„Das habe ich doch getan – mindestens tausend Mal.“

„Sag es lieber nur einmal – und bleib dann auch dabei. Dein Nein muss das letzte Wort der Unterhaltung sein.“

Aber er hörte mir schon nicht mehr zu.

„Ich bin geliefert“, stöhnte er – anscheinend hatte er unter den hereinströmenden Leuten jemanden erkannt. Ich folgte seinem Zeigefinger, der auf einen alten, weißbärtigen Herrn gerichtet war. Seine Begleiterin war in violetten Satin gekleidet und hielt einen schwarzen Sonnenschirm in der Hand. Die beiden nahmen in der Mitte der ersten Reihe Platz. Sie wirkten vornehm und eigentlich ganz nett, wenn auch ein bisschen mürrisch.

„Das ist Charles Darwin, Kit. Oje, das ist mein Ende!“

Mein armer, armer Papa! Der große Naturkundler Darwin ist sein absoluter Held. Darwins Theorie, dass die Menschen von den Affen abstammen, hat heftige Streitgespräche in der Wissenschaft ausgelöst, aber mein Vater hält ihn für den „größten Geist unseres Zeitalters“ und ist stolz, ihn zu seinen Freunden zählen zu dürfen. Wirklich gemein von Tante Hilda, Charles Darwin eingeladen zu haben. Von den Zeitungsleuten ganz zu schweigen. Wie konnte ich meinem Vater bloß helfen? Ich war genau wie er gezwungen, gute Miene zum bösen Spiel zu machen.

„Denk doch einfach an die unglaublichen Mumien, die Tante Hilda dir mitgebracht hat, Papa“, sagte ich. „Damit hast du die großartigste Sammlung von ganz Europa.“

„All die harte Arbeit und dann so was! Mr Darwin höchstpersönlich ist hier und wird gleich miterleben, wie ich die Hauptrolle in dieser lächerlichen Pantomime spiele." Die uralte, mit aufgeplatzter Goldverzierung überzogene ägyptische Maske des schakalköpfigen Gottes Anubis zitterte in seinen Händen. „Ich bin doch ein ernsthafter Wissenschaftler, Kit. Das hier wird meinen Ruf zugrunde richten. Mein Museum wird zum Gespött werden."

„Mr Darwin wird dich hinter der Maske überhaupt nicht erkennen. Also denk dran, Papa, was auch immer geschieht – nimm auf keinen Fall die Maske ab."

Lange konnte ich meinem Vater aber nicht mehr gut zureden. Waldo, Ahmed, Rachel und Isaac warteten schon auf mich. Das hier war unsere Chance. Wir mussten zur Mumie gelangen, bevor die große Theaternummer meiner Tante begann. Ich drückte noch einmal aufmunternd den Arm meines Vaters, dann schlüpfte ich in den Seitenflügel, wo ich die Mumie zu finden hoffte.

Der Raum war voller Staub und nur spärlich beleuchtet, aber tatsächlich – da war der Sarkophag, direkt vor mir am Boden. Sofort schlug mein Herz schneller. Der Sarkophag war wunderschön, mit Hieroglyphen und den Bildnissen der drei alten Götter verziert: Maat, die Göttin der Wahrheit, die am Kopf eine Feder trug, Ptah, Erschaffer der Welt, und Anubis, der Gott mit dem Schakalkopf.

„Wir müssen ihn aufmachen, helft mir!", flüsterte ich den anderen zu und machte mich daran, den schweren Holzdeckel anzuheben. Waldo folgte meinem Beispiel. Das Holz knackste laut, bewegte sich aber kein Stück. Mit aller Kraft versuchten wir es noch einmal – wieder ein Knacken, sonst nichts. Das Öffnen des Sarkophags würde eindeutig kein Kinderspiel werden.

„Gütiger Himmel!“, drang plötzlich eine Stimme an unsere Ohren. Tante Hilda stand vor uns, in ein weißes Gewand gehüllt, das sie wie eine ziemlich stämmige Mumie aussehen ließ. „Was um alles in der Welt macht ihr da?“

„Wir waren nur neugierig“, stammelte ich. „Wir wollten die Mumie sehen.“

„Das kommt nicht infrage. Dieser Sarkophag ist seit *Jahrtausenden* nicht geöffnet worden. Wenn den irgendjemand aufmacht, dann ich! Und jetzt schaut, dass ihr wegkommt. Wir müssen die große Mumienenthüllung vorbereiten.“

Während wir uns Richtung Theater verzogen, war ich ziemlich sauer auf mich selbst. Wir hatten unsere Chance, den Skarabäus zu finden, leichtfertig vertan.

Natürlich wollte Tante Hilda die Mumie im Rahmen der Feier enthüllen. Wieso hatte ich mich nur so lange mit Papas Gejammer aufgehalten? Wenn die Mumie nun ausgepackt wurde, würde Tante Hilda den Skarabäus sicher zwischen den Binden entdecken – und für uns würde es dann noch viel schwerer werden, ihn an uns zu nehmen.

Kaum hatten wir in einer Ecke Stehplätze gefunden, senkte sich schon die Dunkelheit wie eine Decke über den Saal. Ganz hinten im Raum schrie eine Frau auf. Es war so finster, dass wir selbst nur noch Schatten in der samtenen Nacht waren. Irgendwo läutete eine Glocke ihren Klageton. Ein merkwürdiger Geruch strömte in den Raum, moosig und schwer, wie der Duft nach verwaisten Gräbern und moderndem Fleisch.

Rachel tastete in der Dunkelheit nach mir und klammerte sich an meinen Arm. Der Klageton schwoll an, zwei gelbliche Gaslichter flackerten hell auf der Bühne auf, die Vorhänge glitten auseinander. Auf einem groben Eichenholztisch lag in all seiner Pracht der Sarkophag von Ptah-Hotep. Seine virtuos geschwungenen Hieroglyphen funkelten türkis, purpurrot und golden. Die gespenstischen Zeichen der alten Götter waren in unsere Gegenwart gereist, um den modernen Menschen heimzusuchen.

Zwei von Tante Hildas Helfern standen in helle Gewänder gekleidet rechts und links neben dem Sarkophag. Beide hatten je ein Sistrum in der Hand, ein altes ägyptisches Musikinstrument, das an eine Babyrassel erinnert. Als sie damit klapperten, tauchte eine gespenstische Gestalt aus der Dunkelheit auf. Spitze Ohren, eine lange, hundeähnliche Schnauze und dazu Augen, die in den grotesken Schatten seines Gesichts rot glühten. Eine goldene Kopfbedeckung floss ihm hinten bis über die Schultern. Anubis, der Schakalgott.

Auf spindeldürren Beinen tappte er an den vorderen Rand der Bühne, und um mich herum erhoben sich die verzückt verängstigten „Oooohs!“ und „Aaaaahs!“ der Damen im Publikum. Obwohl ich wusste, dass sich unter der Maske mein lieber Vater verbarg, erschauerte ich unwillkürlich. Etwas Raubtierhaftes haftete diesem jahrtausendealten, bösartigen Wesen an.

„Was ist schon das Leben eines Menschen? Nur ein einziger Herzschlag im endlosen Kreisen der Zeit“, drang die Stimme unter der Maske hervor. Sie klang heiser und hässlich, gar nicht wie die von meinem Vater. „Was sind schon eure jämmerlichen Vergnügungen? Was eure unbedeutenden Leiden? Alles zerfällt zu Staub unter dem gnadenlosen Blick von Ra, dem Unbesiegbaren.“ Der Schakal hielt eine Pfote hoch. Im kränklich gelben Licht rieselte ein dünnes Sandrinnsal zu Boden und bildete dort eine winzige Staubpyramide.

„Betrachtet nun die Liegestatt von Ptah-Hotep. Viertausend Jahre ist es her, dass er groß und mächtig war. Als Wesir des großen Pharao Isesi herrschte er über Leben und Tod. Männer erbebten, wenn er nahte, feine Damen wimmerten beim Anblick seines Schattens, Sklaven eilten beim leisesten Augenaufschlag herbei, um ihm zu dienen.

Und was ist er nun? Seine Macht ist zu Staub zerfallen, seine Reichtümer haben sich in eine Handvoll Sand verwandelt. Im Jenseits gelten Könige und Wesire nichts. Im Reich der Toten untersteht ihr alle allein meinem Urteil, Anubis, dem Führer der Unterwelt, Richter über eure Sünden.“

Ich sah regelrecht vor meinem inneren Auge, wie dieses Monster sich auf Friedhöfen herumtrieb und verrottende Leichen ausgrub. Ich fröstelte. Diesem Ding würde ich garantiert nicht in einer dunklen Gasse begegnen wollen. Mein armer Papa, so lange musste er in diesem Kostüm ausharren. Aber seine Darbietung hatte mich wirklich beeindruckt. Er hatte seinen Text perfekt verinnerlicht.

„Hör mir zu, Ptah-Hotep, Wesir des großen Pharao Isesi. Ich werde dich von den Toten wiederauferstehen lassen!“, dröhnte der Schakal.

Düstere Schatten jagten über die weißen Wände. Der Schakal beugte sich über den Tisch, seine Schnauze schwebte über dem Sarg, die Hände waren weit gespreizt. Stille senkte sich über das Publikum, jeder Mann, jede Frau und jedes Kind im Saal hielt den Atem an. Selbst mir ging es nicht anders. Rachel drückte meine Hand, und ich muss gestehen, dass ich ihre Berührung tröstlich fand. Sie war so warm, so echt.

Eine untersetzte Gestalt mit storchähnlichem Kopf erschien nun, schob den Schakal mit dem Ellbogen beiseite und verkündete: „Ich bin Toth, der Gott der Weisheit, und ich bin gekommen, um die Mumie des Ptah-Hotep zu enthüllen.“

Dann kam Toth auf uns zu. Seine Maske war eindeutig nicht so antik wie die von Anubis, denn der Schnabel glänzte frisch golden bemalt. Während der Schakal finster wirkte, erschien einem die Figur von Toth mit seinem nickenden Schnabel beinahe lustig. Ich hätte mir kaum jemanden vorstellen können, der einem Vogel weniger ähnlich gewesen wäre als meine stämmige kleine Tante.

Gemeinsam schritten Toth und Anubis, meine Tante und mein Vater, auf den hölzernen Sarg zu und bauten sich zu beiden Seiten auf. Ein Brechen und Knacken jagte durch den Saal, als das uralte Holz aufgezwungen wurde. Kurz darauf hoben die beiden den Deckel hoch und gaben den Blick auf etwas Weißes frei, das darunter hervorblitzte.

Ein Raunen ging durch das Publikum. Einige Zuschauer vergaßen ihre guten Manieren sogar so weit, dass sie sich auf ihre Sitze stellten. Toth und Anubis hoben die Mumie heraus, und die ägyptischen „Bengel“ eilten herbei, um den Sarkophag zu entfernen. Und dann, endlich, lag der altehrwürdige Leichnam in seinen verschlungenen Binden vor unser aller Augen auf dem Tisch.

Toth wankte nach vorn, tauchte unter die Mumie ab und kam dann, das Ende einer Binde in der Hand, wieder zum Vorschein.

„Halt!“, schrie plötzlich eine Stimme.

Es war mein Vater. Mit einer hastigen Bewegung riss er sich die Maske vom Kopf. „Halt!“, brüllte er noch einmal.

In meinen wildesten Fantasien hatte ich mir vorgestellt, die Mumie würde zum Leben erwachen, sich langsam vom Tisch erheben und auf die vor Entsetzen erstarrten Zuschauer zuschwanken. Aber *das hier* hatte ich mir eindeutig nicht vorgestellt. Nunmehr maskenlos beugte sich mein Vater über die Mumie und stieß vor Aufregung einen unverständlichen Wortschwall aus. Mit zitternden Händen riss er die Verbände der Mumie auseinander.

Wieso benahm er sich wie ein Wahnsinniger? Vor allem nachdem ich ihm noch eingeschärft hatte, bloß nicht die Maske abzunehmen.

Tante Hilda riss sich nun selbst die Maske vom Gesicht und rollte wie Donnergrollen auf ihren Bruder zu. „Theo! Bist du völlig verrückt geworden? Ich lasse dich in eine Nervenheilanstalt einweisen!“

Mein Vater wandte sich ihr zu. Aus jeder Hand baumelte ein Bündel Bandagen herab. „Aber siehst du es denn nicht?“, fragte er.

„Doch, ich sehe, dass du mich mal wieder im Stich gelassen hast!“

„Die Mumie ist nicht echt.“

„Wie bitte?“

„Sie ist nicht echt! Sie ist eine Kopie, eine Replik, eine billige moderne Imitation!“

„Unsinn.“

„Die Verbände sind neu. Darauf verwette ich mein Leben. So etwas wie Wüstenluft haben die noch nie geschnuppert!“

7

Tante Hilda brauchte eine Sekunde, um zu verstehen, was mein Vater gesagt hatte. Und noch eine Sekunde, um den Dieb zu benennen.

„Gaston!“, schrie sie auf. „Dieser elende Franzose Gaston Champlon hat mir meine Mumie gestohlen!“

„Beherrsche dich“, wimmerte Papa. „Bitte, Hilda, denk an deine ... ähm ... Würde!“

Im Publikum brach derweil Chaos aus. Mehrere Damen fielen in Ohnmacht und mussten an der frischen Luft mit Riechsalzen wieder zu sich gebracht werden. Einige der jüngeren Herren eilten den Mittelgang entlang zur Bühne, als wollten sie sich anbieten, jetzt und hier gegen den diebischen Franzosen ins Feld zu ziehen. Ein paar ältere Herren, dem Ansehen nach ernsthafte Wissenschaftler, erkundigten sich, was die Ursache des ganzen Aufruhrs sei.

Tante Hilda kochte vor Wut. „Gaston war schon immer neidisch auf meine ägyptischen Funde! Er ist ein hinterlistiger, knoblauchfressender Nichtsnutz!“ Sie rutschte zur Bühnenkante und schwang ihre Faust in Richtung unsichtbarer Franzosen. „Das bedeutet Krieg, Champlon. Ich werde dich jagen, und dann musst du für das bezahlen, was du mir angetan hast. Vor meiner Rache wirst du nirgendwo auf der Welt sicher sein!“

Mein armer Vater hängte sich an seine Schwester und versuchte vergeblich, ihre Aufmerksamkeit auf sich zu ziehen. Sie schüttelte ihn ab, als wäre er nur eine lästige Ameise. Papa hat etliche Freunde unter den Wissenschaftlern von Paris, und er ist ein Mann des Friedens, nicht des Krieges. Ich wusste, dass der Gedanke, seine Schwester könnte Unfrieden stiften, ihn sehr belastete. Gerade jetzt, wo die Erinnerung an Napoleon und seine kriegerischen Handlungen immer noch sehr frisch war.

„Kommt mit“, sagte ich zu meinen Freunden. „Lasst uns nachsehen, ob wir meinem Vater irgendwie helfen können.“

Vor uns schleppten sich mehrere Damen, die einen Schwächeanfall erlitten hatten, am Arm ihres Begleiters nach draußen. Überhaupt herrschte im Saal heilloses Durcheinander, da alle Zuschauer nach allen Richtungen zu fliehen versuchten. Aber irgendwie schafften es meine vier Freunde und ich, uns durch die Menge zu zwängen und zum Bühneneingang zu gelangen. Ich öffnete die Tür einen Spaltbreit, gerade genug, um die anderen hindurchschlüpfen zu lassen.

Als wir alle drin waren, schlug ich einem Herrn, der

mit seinem rattenähnlichen Gesicht nur ein Klatschreporter sein konnte, die Tür vor der Nase zu.

Jemand hatte den Vorhang gesenkt, und ich flehte insgeheim, dass der dicke Samt den Streit zwischen meiner Tante und meinem Vater dämpfen würde.

„Du brauchst Beweise. Du kannst diesen Mann doch nicht ohne Beweise anklagen“, sagte Papa gerade.

„Aber ich *weiß*, dass es Gaston war! Ich erkenne seine Methode wieder.“ Tante Hilda nahm ihre Toth-Maske in die Hand und schleuderte sie zornig zu Boden. „Er hat mir schon in Luxor den ganzen Ruhm vor der Nase weggeschnappt!“

„Wenn du dich irrst, kann er dir seine Anwälte auf den Hals hetzen. Er könnte behaupten, du würdest Verleumdungen verbreiten und seinen guten Ruf zu zerstören versuchen. Dann müsstest du Unsummen an Schadensersatz zahlen.“

Genauso gut hätte Papa sich die Mühe sparen können. Tante Hilda hörte nämlich nicht zu. Ein Schwall wütender – und nicht gerade damenhafter – Beleidigungen ergoss sich aus ihrem Mund, vor dem sich regelrecht Wutschaum angesammelt hatte. „Fauliger Frosch! Ekelhafte Eidechse! Gammeliger Ganove! Er will mich in den Ruin treiben!“

Ich näherte mich der Mumie. Dass die Binden nicht alt waren, hätte selbst ein Blinder mit Krückstock erkannt. Sie glitzerten regelrecht, so weiß waren sie. Unmöglich, dass diese Mumie mehrere Tausend Jahre unter Sand begraben gewesen sein sollte. Ich zog einmal fest an den Verbänden – sie ließen sich kinderleicht lösen. Schon bald hatte ich mehrere Meter abgewickelt und die sogenannte Leiche freigelegt. Die aus nichts anderem als einem Bündel Zweigen bestand. Ganz gewöhnlichen Ästen, die mit fester Schnur zusammengebunden worden waren.

Als sie die „Leiche" erblickte, wurde Tante Hilda auf einmal ganz blass. „Gaston macht sich über mich lustig. Er will mich bloßstellen, vor den Augen der Zeitungen aus aller Welt."

Auf einmal flatterte etwas aus den zerknüllten Bandagen in meiner Hand heraus und segelte zu Boden. Ich hob es auf und starrte es verdattert an. Und da außer mir niemand etwas gemerkt hatte, machte ich nun einen großen Fehler. Einen, den ihr hoffentlich nie gemacht hättet. Ich steckte den Fund in meine Tasche.

Dass gerade jetzt ein ägyptischer Diener auftauchte, trug netterweise dazu bei, dass niemand auf mich achtete. Er hatte ein voll beladenes Tablett dabei. Aus einer Teekanne stieg verführerisch duftender Dampf empor.

„Eine Tasse Tee vielleicht, Hilda?", flehte mein Vater. „Tee ist ganz hervorragend für die Nerven."

„Nerven? Ich pfeife auf meine Nerven! Ich will, dass Gaston verhaftet wird! Er soll dafür bezahlen!" Aber immerhin willigte Tante Hilda ein, sich zu setzen und eine Tasse Tee zu trinken.

Da klopfte es laut an der Bühnentür. Einen Augenblick später erschien ein Diener, gefolgt von einem älteren Herrn. Als ich den buschigen Bart erblickte, wurde mir ganz anders. Wie viele Schläge würde Papa noch einstecken können? Der Herr war nämlich kein anderer als Charles Darwin, sein großes Vorbild.

„Ich entschuldige mich untertänigst, Sir.“ In seinem Eifer, an die Seite des berühmten Forschers zu eilen, verschüttete Papa den Tee nach allen Seiten. „Ich hätte nicht zulassen dürfen, dass Sie Zeuge dieser geschmacklosen Farce werden. Auf gar keinen Fall!“

„Geschmacklos, ha!“, schnaubte Tante Hilda. „Es war eine genau durchdachte Inszenierung.“

„Bitte verzeihen Sie mir, Sir“, stammelte Papa. „Diese dümmliche und ...“

„Aber nicht doch, Theo“, unterbrach Mr Darwin ihn lächelnd. „Ich habe die Aufführung wirklich sehr genossen.“

„Bitte?“

„Ich hatte Spaß!“

„Spaß?“, wiederholte mein Vater, als wüsste er nicht, was dieses Wort bedeutet.

„Schon lange habe ich mich nicht mehr so amüsiert. Und Emma hat zu mir gesagt: ‚Charles, das war genau das Elixier, das deine Nerven jetzt gebraucht haben.‘“ Mr Darwin tätschelte Papas Arm. „Wirklich eine gelungene Sache.“

„Aber sie ist nicht ganz ... nach Plan verlaufen.“

„Das ist doch immer so, mein Lieber.“

Papa wirkte jetzt extrem erleichtert, was mich beruhigte. Und so bedeutete ich meinen Freunden, mir wieder ins Theater zu folgen, das sich mittlerweile ziemlich geleert hatte.

Die Besucher hatten sich im Vorraum versammelt. Dort standen sie in Pulks beieinander und unterhielten sich. Die köstlichen Kanapees und Gläser mit Champagner, die man für sie bereitgestellt hatte, waren größtenteils unangetastet. Waldo und Isaac schnappten sich ein paar Garnelen in Aspik, ich nahm mir eine Handvoll Käsebällchen. Nachdem ich den rattengesichtigen Zeitungsmann von vorhin abgewehrt hatte, der mich als Professor Salters Tochter erkannt hatte, flüchteten wir durch den Haupteingang aus dem Museum und setzten uns auf eine Parkbank.

„Tja“, sagte Waldo. „So wie es aussieht, hat also der Franzose die Mumie gestohlen. Ich frage mich nur warum.“

„Ich glaube nicht, dass er das war“, widersprach ich.

„Ach, was weißt du schon, Miss Besserwisser?“

„Ich *glaube* einfach nicht, dass es der Franzose war. Außer er wohnt zufällig in London, genauer gesagt im East End, und ist ein Meister im Nähen.“

„Was?“, stieß Waldo unhöflich hervor.

„Jetzt sprich nicht in Rätseln, Kit“, sagte Isaac. „Sag uns einfach, was du damit meinst.“

„Ich habe da so eine Idee.“ Ich zog das hervor, was

aus den Bandagen der Mumie herausgeflattert war – ein speckiges, wasserfleckiges Stückchen Stoff.

„Was ist *das* denn?“, fragte Waldo.

Rachel betrachtete das Fundstück neugierig. „Und was hat es mit der Mumie zu tun?“

„Darf ich es mal haben?“, bat Isaac.

Etwas widerstrebend reichte ich es ihm, und er drehte es aufmerksam nach allen Seiten. Schließlich erblühte ein Lächeln auf seinem Gesicht. „Du bist echt schlau, Kit.“

„Danke.“

„Jetzt reicht's langsam mit der Geheimnistuerei“, brummte Waldo.

„Ich mach doch gar nichts“, sagte ich.

„Natürlich. Du tust ganz geheimnisvoll, um dich wichtigzumachen.“

„Jetzt sperr mal deine Lauscher auf, Waldo“, sagte ich, nahm das Stück Stoff und hielt es hoch. „Das ist eine Schneidermarke. Schneider nähen doch immer ein Etikett in ihre Kleider, um sie als Erzeugnis ihrer Firma zu kennzeichnen. Hier, da sind die Initialen des Schneiders und dann noch ein S ...“

„Ein großes S und dazu ein kleines p – Spitalfields“, warf Isaac ein. „Die Bandagen der Mumie stammen also von einem Schneider mit den Initialen MZ.“

„Und Spitalfields ist die Londoner Gegend, wo die meisten Schneider der Stadt angesiedelt sind“, fügte ich hinzu. „Die Verbände der Mumie sind also Leinenreste, die bei einem der dort ansässigen Schneider angefallen sind. Wir müssen jetzt nur noch den Schneider finden, auf den die Initialen passen."

Waldo war unwillkürlich beeindruckt. Er lief rot an – schließlich war er gerade von einem *Mädchen* vorgeführt worden. „Wahrscheinlich gibt es in Spitalfields Dutzende von Schneidern mit den Initialen MZ", murmelte er, aber ich beachtete ihn gar nicht. Er versuchte ja nur, das Gesicht zu wahren.

„Ich mache mich gleich auf den Weg", verkündete ich.

„Darf ich mitkommen?", fragte Isaac eifrig.

Isaac ist wirklich ein zuverlässiger Freund. Er hat Sportsgeist und ist einer Herausforderung nie abgeneigt.

Was die anderen anging ... Es war, als hätte ich angekündigt, ich wolle zum Mond fliegen, nicht einfach nach East End gehen. Natürlich gibt es jede Menge Gerüchte über diesen Stadtteil von London – er soll eine Brutstätte der Sündhaftigkeit sein.

Schon lange habe ich davon geträumt, mir das Ganze mal anzusehen. Rachel hatte mit Abstand am meisten Angst. (Manchmal wünsche ich mir wirklich, ich hätte eine abenteuerlustigere Freundin.) Sie runzelte die Stirn, während Waldo nur die Nase rümpfte, wohl in der Hoffnung, das sei eine besonders männliche Geste. Ahmed hingegen war die ganze Zeit still und versuchte angestrengt, unserer Unterhaltung zu folgen.

„Hast du Angst?“ Ich lächelte Waldo an. „Du musst nicht mitkommen, wenn du denkst, das sei zu gefährlich.“

„Von wegen!“, schnaubte er kühl. „Klar komme ich mit – ihr braucht doch einen Aufpasser. Einer muss ja auf euch Kinder aufpassen.“

„Dann fürchte ich, dass du ganz umsonst mitkommst“, erwiderte ich. „Ich kann nämlich bestens auf mich selbst aufpassen.“

Teil II

Zuhören können ist besser als alles andere – auf diese Weise wird die perfekte Liebe geboren.
39. Maxime aus der *Lehre des Ptah-Hotep*

8

„Hilfe!", schrie ich. Ich war auf irgendetwas Gammeligem ausgerutscht und ins Straucheln geraten. Und ich wäre sicher mit dem Allerwertesten im Matsch gelandet, wenn mich nicht jemand mit starken Armen unter den Ellbogen aufgefangen hätte. Ich wirbelte herum, um zu sehen, wer meine Rockschöße vor dem Dreck bewahrt hatte. Oh nein, das hatte ich befürchtet!

„Danke", murmelte ich und untersuchte meinen Stiefel. Die Haut eines halb vertrockneten Aals klebte an der Sohle. Mit den Fingerspitzen zog ich sie ab und schleuderte sie angewidert beiseite.

„War mir ein Vergnügen", sagte Waldo grinsend. „Stets zu Ihren Diensten, meine Damen."

Ich hätte gern etwas Gemeines gesagt, um das selbstgefällige Grinsen aus seinem Gesicht zu vertreiben, aber zu meinem Ärger fiel mir auf die Schnelle nichts ein.

„Alles klar bei dir, Kit?", fragte Rachel, die herbeigeeilt kam.

„Mach dir um mich keine Sorgen. Achte lieber darauf, selbst auf den Füßen zu bleiben."

„Wir hätten nie hierherkommen dürfen." Sie legte mir eine Hand auf den Arm und starrte voller Angst um sich.

Bis zu diesem erniedrigenden Erlebnis war alles nach Plan verlaufen. Gestern hatte ich Papa erzählt, dass ich in Londons schicker Einkaufsstraße Regent Street bummeln gehen wollte, und da er ohnehin mit dem Mumienproblem beschäftigt war, willigte er schnell ein. Er freut sich immer, wenn ich an irgendwelchen weiblichen Aktivitäten Interesse finde.

Dann hatte er mir großzügigerweise gleich drei Guineen in die Hand gedrückt, und wir hatten ausgemacht, dass Tante Hilda uns ein paar Tage in ihrem Haus in London aufnehmen würde. Aber statt uns im glitzernden Londoner West End abzusetzen, wo meine Tante Hilda wohnte, hatte uns die Kutsche hier in die Petticoat Lane gebracht, in den Osten von London – in den Stadtbezirk, in dem die Schneider angesiedelt waren.

Es war eine finstere Ecke: das Reich der schmierigen, schmutzigen Lumpen. Fracks, Gehröcke, Livreen, Stoffe, Kniehosen – hier war alles zu finden. Herrenbekleidung in allen Schwarz-, Braun- und Blauschattierungen und dazu Damenkleider: schlichte Gewänder in glanzlosem Pflaumenblau und Lila, schmuddeligem Kastanienbraun und Grün. Tausende von Schuh- und

Stiefelpaaren, glänzend und frisch poliert, türmten sich über den Abflussrinnen und Abwasserkanälen. Bei genauem Hinsehen waren die abgetragenen Sohlen und gespaltenen Absätze zu erkennen, das gerissene, geflickte Leder. Den Gipfel des Stiefelberges bildeten zerfetzte Taschentücher und Unterwäsche aus Spitze, so ausgewaschen und zerschlissen, dass sie wohl nie wieder weiß werden würden.

„Solche Fetzen würde ich nie tragen", murmelte ich.

Rachel sah mich vorwurfsvoll an. „Vielen Leuten bleibt aber nichts anderes übrig, Kit. Entweder sie tragen ‚solche Fetzen' oder sie frieren sich tot."

Sofort schämte ich mich für meine Worte. Wieso muss Rachel immer Recht haben? Es ist, als hätte sie eine private Telegrafenleitung zum Gott der gnädigen Herzen.

Die Gasse war voller zerlumpter Menschen, und jetzt, wo Rachel es ausgesprochen hatte, erkannte ich auch, dass die meisten in genau die Art von Kleidern gehüllt waren, wie sie überall um uns herum zum Kauf angeboten wurden. Die Frauen wirkten erschöpft, ihre Augen lagen tief in den Höhlen, manche hatten wimmernde Babys auf der Hüfte sitzen oder in einem Tuch vor der Brust hängen. Die Männer waren mager und von Krankheiten und Kämpfen ausgemergelt. Halb nackte Kinder spielten in den Abwassergräben. Der Gestank nach Abfall, Schweiß, Bratfett und Schmutz stieg in grünlichen Schwaden in die Luft. Ich hatte keine Ahnung gehabt, dass Schmutz so riechen kann. Es war so atemberaubend ekelhaft, dass ich mir am liebsten das Taschentuch vor die Nase gehalten hätte. Kurzfristig dachte ich sogar, ich würde ohnmächtig werden, als hätte ich einen Schwächeanfall wie die Minchin.

„Das nicht London“, sagte Ahmed und sah sich verwundert um. „Wo?“

„Doch, das ist London“, erwiderte ich. „Der Londoner Bezirk East End.“

„London reich. Größte Stadt Königreich. Reichste Stadt Welt.“

Er hatte ja eigentlich Recht. Natürlich ist London die größte und beste Stadt der Welt. Ich beschloss auf der Stelle, ihn an einen schönen, beeindruckenden Ort zu bringen, in den Regent's Park vielleicht.

Ahmed schüttelte den Kopf. „Das hier wie schlimmer Ort in Kairo. Sehr schlimmer.“

„Auch bei uns gibt es arme Menschen“, antwortete ihm Rachel.

Aber Ahmed schien nicht ganz überzeugt zu sein. Wahrscheinlich hatte er Geschichten über London gehört, die ihn glauben ließen, hier seien die Straßen mit Geldmünzen gepflastert. Um ehrlich zu sein, auch ich war etwas schockiert. Noch nie war ich so dankbar für unser gemütliches Haus in Oxford gewesen, für die goldenen Kirchturmspitzen drum herum, die grünen Felder und die frische Luft.

„Isaac! Isaac!“, schrie Rachel plötzlich los. „Isaac! Wo bist du?“

Er war verschwunden. Überall um uns herum waren schmutzige Hauben, schmierige Zylinder und schmuddelige Filzhüte zu sehen, aber von Isaacs brünetten Locken keine Spur.

Ich hatte das Gefühl, als würde mir jemand plötzlich den Boden unter den Füßen wegziehen. Doch ich musste mich zusammenreißen, schließlich hatte ich die anderen mit hierhergeschleift. Ich war also für alles verantwortlich.

„Vielleicht ist er den Hautabziehern in die Falle gegangen“, stöhnte Rachel. „Das ist alles nur deine Schuld, Kit!“

Wie oft hatten wir schon die Geschichten gehört – von „Hautabziehern“, die Kinder mit Süßigkeiten in finstere Gassen lockten, um ihnen dort die Kleider zu stehlen und sie nackt zurückzulassen. Sie rotteten sich zu Banden zusammen und überfielen ihre Opfer sogar am helllichten Tag!

Ahmed zupfte an meiner Hand.

„Nicht jetzt, Ahmed. Wir müssen erst Isaac finden“, sagte ich kurz angebunden.

„Bitte schauen, Kit – Isaac da!“

Ahmed zeigte in eine Gasse, die sogar noch heruntergekommener war als die Petticoat Lane. Auf einem dreckigen Straßenschild stand Raven Row. Ein Stück die Gasse hinunter war irgendwas im Gange. Bei genauerem Hinsehen erkannte ich Isaac, der sich ganz sorglos zu einer aufgeregten Menge dazugesellt hatte.

Nach kurzem Zögern atmete ich noch einmal tief durch und stürzte mich dann ins Getümmel. In dieser schmuddeligen Gasse war von Licht und frischer Luft keine Spur mehr. Die rußgeschwärzten Häuser neigten sich grotesk nach innen, als wären sie betrunken und könnten jeden Augenblick zusammenbrechen und im Vollrausch liegen bleiben. Durch den Dampf, der aus den Abwassergittern herausdrang, konnte ich die niedrigen Hütten erkennen, in denen die Leute hier hausten. Neun, zehn, elf Männer und Frauen kauerten darin und nähten, als hinge ihr Leben davon ab.

„Was hast du dir dabei gedacht!", schimpfte Rachel los, als wir ihren kleinen Bruder erreicht hatten. „Das hier ist eine gefährliche Gegend. Wir müssen immer zusammenbleiben!"

Isaac machte sich gar nicht erst die Mühe zu antworten, sondern deutete auf die Leute vor sich. Ein dunkelhäutiger Mann, dessen eine Gesichtshälfte von einer Messernarbe entstellt war, hatte eine weiße Ratte auf dem Arm und eine Karotte im Mund. Im nächsten Augenblick sahen wir, wie die Ratte seinen Arm hochlief, einen Überschlag machte, sich wieder aufrappelte und sich dann die Karotte aus dem Mund ihres Besitzers schnappte. Die Menge jubelte, ein paar Kupfermünzen wurden klimpernd in den Hut des Mannes geworfen.

„Vielleicht könnte ich ja so was Ähnliches erfinden",

sagte Isaac aufgeregt. „Eine kleine mechanische Ratte, die Kunststücke machen kann.“

„Komm jetzt“, sagte ich und zog ihn am Arm von der Menschenmenge weg. „Wir haben Ermittlungsarbeit zu erledigen.“

Da fiel mir etwas ins Auge: ein Schild am Ende der Gasse, auf dem in großen Lettern ZWINGLER stand. Wir kämpften uns durch das Gedränge, vorbei an zahllosen Ausbeuterbetrieben und kleinen Schneidereien, bis wir schließlich bei dem Laden ankamen. Der Eingang war mit haufenweise Militärkleidung verstellt, ein erfreulich grellroter Klecks in dieser tristen, grauen Umgebung. Unter dem großen Namensschild stand in kleineren Buchstaben: „Moses Zwingler, Tuchhändler und Schneider der Gentry. Kleiderherstellung in vollendeter Qualität.“

Das Geschäft schien leer zu sein – nur ein dünnes, vielleicht neunzehn Jahre altes Mädchen war da, mit fahlem Gesicht, rot geränderten Augen und überraschend üppigen brünetten Locken. Richtig gebürstet und gewaschen würden sie wirklich schön ausgesehen haben, fast wie Rachels engelsgleiche Löckchen.

Wir bahnten uns einen Weg durch die Tuchberge und sahen uns um. Es dauerte nicht lange und Waldo rief uns mit einem Pfiff zu sich.

„Hier hast du deinen Hinweis, Miss Detektivin“, sagte er.

Tatsächlich, er hatte ihn gefunden! Im Inneren eines

Zylinderhuts klebte eine Schneidermarke, deren Anfangsbuchstaben dieselben waren wie die auf dem Stofffetzen, den ich in der Mumie gefunden hatte. Erst sah es aus, als wollte Waldo den Hut gar nicht aus der Hand geben. Aber ich entriss ihm das Beweisstück und stapfte damit auf die junge Verkäuferin zu.

„Wo ist dein Dienstherr?“, fragte ich.

Sie starrte mich verständnislos an.

„Wir möchten Moses Zwingler eine Frage stellen.“

Immer noch blickten uns die hohlen, braunen Augen an, als wäre das Mädchen begriffsstutzig. Ahmed war es schließlich, der die Situation verstand. Er zupfte an mir und flüsterte: „Sie nicht Englisch sprechen.“

Aber natürlich, sie musste aus einem anderen Land stammen. Vielleicht aus Russland, den seltsamen Schriftzeichen auf einigen Kleidungsstücken nach zu urteilen.

„Und was machen wir jetzt?“, murmelte ich.

Zu meiner Verblüffung übernahm Rachel plötzlich das Kommando. Sie beugte sich vor und begann in einer fremden Sprache auf die Verkäuferin einzureden, was diese sichtlich überraschte. Rachel stützte sich auf dem schmutzigen Verkaufstresen ab und hörte nicht auf, leise und sanft zu sprechen. Kurz darauf beantwortete das magere Mädchen erst eine Frage, dann purzelten die Wörter auf einmal wie ein Wasserfall aus ihrem Mund heraus.

„Worüber reden die denn?“, fragte ich Isaac.

„Meine Schwester kann ziemlich gut Hebräisch. Ich weniger. Ich gehe nur ungern in die Synagoge."

Aber natürlich – der Laden musste einer jüdischen Familie gehören.

„Was ist hier los, Rachel?", fragte ich. Rachel und das Mädchen unterhielten sich angeregt und schienen uns völlig vergessen zu haben.

Schließlich drehte sich Rachel um. „Das ist Sara Zwingler", erklärte sie. „Mr Zwinglers Nichte. Sie weiß noch ganz genau, wie das mit der Mumie war. Sie möchte, dass wir ihr folgen. Wir müssen uns aber beeilen, ihr Onkel wird bald wieder da sein."

Sara eilte nach vorn und machte rasch die Fensterläden zu, dann ging sie voraus. Wir folgten ihr durch einen schmalen Gang, in dem es ziemlich streng nach Fisch roch.

„Seid um Himmels willen leise", flüsterte Rachel und warf mir einen vielsagenden Blick zu. „Saras Onkel bringt sie um, wenn er das hier herausfindet."

Wenige Augenblicke später erreichten wir ein winziges Zimmer, das von drei Gaslaternen beleuchtet wurde. Etwa zwölf oder dreizehn Männer saßen im Schneidersitz auf dem Boden und nähten billige Kittel, die Sorte Kleidung, die man fertig kaufen konnte. Um sie herum ragten Stoffberge in allen erdenklichen Farben und Qualitäten empor, von Töpfen, Pfannen und anderen persönlichen Gegenständen ganz zu schweigen. Die Männer sahen aus wie wandelnde Skelette, ihre Knochen zeichneten sich krankhaft unter ihrer Haut ab. Der Sauerstoffmangel, der Gasgeruch und das helle Licht verstopften mir sofort die Nase und ließen meine Augen anschwellen.

Sara flüsterte Rachel etwas zu, und meine Freundin übersetzte für uns: „Das sind ‚Grünschnäbel' – Juden aus Russland, die gerade erst mit dem Schiff angekommen sind. Sie sprechen nur wenig oder gar kein Englisch und haben kaum handwerkliche Fähigkeiten. Sara sagt, ihr Onkel sei ein netter Mann, viel besser als die meisten Ausbeuter. Er lässt die Männer nur sechzehn Stunden am Tag arbeiten, von sechs Uhr morgens bis neun Uhr abends."

Nett?, dachte ich ungläubig.

Sara hatte sich mittlerweile an einen der Männer gewandt, den sie Baruch nannte. Als er angesprochen wurde, hielt er wie vom Blitz getroffen inne, die Nadel mitten in der Bewegung erstarrt. Er sah mich an, dann der Reihe nach Rachel, Waldo, Ahmed und Isaac und schließlich wieder Sara. Es war, als hätte er uns alle abgeschätzt.

Der Mann war jünger als die meisten anderen und ziemlich gut aussehend, mit einem langen schmalen Gesicht, dunklen, traurigen Augen und einem üppigen Mund. Es war das Gesicht eines Dichters oder Musikers. „Ich erinnere Mumie", brachte er schließlich langsam und mit schwerem Akzent heraus.

„Wirklich?"

„Ja, wir machen immer Futterzuschneiden.“ Er deutete auf einen Haufen Leinen, der in einer Zimmerecke lag. „Mumie war anders, deswegen ich erinnere.“

„War es schwierig?“

Baruch zuckte mit den Schultern. „Jabber Jukes kauft Stöcke. Dann wir machen Mumie. Tuch drum herum und herum, so.“ Mit flinken Händen zeichnete er den Umriss einer Mumie in die Luft. „Nicht einfach, richtige Form zu machen.“

„Was ist das für ein Name – Jabber Jukes?“, fragte ich.

Die Stimmung im Raum veränderte sich beim Klang des Namens schlagartig. Die knisternde Spannung um uns herum war regelrecht spürbar, und mehrere Männer hielten inne und beobachteten uns. Baruch wollte meine Frage gerade beantworten, dann brach er ab und sah Sara an.

„Jabber Jukes“, hakte ich nach. „Wer ist Jabber Jukes?“

Da sah ich, wie Rachel ängstlich auf etwas hinter mir starrte. Ich wirbelte herum. Jemand hatte den Raum betreten, ein spilleriger, kleiner Mann, kahl wie ein hart gekochtes Ei, aber mit einem buschigen Vollbart im Gesicht. Eine Gestalt, die sich so unbemerkt und verstohlen bewegte wie Rauch und Schatten.

Ich hatte keine Ahnung, wie lange er schon im Zimmer stand und wie viel er von unserer Unterhaltung mitbekommen hatte. Obwohl er genauso mager war wie die restlichen Arbeiter, wies ihn sein ordentlicher Anzug als Mann von gewissem Wohlstand aus. Ich wusste auf der Stelle, dass er Moses Zwingler war, Saras Onkel und der Besitzer der Schneiderei.

Er raunte Sara hastig etwas zu, dann wandte er sich an Waldo. „Was haben Sie in meinem Laden zu suchen, junger Mann, wo er doch gar nicht geöffnet ist, wenn ich fragen darf?" Seine Stimme war einschmeichelnd, aber der Zorn, der darunter verborgen lag, war nicht zu überhören.

Hilflos starrten wir ihn an. Normalerweise bin ich nie um eine Ausrede verlegen, aber diesmal hatte mein Gehirn offenbar beschlossen, mir den Dienst zu verweigern.

Zum Glück kam uns Baruch, der Grünschnabel, zu Hilfe. „Die Lady möchte Bluse, Mr Zwingler", sagte er und hielt ein entsetzliches malvenfarbenes Kleidungsstück hoch.

Ich griff sofort nach der angebotenen Rettung. „Ich wünsche mir schon lange eine Bluse in genau diesem Farbton, Mr Zwingler. Ihre Nichte war so freundlich, mir zu sagen, dass sich genau solch ein Kleidungsstück in Ihrer Werkstatt befindet. Ich muss gestehen, ich habe sie dazu gedrängt, mich hierherzuführen, damit ich es mit eigenen Augen sehe."

„Wir haben doch genug Blusen zur Auswahl vorne im Laden."

„Aber keine in genau diesem Malventon."

„Dennoch wäre es nicht nötig gewesen, dass Sie sich hierherbemühen. Meine Nichte hätte Ihnen die gewünschte Bluse auch holen können“, sagte Mr Zwingler, nahm dann aber Baruch die besagte Bluse aus der Hand. „Für nur vier Schilling können Sie sie haben. Ein Schnäppchen, junge Lady, sie ist aus feinstem Kattun gefertigt.“

Was für ein Wucher! Aber wir mussten den Preis bezahlen, wenn wir Mr Zwinglers Nichte nicht noch mehr in Schwierigkeiten bringen wollten. Ich holte eine Sovereign-Münze aus meinem Geldbeutel und hielt sie Mr Zwingler hin. Golden glänzend lag sie auf meiner Handfläche. Fasziniert hörten die Männer auf zu arbeiten und starrten die Münze an, als wäre sie eines der sieben Weltwunder.

„Die Lady ist gut betucht“, kicherte Mr Zwingler entzückt. „Folgen Sie mir, ich gebe Ihnen Ihr Wechselgeld.“

Ich tat, wie mir geheißen, und spürte, wie ich rot wurde. Wie dumm von mir, so viel Geld in der Öffentlichkeit zu zeigen.

Kaum hatten wir den Laden verlassen, brachen Waldo und Isaac in lautes Gelächter aus, während Ahmed nur verwirrt von einem zum anderen schaute. Ich nahm die Bluse aus dem Packpapier, in das Mr Zwingler sie gewickelt hatte, und sah sie angewidert an. Sie war einfach schrecklich, mit Dutzenden von Rüschen und Faltenbesätzen verziert, hatte Puffärmel wie Heißluftballons und eine Reihe lächerlicher Schleifchen auf der Vorderseite.

„Darin würdest du fast wie ein *Mädchen* aussehen", feixte Waldo.

„Diese Farbe!", sagte Rachel und schüttelte sich. Völlig zu Recht – die Farbe war einfach schauderhaft.

„Also ich weiß nicht, Rachel." Waldo grinste. „Kit würde darin bestimmt hübsch aussehen. Natürlich nur bei Nacht und vom anderen Ende einer langen Gasse aus betrachtet."

Ich warf ihm einen Blick zu, der ihm bedeutete, wie jämmerlich schlecht ich seinen Versuch eines Witzes fand. „Nie im Leben werde ich diesen Ausbund an Hässlichkeit anziehen!", rief ich aus. „Ich weiß, was ich damit mache – ich schenke die Bluse der Minchin zum Geburtstag! Das ist doch genau ihr Geschmack." Ich konnte gar nicht mehr aufhören zu kichern, als ich mir unsere Gouvernante in dieser abscheulichen Bluse vorstellte.

Rachel schnaubte missbilligend und brachte uns damit wieder auf den Boden der Tatsachen zurück. „Also, was machen wir jetzt? Ich bin müde, Kit, ich möchte nach Hause."

„Nein." Waldo schüttelte den Kopf. „Wir sind mit unserer Ermittlungsarbeit noch nicht fertig."

Ausnahmsweise musste ich ihm mal Recht geben. „Ganz genau. Wir müssen herausfinden, wer dieser geheimnisvolle Mann ist, dieser Jabber Jukes. Zwinglers

Männer haben die Mumie gemacht, aber bezahlt hat sie Jabber."

„Jabber Jukes", wiederholte Waldo. „Das klingt nach einem Ganoven."

„Ich glaube ...", begann Ahmed, brach dann aber ab. Überrascht, dass er eine Meinung kundtun wollte, ohne gefragt worden zu sein, richteten wir alle den Blick auf ihn. Hier, in dieser armen Gegend, wirkte er irgendwie größer und selbstsicherer, und es war erstaunlich, wie schnell sich sein Englisch verbesserte.

„Ja?", ermutigte ihn Rachel.

„Sie hatten Angst", sagte Ahmed. „Groß Angst."

„Wer hatte Angst?"

„Die Männer ... Wie sagen ihr ... ‚Grünschnäbel'. Sie nicht mögen Jabber Jukes."

„Das stimmt." Rachel nickte. „Sie waren zu Tode erschrocken, das sehe ich genauso. Als der Name fiel, sind sie alle verstummt – als hätte Baruch einen großen Fehler begangen."

9

„Wieso ist es falsch, Franzosen Froschfresser zu nennen?“, keifte meine Tante uns an, kaum dass wir ihr Wohnzimmer betreten hatten. Unser Ausflug nach Spitalfields hatte uns völlig ausgelaugt.

„Weil es falsch ist, so was Unhöfliches über jemanden zu sagen. Vor allem über Menschen, die man gar nicht persönlich kennt“, wagte sich Rachel schüchtern vor.

„Unsinn, du einfältiges Ding. Rebecca, stimmt's?“ Tante Hilda warf ihr einen vernichtenden Blick zu.

„Rachel.“

„Deine Antwort war durch und durch töricht, Rebecca. Die richtige Antwort lautet: weil das echten Froschfressern gegenüber, zum Beispiel Störchen, ungerecht wäre.“

Tante Hilda fläzte auf dem Sofa, ein halb leeres Glas Whisky in der Hand, das Gesicht gerötet. Ganz offensichtlich hatte ihr etwas die Laune verhagelt, etwas, was sie in der *Pall Mall Gazette* gelesen hatte, die aufgeschlagen vor ihr lag. Ich reckte den Hals, um zu sehen, um welchen Artikel es wohl ging, und mein Blick fiel auf folgende Schlagzeile:

Der Franzose Gaston Champlon nennt die berühmte Forscherin Hilda Salter eine „Lügnerin". Diplomatische Beziehungen zwischen England und Frankreich in Gefahr.

Jetzt konnte ich nur noch eines tun: Tante Hilda ablenken. Denn sobald sie mal mit ihrem Lieblingsthema anfing – der betrügerische Charakter von Franzosen –, war sie kaum mehr zu bremsen.

„Schrecklich, dieser Londoner Smog ...", setzte ich an, aber da hatte Waldo sich schon die Zeitung geschnappt und die Schlagzeile laut vorgelesen.

„Sie sollten den Widerling verklagen!", rief er.

„Großartige Idee! Was für ein vernünftiger Junge", sagte Tante Hilda. „Ich wette, Champlon traut sich nicht, es vor einem ehrlichen englischen Gericht mit mir aufzunehmen!"

Mit Zeichen gab ich den anderen zu verstehen, dass wir uns lieber aus dem Staub machen sollten. Während Tante Hilda lautstark überlegte, einen Brief an die Königin von England zu schreiben und sich über die „französische Frechheit" zu beschweren, schlichen wir aus dem Zimmer. Die wird erst Ruhe geben, dachte ich, wenn wegen ihrer Mumie Blut geflossen ist.

Müde und seltsam lustlos stampften wir nach oben und machten es uns, nachdem wir die Schuhe abgestreift hatten, im Klavierzimmer gemütlich. Der Ausflug zu den Ausbeuterbetrieben des East End hatte mich sehr mitgenommen. Einige der Bettler, die dort in der Gosse lagen, waren Kinder gewesen, Jungen und Mädchen, die teilweise noch jünger waren als wir. Plötzlich fühlte es sich ganz seltsam an, Kit Salter zu sein, die Tochter eines Mannes, der mich einkleiden und ernähren und mir eine ordentliche Bildung zuteilwerden lassen konnte. (Ja, auch die Minchin war Teil dieser ordentlichen Bildung.)

Ich habe so ein Glück, ich zu sein!, dachte ich. Und nicht eins dieser unglücklichen Kinder, die ihr elendes Dasein unter der Erde fristen müssen, umgeben von Schmutz und Fronarbeit.

„Wir müssen morgen noch mal hin“, sagte ich.

Die verständnislosen Gesichter um mich herum deprimierten mich nur noch mehr.

„Das bringt doch nichts“, sagte Isaac.

„Völlig sinnlos“, fügte Rachel hinzu.

„Zeitverschwendung“, fiel Waldo mit ein.

„Dann lasst euch doch etwas Schlaueres einfallen“, schnaubte ich. „Aber ihr könnt ja nichts anderes als stöhnen und meckern. Wieso macht *ihr* nicht einen besseren Plan?“

Ein Klopfen an der Tür unterbrach uns. Es war Mary, das Hausmädchen meiner Tante, und sie hatte einen braunen Briefumschlag in der Hand. „Da hat jemand etwas für Sie abgegeben, Miss", sagte sie zu mir.

Ich sah mir den Umschlag an. Das Papier war schmuddelig und voller schmutziger Fingerabdrücke, wies aber keinen Adressaten auf.

„Wieso sollte der für mich sein?", fragte ich.

Mary errötete. „Der Mann, der ihn abgegeben hat ... Ein Ausländer, ganz runtergekommen und verdreckt, aber irgendwie gut aussehend, wenn Sie mich fragen ... Er hat gesagt, der Brief sei für die herrische Lady. Ich dachte erst, er meint Ihre Tante, Miss, nichts für ungut ... Aber der Mann sagte, nein, die herrische *junge* Lady."

Meine Freunde begannen zu kichern, und nun war ich dran mit Erröten. „Danke, Mary", sagte ich und nahm den Umschlag. Mit einem Seitenblick auf die anderen machte ich ihn langsam auf und holte ein Blatt Papier heraus. Und was daraufstand, ließ mich mein Gekränktsein sofort vergessen.

Ich glaube, Sie keine Lady, die Angst hat, deswegen ich werde erzählen von Jabber Jukes. Ich komme zu großes Herzog in Hyde Park. Ein Uhr. Sind Sie pünktlich.

10

„Er kommt nicht mehr“, sagte ich verzweifelt.

Seit über einer halben Stunde warteten wir nun schon am Fuß der Herzog-von-Wellington-Statue im Hyde Park. Es war ein wunderschöner Ort, perfekt dazu geeignet, Ahmed die schillernde Seite von London zu zeigen. Überall um uns herum blühte und grünte es und auf der Rotten Row trabten elegante Leute auf ihren Rassepferden. Grafen fuhren in großen Kutschen, Gräfinnen im geschlossenen Einspänner mit goldenem Wappen an uns vorbei. Und wer sich wie Waldo besonders am Anblick junger Damen erfreute, konnte hier die bezauberndsten Ladys des Landes beobachten, wie sie im Damensattel vorüberritten, während ihre Kleiderschöße über den Pferdeflanken munter im Wind flatterten.

Aber ich war nicht hierhergekommen, um Leute zu beobachten. Mir war langweilig. Und ich war wütend, dass meine Pläne mal wieder nicht so liefen wie gewünscht.

„Hab Geduld", sagte Isaac, ohne von den Schrauben aufzusehen, mit denen er sich gerade beschäftigte.

Überhaupt schien es den anderen nicht halb so viel auszumachen wie mir, dass es mit unserer Verabredung bisher nicht geklappt hatte. Rachel erklärte Ahmed die Sehenswürdigkeiten, Waldo lag im Gras und pfiff fröhlich vor sich hin.

„Was machst du da eigentlich?", fragte ich Isaac.

„Ich arbeite an tragbaren Rollschuhen", sagte er und hielt zwei kleine Räder hoch. „Ich habe die Schienen an meinen Stiefeln festgemacht. Jetzt muss ich nur noch dafür sorgen, dass ich die Rollen jederzeit dran- und wieder abmachen kann."

Aber ich hörte nur noch mit halbem Ohr zu. Ich hatte nämlich gerade aus dem Augenwinkel eine Gestalt erblickt, die gebückt am Zaun vorbeischlich. War das wirklich ... Konnte es ... Als die Gestalt näher kam, machte mein Herz einen Satz. Ja! Es war Baruch, der Grünschnabel, und er trug eine Last auf dem Rücken, die ihn schwer nach unten drückte. Wir rannten auf ihn zu und begrüßten ihn durch den Zaun.

Er entschuldigte sich erst gar nicht für sein spätes Erscheinen. „Kommt mit", sagte er nur. „Ich hab eilig. Wir müssen gehen zu Fuß."

Gehorsam folgten wir ihm aus dem Park hinaus. Er legte ein ziemliches Tempo vor, selbst mit der schweren Kleiderladung auf dem Rücken. Ich musste regelrecht laufen, um mit ihm Schritt zu halten. Und dann redete er beim Gehen auch noch, ohne auch nur ansatzweise außer Atem zu sein.

„Ich gehe Risiko ein, weil du mir gefallen." Er deutete mit dem Kopf auf mich. „Ich glaube, du mutig."

„Danke", murmelte ich. Waldo schien zu meinem großen Vergnügen ziemlich eingeschnappt zu sein.

„Aber ich habe noch andere Grund", fuhr Baruch fort und blieb plötzlich stehen.

„Und zwar?", drängte ich, wünschte mir aber sofort, ich hätte nichts gesagt. Baruch starrte mich nämlich so wütend an, dass ich zurückwich.

„Ich bin zornig", sagte Baruch. „So zornig, dass wehtut." Er legte sich eine Hand aufs Herz. „Du musst umgehen schlaul, mit was ich dir sage. Nicht nur mutig. Das ist wichtig, weil Männer sind böse. Andere Leute, gute Leute, verlassen sich auf dich. Verstehen?"

„Ja." Ich nickte, obwohl ich wirklich nicht wusste, wovon er sprach.

„Gut. Jabber Jukes böser Mann. Aber nur kleiner böser Mann. Junger Mann, der Böses erst lernt. Verstehen?"

„Ein Lehrling", sagte Rachel. „Ein Lehrling des bösen Geschäfts."

„Ja. Jabber jung, vielleicht dreizehn, vierzehn Jahre. Er arbeitet für die Verbrecher und sie lehren ihn böse sein."

„Woher kennen Sie ihn?", fragte ich.

Die Bürgersteige entlang der Park Lane waren voller

Menschen in feinen Kleidern, aber auch voller Leute, die in dem Lärm und in der Geschäftigkeit, die überall in London herrscht, zu ihrer Arbeit hasteten. Ich musste lauter sprechen, damit Baruch mich verstehen konnte. Der Grünschnabel hatte Mühe, sich mit seiner großen Last durch die Menge zu schieben.

„Was ich kann sagen? Mein Dienstherr sollte melden diese Verbrecher der Polizei“, sagte Baruch und blieb mitten auf dem Bürgersteig stehen. „Aber er tut nicht. Hat zu viel Angst.“

„Moses Zwingler?“, fragte ich ihn überrascht. Der Schneider war mir nicht gerade besonders ängstlich vorgekommen.

„Ja, wir alle haben Angst. Zwingler, andere Ladenbesitzer, wir alle in Raven Row. Jede Woche Jabber oder anderer Mann kommen und nehmen Geld ein. Manchmal sie verlangen fünf Shilling. Manchmal zehn. Einmal sie haben genommen eine ganze Guinee. Und die Dienstherren, sie zahlen. Die Verbrecher, sie sagen, sie brauchen Geld, damit sie uns beschützen.“ Baruch zuckte mit den Schultern. „Nur Lügen. Wenn Ladenbesitzer nicht zahlen, sie werden geschlagen. Oder ihr Laden wird mit Feuer angesteckt.“

„Das ist ja gerissen.“

„Ja. Wir Juden, viele Leute quetschen uns aus. Wie Zitronen – auch wenn wir nicht viel Saft haben, sie quetschen trotzdem das bisschen, was noch ist.“ Baruch seufzte tief.

„Ich dachte, Ihr Dienstherr, Moses Zwingler, sei derjenige, der Sie ausbeutet“, sagte ich.

Baruch verzog das Gesicht. „Große Flöhe nähren sich von kleine Flöhe. Und beide werden ausgesaugt von noch größere ... Wie sagt man?“

„Insekten?“, schlug ich vor. „Geschäftsleute?“

„Ja, sie nennen Geschäft“, sagte Baruch. „In Russland sie sagen auch so.“

„Wer tut Ihnen das alles an?“, fragte Isaac. „Wer sind diese Verbrecher?“

„Und wo können wir sie finden?“, fügte ich hinzu.

Aber Baruch runzelte nur die Stirn, das ganze Gerede machte ihn offenbar nur noch wütender. Er wirbelte herum und stapfte mit großen Schritten davon. Wir waren gerade in der Nähe einer großen Menschenmenge, die sich auf dem Bürgersteig versammelt hatte, als ein großer Bus um die Ecke bog. Er kam aus Richtung Victoria. An den Seiten prangten Werbeschilder für Fry's Kakao, und im Inneren des Busses drängten sich schon massenweise Leute: Oben kippten Männer beinahe über die Geländer des Oberdecks hinaus, unten standen die Damen so eng beieinander wie Sardinen in der Büchse.

Kaum hatte die wartende Menschenmenge den Bus erblickt, stürmte sie zu beiden Seiten an uns vorbei. Es war, als stünden wir inmitten einer Rinderherde, die in wilder Angst davongaloppierte. Die Leute schubsten und rammten sich wie verrückt. Eine ältere Dame mit spitzenbesetzter Haube stieß mir ihre Faust in die Rippen und schob sich entschlossen nach vorne. Baruch war inmitten der Menge gefangen.

„Baruch!", rief ich. „Wo finden wir die Ganoven?"

„Norfolk Punch! Das ist ein ..." Mehr war nicht zu hören. Ich erhaschte noch einen verblüfften Blick in Baruchs Gesicht, dann wurde er von der Menschenmasse verschluckt.

„Baruch! Baruch!", schrie ich. Die anderen stimmten in meine Rufe mit ein. Aber es nützte nichts, ein zweiter Bus war gerade angekommen, und die Menge schwappte nun wie eine stürmische See in seine Richtung. Wir würden einfach warten müssen, bis sich die Leute verlaufen hatten.

Ich starrte einen Herrn mit glänzend neuem Zylinder an, der mir eben auf den Fuß getreten war. Wenn er sich so einen Hut leisten konnte, dann konnte er sich wohl auch gute Manieren leisten, so sah ich das. Ein anderer Mann mit schmalen Schweinsäuglein und ohne Kinn schubste mich, und ich war mittlerweile so wütend geworden, dass ich zurückschubste. Dann warteten wir, bis die Menge sich einigermaßen zerstreut hatte. Endlich hatten es die meisten geschafft, sich in einen der beiden Busse zu quetschen.

Aber Baruch war wie vom Erdboden verschluckt. War er absichtlich verschwunden? Das ergab keinen Sinn, schließlich hatte er uns doch den Namen des schlimmsten Verbrechers nennen wollen.

Plötzlich drang über das Klappern der Pferdehufe und das Rattern der Kutschräder hinweg ein Schrei an meine Ohren. Er kam von Rachel. Stirnrunzelnd sah ich zu ihr hin. Dies war wahrlich nicht der geeignete Augenblick, einen Nervenzusammenbruch zu bekommen. Meine Freundin kreischte hysterisch, ihr ganzer Körper bebte. Ich sah zu Boden, auf die Stelle, auf die sie den Blick geheftet hatte.

Baruch lag mit ausgestreckten Beinen im Graben, einen Arm immer noch um seine Last gewunden. Ein dunkles Rinnsal sickerte aus einem Mundwinkel. Sein Gesicht ist schmutzig geworden, dachte ich, bevor mir im nächsten Augenblick klar wurde, was die dunkle Flüssigkeit war. Aus seinem Hemd ragte etwas heraus. Etwas Weißes, Glänzendes. Ich beugte mich hinunter, um besser sehen zu können, und konnte gerade noch einen Aufschrei unterdrücken. Aus Baruchs Brust ragte der Perlmuttgriff eines Messers.

II

Ich erhaschte nur einen kurzen Blick auf Baruch, bevor Waldo sich vor Rachel und mich stellte, um uns von Baruchs Körper abzuschirmen.

„Jetzt führ dich nicht so auf wie mein Großvater", keifte ich.

„Eine Leiche ist kein Anblick für eine junge Dame."

„Das kann ich gerade noch selbst entscheiden, danke schön." Ich versuchte mich an ihm vorbeizudrängen. „Hör auf damit! Baruch braucht Hilfe!"

Ich hatte in der Tat noch nie eine Leiche gesehen, dafür aber haufenweise tote Kaninchen und Fasane, die Füchsen zum Opfer gefallen waren. Wieso denkt eigentlich jeder Vertreter des männlichen Geschlechts, Mädchen seien kleine Dummchen, die man von allem fernhalten muss, was sie durcheinanderbringen könnte?

Um uns herum bot niemand seine Hilfe an, niemand rannte los, um einen Arzt zu holen. Straßenhändler, Buchhalter mit Zylinderhüten, Blumenmädchen – alle kreisten nur stumm um die Leiche und glotzten dämlich. Kein Mensch schien bereit, die Sache in die Hand zu nehmen. Noch nie hatte ich mich in dieser riesigen Stadt so verloren gefühlt. Wir waren allein – fünf hilflose Kinder neben einem Leichnam, aus dem ein Messer ragte.

Schließlich trat Waldo widerstrebend einen Schritt zur Seite und gab die Sicht frei. Sofort kam mir das Frühstück wieder hoch. Die Leiche eines Menschen sieht eben doch anders aus als ein totes Kaninchen.

Baruch hatte die Augen offen, aber sie waren matt. Seine Haut glänzte seltsam, wie die Wachsfiguren in Madame Tussauds Kabinett. Immer noch sickerte das Blutrinnsal aus seinem Mund.

Ich kniete mich neben Baruch und legte ihm meinen Umhang unter den Kopf. Jetzt, wo er tot war, würde ihn die Bequemlichkeit zwar nicht mehr kümmern, aber irgendwie erschien es mir respektvoller. Plötzlich ließ mich eine Bewegung verblüfft zurückzucken.

„Er lebt noch!“

Waldo griff nach Baruchs Handgelenk. Vom Zeigefinger bis über die Handfläche zog sich ein Blutfleck, der langsam zu gerinnen begann. Anscheinend hatte Baruch noch versucht, nach dem Messer zu greifen. „Tatsächlich! Ich kann seinen Puls fühlen.“

„Meint ihr, wir sollten das Messer herausziehen?“, fragte Rachel und deutete auf den Griff aus Perlmutt, der aus Baruchs Hemd ragte.

Ich schüttelte den Kopf. „Nein, sonst beschädigen

wir am Ende noch eine Arterie oder so. Wir müssen ihn ins Krankenhaus bringen, schnell."

„Hilfe! Halt! Kutsche!" Isaac war schon auf halbem Wege die Straße runter, Ahmed ihm auf den Fersen.

Ich wirbelte herum, als plötzlich zwei schwarze Hosenbeine neben mir auftauchten. Ich sah hoch – es war ein junger Mann in blauer Uniform mit kuppelförmigem Hut. Ein Londoner Polizist!

„Ein Glück, dass Sie da sind. Er lebt noch."

„Wie ist das passiert, Miss?", fragte der Bobby.

„Wir hatten uns gerade mit ihm unterhalten, da wurde er von der Menschenmenge verschluckt, und als wir ihn wieder sahen, lag er erstochen am Boden. Hier, sehen Sie ..."

„Wurde er ausgeraubt?" Endlich pfiff der Polizist nach einer Kutsche.

„Nein, ich glaube nicht. Aber ich weiß es nicht genau. Baruch ist ein Grünschnabel. Er wollte uns gerade etwas Wichtiges sagen, da ..."

„Ein Grünschnabel, sagten Sie?"

„Ja, warum?"

„Ich dachte, es wäre Ihr Bräutigam. Junge Damen wie Sie sollten nicht ohne männliche Begleitung unterwegs sein." Der Bobby kniete sich hin, um Baruch genauer zu inspizieren. „Der Mann bräuchte dringend mal ein Bad."

„Er braucht mehr als nur ein Bad", ereiferte ich mich. „Er braucht einen Arzt."

Endlich hörte ein Kutscher auf den Pfiff des Polizisten und hielt sein Gefährt an. Der Kutscher war ein beleibter Mann mit grell gemustertem Jackett. Gemächlichen Schrittes stieg er aus und kam zu uns. Wieso bewegten sich hier alle bloß so langsam?

„Ein Grünschnabel wurde angegriffen. Wir müssen ihn ins Krankenhaus schaffen", erklärte der Polizist.

„Wie Sie wünschen, Herr Wachtmeister."

„Ich weiß nur nicht, wer dafür aufkommen soll. Diese Grünschnäbel haben ja nicht mal zwei Messingmünzen, die sie aneinanderreiben könnten."

Hier ging es um Leben und Tod – und alle standen nur herum und palaverten!

„Ich komme dafür auf", sagte ich und griff nach dem Geld in meiner Tasche. Aber da war nichts mehr! Meine Geldbörse war verschwunden. Es war einfach entsetzlich. Und so peinlich – da hatte ich das East End unbeschadet überstanden und wurde dann ausgerechnet hier, im nobelsten Londoner Park, ausgeraubt! Zum Glück waren in meinem Geldbeutel nur ein paar Schilling gewesen, meine zwei Guineen hatte ich zu Hause gelassen. „Man hat mich bestohlen!", rief ich.

Sofort verlangsamte sich die Situation noch mehr. „Diebstahl ist ein schweres Verbrechen", sagte der Polizist und holte seinen Notizblock heraus. „Sie glauben also, der Grünschnabel hat es getan?"

„Nein, das glaube ich ganz und gar nicht!", rief ich verzweifelt. „Vergessen Sie den Diebstahl! Bitte sorgen

Sie einfach dafür, dass dieser Mann endlich ins Krankenhaus kommt!"

Rachel, die neben Baruch kniete, sah dem Polizisten in die Augen. Das von den dunklen Locken eingerahmte Gesicht war sehr ernst. „Sie wollen den Mann doch nicht auf dem Gewissen haben", sagte sie sanft. „Er ist ein anständiger Mensch."

Irgendwas in ihrer Stimme schien den Bobby endlich zu erweichen. Unsicher trat er von einem Bein aufs andere, während Waldo seine Börse zückte. „Hier sind drei Schilling", sagte Waldo. „Das müsste reichen, um Baruch ins Krankenhaus zu bringen und den Arzt zu bezahlen."

Beim Anblick des Geldes setzten sich der Polizist und der Kutscher endlich in Bewegung. Der Kutscher packte Baruch unter den Schultern, der Bobby übernahm seine Beine. Baruch wirkte leblos, doch als er hochgehoben wurde, begann er wild mit den Beinen zu strampeln und herzzerreißend zu stöhnen – was uns wiederum Hoffnung machte. Innerhalb weniger Sekunden lag er in der Kutsche. Ich wollte ihn begleiten, aber da war nur noch Platz für eine Person, und alle drangen darauf, dass Waldo mitfahren sollte.

„Ich sorge schon dafür, dass ihm geholfen wird!", rief Waldo noch, während die Droschke sich in atemberaubendem Tempo von uns entfernte.

Und wie ich von zahlreichen Streitgesprächen im Unterricht wusste, war Waldo ein echter Sturkopf. Deswegen war ich mir sicher, dass Baruch bei ihm in den besten Händen war. Jetzt konnte ich nur noch beten, dass Baruch wieder gesund wurde.

„So, Miss, und jetzt zurück zum Diebstahl, dessen Opfer Sie geworden sind“, sagte der Polizist und holte sein unvermeidliches Notizbuch wieder hervor.

„Interessieren Sie sich denn überhaupt nicht für den Anschlag auf Baruch? Der Mann steht mit einem Bein im Grab!“

„Na ja, wenn wir schon dabei sind, können Sie uns ja auch gleich darüber etwas berichten.“

Also taten wir das. Aber ich wurde das Gefühl nicht los, dass die Uniform dieses Polizisten beeindruckender war als seine Ermittlungsfähigkeiten. Sollte er Baruchs Angreifer jemals fassen oder den Mann, der meine Geldbörse gestohlen hatte, würde ich seinen Hut fressen! Mit Filz, Krempe, Metallmarke und allem Drum und Dran.

Der Bobby befragte uns eine Ewigkeit: Warum wir uns mit Baruch getroffen hatten, was wir in East End zu suchen gehabt hatten – alles wollte er in allen Details durchgehen. Ich musste mir auf die Schnelle einige Geschichten ausdenken. Am Ende wollte der Polizist sogar Ahmed befragen, um herauszufinden, wer er war, und das versetzte den jungen Ägypter unnötig in Angst und Schrecken. Schließlich, als die Fragen der Wahrheit immer näherkamen, blitzte in meinem Kopf der rettende Einfall auf: Ich sagte, meine Tante, „die Gräfin“, erwarte uns zum Mittagessen. Die Erwähnung adeliger Personen ließ den Bobby sofort erröten und das Notizbuch wegstecken.

Nachdem er endlich weg war, wandte ich mich an meine Freunde. „Isaac, du musst zum Schneiderladen. Sag Moses Zwingler, dass Baruch niedergestochen wurde."

Rachel zögerte. „Ich weiß nicht, ob wir Baruch damit einen Gefallen tun", sagte sie.

„Wie meinst du das?"

„Na ja, was denkst du, wie Moses Zwingler reagiert, wenn er erfährt, dass Baruch vorhin mit uns gesprochen hat?"

Da war was dran.

„Dann geh du am besten mit Isaac hin, Rachel", sagte ich. „Schau zu, ob du mit der Nichte sprechen kannst – wie hieß sie gleich noch mal?"

„Sara."

„Vielleicht erwischst du sie ja wieder allein. Erzähl ihr, was passiert ist. Dann kann sie ihrem Onkel sagen, sie hätte auf anderen Wegen vom Übergriff auf Baruch gehört. Ich gehe in der Zwischenzeit mit Ahmed zu dem Ort, den Baruch erwähnt hat, ins Norfolk."

„Aber wie soll das gehen, Kit? Bis nach Norfolk sind es mehrere Tagesreisen! Und du kannst doch nicht ganz Norfolk abklappern, um ..."

„Das hast du falsch verstanden", unterbrach ich sie. „Denk doch mal nach! Ganoven aus East End reisen nicht aufs Land. Baruch hat ganz sicher nicht die Grafschaft Norfolk gemeint. Das *Norfolk Punch* ist eine Gin-Kneipe in der Drury Lane. Ich hab sie heute Vormittag aus dem Bus heraus gesehen."

Rachel und Isaac hätten Zwillinge sein können. Beide sahen mich mit genau dem gleichen verblüfften und missbilligenden Gesichtsausdruck an.

„Eine Kneipe!", stieß Isaac hervor.

„Du kannst doch unmöglich in die Kneipe gehen! Und dann auch noch allein!", sagte Rachel.

„Sie nicht allein sein", ging Ahmed dazwischen. „Ich gehe mit Kit."

„Da hört ihr's", sagte ich. „Ahmed wird mich begleiten."

„Kit!", riefen die beiden Geschwister wie aus einem Munde.

Ich hielt Ruhe gebietend eine Hand hoch. Ich kann nämlich auch ein Sturkopf sein, wenn es sein muss. „Versucht erst gar nicht, mich umzustimmen. Wenn ihr meine Freunde seid, steht ihr hinter mir. Ich habe Baruch in diese Sache reingezogen. Ich bin es ihm schuldig, den Verbrechern das Handwerk zu legen – wer auch immer sie sein mögen."

12

Dicke Dampfschwaden drangen aus dem *Norfolk Punch,* als ich die Tür aufriss, und brachten mich fast aus dem Gleichgewicht. Da hing so viel Alkohol in der Luft, dass ich schon vom Einatmen ganz benebelt wurde.

Trotz der frühen Vormittagsstunde war das Lokal bereits brechend voll mit Männern, Frauen und sogar Kindern. Einige von ihnen waren mit Theaterschminke verschmiert – wohl Schauspieler aus den benachbarten Theaterhäusern. Sie kauerten auf hohen Barhockern und spiegelten sich in den zahllosen Glasflächen und Kristallsplittern wider, die dem Lokal im Schein der Gaslampen ein fantastisches, beinahe märchenhaftes Aussehen verliehen.

„Das ist ...“, begann Ahmed, konnte aber nicht weitersprechen.

Ja, es war wirklich atemberaubend. Dieses Lokal war eindeutig ganz anders als alle Kneipen und Tavernen, die ich je gesehen hatte – viel prachtvoller, eine regelrechte Kathedrale des Gins. Große Schilder in Rot und Gold prangten wie Heiligenbilder an den Wänden:

Old Tom Cream – Göttertrank in einzigartiger Balmoral-Mischung, wie sie von seiner Hoheit, Prinz Albert, genossen wird.

„Frauen und Kinder ... Babys sogar! Alle trinken Alkohol!“, sagte Ahmed. „In Ägypten wir glauben, Alkohol ist ... wie sagt man ... schlecht, böse.“ Er war beim Anblick der Leute, die sich im Lokal drängten, sichtlich schockiert.

„So früh am Morgen Gin zu trinken ist auch eindeutig keine gute Idee.“ Ich schob mich an ein paar Kutschern vorbei. „Vermutlich ist man damit für den Rest des Tages lahmgelegt.“ Mir fiel auf, dass Ahmed mir nicht folgte, sondern bei der Tür stehen geblieben war, als hätte er Angst, weiter hereinzukommen.

„Na los“, sagte ich und zupfte ihn am Ärmel. „Keine Angst. Wir gehen zum Tresen. Es heißt, die Ausschankhilfen seien immer die besten Quellen für Klatsch und Tratsch.“

Wir kamen an einem Jungen vorbei, der eine schmuddelige Schürze trug und gerade mehrere riesige Krüge zu einem Tisch schleppte. Ich beschloss, dass es keinen Sinn hatte, ihn zu befragen, bevor wir nicht etwas zu trinken gekauft hatten. Ein paar Pennys hatte ich noch in meiner Tasche – wenigstens die hatte der Dieb nicht erwischt.

Am Tresen stellten wir uns hinter einen jungen Mann

mit karottenroten Haaren, der mit lauter Stimme herumposaunte. Die Wirtin, die damit beschäftigt war, Gin auszuschenken, hörte ihm aber gar nicht richtig zu.

„Nee“, sagte der Karottenkopf. „Die ollen Geschichten machen mir keine Angst nicht. Die Leute sagen zu mir, Bob, alter Junge, sagen sie, du wärst sicher ganz ausm Häuschen, wenn ...“

„Augenblick mal“, sagte die Wirtin und drehte sich weg, um einen anderen Gast zu versorgen. Dann wandte sie sich lächelnd wieder an den Rotschopf. „Wie geht’s Velvet eigentlich? Hab sie seit Ewigkeiten nicht mehr gesehen. Hält sich jetzt wohl für was Besseres, was? Hat sich richtig nach oben gekämpft in der Welt, die gute Nell.“

Die Wirtin wartete seine Antwort gar nicht erst ab, sondern schob sich weiter durch die Menge, um Kundschaft zu bedienen. Aber der rothaarige Junge fuhr fort, lauthals zu prahlen, als wäre es ihm gleichgültig, ob jemand zuhörte oder nicht. „Gibt keine strengere Herrin auf der Welt als Velvet Nell. Die lässt sich von niemandem nichts bieten. Manche denken, sie ist butterweich, nur weil sie ’n Mädchen ist, aber die täuschen sich. Ein Ungeheuer ist sie, ja, genau das ist sie!“

„Er sprechen anders Englisch als du“, raunte Ahmed mir zu. „Andere Klang.“

„Ja, das ist der Cockney-Akzent. So wird im Osten Londons gesprochen“, erklärte ich.

„Komisch“, sagte Ahmed grinsend. „Vielleicht ich soll lernen sprechen Cockney.“

„Wag es ja nicht“, zischte ich. „Das würde Tante Hilda mir niemals verzeihen!“

Der Rotschopf palaverte indes immer weiter. „Wenn ihr was sucht, um eure Bälger zu erschrecken – vergesst die alten Schauergeschichten. Ungeheuer, Geister, Gespenster – alles nix im Vergleich zur alten Nell. Schickt eure Bälger einfach zu Nell und sie versetzt sie in Angst und Schrecken.“

„Das würde ich meinem Sprössling aber nicht antun“, sagte die Wirtin lächelnd, dic sich endlich wieder dem Rothaarigen zugewandt hatte. „Das macht ’n halben Penny“, sagte sie zu einem anderen Gast, einer grinsenden alten Frau mit einem künstlichen Strohhut, von dem eine unechte Rose schlapp herunterbaumelte. Langsam schwankte die Frau davon, wobei der Gin über den Rand des Glases schwappte.

Überhaupt war der schartige Zinntresen voller Ginflecken. Einige der Gäste waren schon so angetrunken, dass sie von der teuren Flüssigkeit genauso viel verschütteten, wie sie tranken. Ich hatte mal gehört, dass geizige Schankwirte diese Reste – die zur Hälfte aus Spucke und zur Hälfte aus Gin bestanden – wieder einsammelten und sie als „besondere Mischung“ ein zweites Mal verkauften.

„Ich hab flüstern gehört, Velvet hätte sich was Neues einfallen lassen“, sagte die Wirtin zu dem redefreudigen Rotschopf. „Es heißt, sie würde in ein ganz neues Spiel einsteigen."

„Das versuch ich dir doch die ganze Zeit zu sagen, aber du hörst ja nicht zu. Bald bin ich nämlich auch was Besseres. Dann setz ich hier keinen Fuß mehr nicht rein, geh nur noch in die feinen Clubs in Pall Mall", sagte der junge Mann.

„Da lassen die dich aber nicht rein, außer du schrubbst dich mal anständig und legst dir neue Kleider zu." Die Wirtin musterte ihn von oben bis unten. „Nein, ich glaube, auch gewaschen und frisch angezogen lassen sie dich nicht rein."

„Spuck du mal nicht so große Töne." Wir sahen, wie der Rothaarige sich über den Tresen beugte. „Und jetzt lass mal noch ein Glas von deinem besten Gin rüberwachsen, sei so nett."

„Nicht die besondere Mischung wie sonst immer? Was soll das werden, Jabber? Zahlt dir Nell 'ne Gehaltserhöhung, jetzt wo du der Petticoat Lane den Rücken kehrst?" Die Wirtin schüttete ihm grinsend das Glas voll.

Ich erstarrte. Zwei Sachen waren mir eben aufgefallen – erstens die Erwähnung der Petticoat Lane, und zweitens, dass die Wirtin, wenn ich mich nicht verhört hatte, den Rotschopf, dessen Gesicht ich nicht sehen konnte, Jabber genannt hatte. Jabber. Jabber Jukes, der verbrecherische Lehrling, nach dem wir suchten! Wenn das tatsächlich dieser Kerl war, verstand ich, woher er seinen Spitznamen hatte – vom vielen „jabbern", sprich „plappern". Der Kerl war ein echtes Großmaul. Seiner Rückenansicht nach zu urteilen war er ziemlich schmal und unauffällig, und kleiner als Ahmed oder ich.

Ich tippte ihm auf die Schulter.

Empört wirbelte er herum. „Hey, was denkst du, wer ...", keifte er.

„Bist du Jabber Jukes?"

„Hä?" Der Junge runzelte die Stirn. Sein Gesicht war genauso karottig wie seine Haare und beherbergte eine Stupsnase, unzählige Sommersprossen und kugelrunde, wild flackernde Augen. Er trug ein Herrenjackett, das ihm viel zu groß war und um seinen mageren Körper schlackerte, und dazu die Uniform aller Angeberganoven: Schirmmütze, weißes Halstuch, rote Weste und überweite Hosen, die von einem schicken Gürtel mit Metallschnalle zusammengehalten wurden. Klar, die Klamotten wiesen ihn als Ganoven aus, aber konnte wirklich diese halbe Portion alle Grünschnäbel in Angst und Schrecken versetzt haben?

„Jabber Jukes?", wiederholte Ahmed.

„Was hast du denn da für schicke Freunde, Jabber?", feixte die Wirtin.

Also waren wir auf der richtigen Spur. „Jabber" war als Name einfach zu ungewöhnlich, zwei Leute mit demselben Namen wären zu viel des Zufalls gewesen. Ich kam näher, um ihm ein paar Fragen zu stellen, und er sah mir mit einem rotzfrechen Lächeln ins Gesicht.

„Willst ’n Schluck Gin haben?“, fragte er anzüglich. „Lass dir von einem der hübschesten Kerle im *Norfolk Punch* einen ausgeben. So eine Lady wie dich halte ich gerne mal aus.“ Er zeigte mit einem schmutzigen Daumen auf Ahmed. „Dein Kumpel muss aber für sich selbst zahlen.“

Ich überging das ach so großzügige Angebot und sah Jabber direkt in die Augen. „Ich weiß alles über dich, Jabber Jukes. Sagt dir der Name Moses Zwingler etwas?“

Er grinste mich unverdrossen an.

„Vielleicht erinnerst du dich an eine Mumie, die aus Zweigen bestand?“, fuhr ich fort.

Diesmal hatte ich ins Schwarze getroffen. Der Junge änderte schlagartig seine Haltung, das freche Grinsen verschwand. Er sprang unter den Blicken der Wirtin vom Hocker herunter und rempelte mich grob an. Ich taumelte nach hinten. Da packte mich Jabber beim Arm und versuchte, mich durch das Lokal zu schleifen. In der anderen Hand hatte er ein Paket, etwa so groß wie eine Familienbibel – unwahrscheinlich allerdings, dass es sich dabei um irgendetwas Heiliges handelte.

„Lass mich los!“, schrie ich, und Ahmed versuchte, Jabber wegzuschieben. Aber vergeblich, der Rotschopf war viel kräftiger, als er aussah.

„Pst!“, zischte er dann auf einmal. „Bitte halt den Mund, kleine Lady.“

„Das werde ich ganz sicher nicht tun!“

„Bitte – nicht hier."

Er wirkte plötzlich so verängstigt, dass ich nachgab. Rasch zog er mich in eine dunkle Ecke, in die das Licht der Gaslaternen nicht drang. Ahmed folgte uns, den Blick wütend auf Jabber gerichtet.

„Du musst hier weg! Sofort! Ich weiß jetzt, wer du bist. Wenn man mich mit dir sieht, bin ich tot", erklärte Jabber und versuchte, mich auf eine Holzbank runterzudrücken, die hinter einem Tisch stand.

In meinem Kopf wirbelten die Gedanken durcheinander. Er wusste, wer ich war? Aber woher? Hatten die Ganoven davon Wind bekommen, dass wir bei Zwingler ermittelt hatten? Waren sie Baruch gefolgt und hatten uns mit ihm zusammen gesehen? Waren sie nun auf der Suche nach uns? Wenn ja, dann musste das eine wirklich furchterregende Bande sein. Schließlich hatten wir Moses Zwinglers Laden erst gestern aufgesucht. Es gab so viele Möglichkeiten! Es war, als müsste ich gegen einen völlig überlegenen Gegner Federball spielen, und zwar mit verbundenen Augen. Ich muss zugeben, zum allerersten Mal war ich wirklich ratlos.

„Ich gehe nirgendwohin", sagte ich. „Nicht bevor du meine Fragen beantwortet hast, Jabber Jukes."

„Woher kennst du den?" Jabber ragte über mir auf, da ich gezwungen war, auf der Holzbank zu sitzen. „Den kenn nur ich und mein Schöpfer."

„Wie bitte?" Ich hatte keine Ahnung, wovon dieser Junge sprach.

„Woher kennst du meinereiner?“, wiederholte Jabber. Er setzte sich neben Ahmed auf einen der Holzstühle mir gegenüber.

„Er will wissen, woher du kennst seine Namen“, sprang Ahmed ein.

Na wunderbar! Ein Ägypter verstand diesen englischen Flegel besser als ich!

„Ich habe da so meine Quellen.“

„Ich wette, das hast du alles nur erfunden.“

„Ich gehe in die Petticoat Lane und frage nach dir“, sagte ich, einem plötzlichen Geistesblitz folgend. „Ich sage, du seist mein Freund und hättest mir all deine Geheimnisse anvertraut, schließlich kannst du deine Klappe ja nie halten. Ich sage allen, ich hätte gesehen, wie du der Polizei alles erzählt hast.“

„Ich bin doch kein Singvogel nicht“, protestierte Jabber empört.

„Wie bitte?“ Schon wieder verstand ich nichts. Singvogel? Was konnte er damit bloß meinen?

„Ich geh nicht zu den Bullen petzen.“

Na endlich! Das hatte ich jetzt verstanden.

„Das hab ich auch nicht behauptet. Ich will nur, dass du mir ein paar Fragen beantwortest.“

„Wie hast du mich eigentlich gefunden?“ Jabber ließ seine Augen die ganze Zeit durch das Lokal wandern, um sicherzustellen, dass uns keiner beobachtete.

Ich beschloss ihm den schlimmsten Schlag zu verpassen, indem ich ihm alles sagte, was wir über ihn wussten. „Ich kenne eben Mittel und Wege, klar? Jetzt hör mal gut zu, Jabber. Ich weiß, dass du zu einer widerlichen, heruntergekommenen Verbrecherbande gehörst. Und ich bin sicher, die Polizei würde gern alles drüber erfahren. Ich weiß, dass ihr den Ladenbesitzern in der Raven Row Schutzgelder abknöpft …"

„Das ist nicht für mich", unterbrach er mich. „Das ist für den Captain."

„Was für ein Captain? Wovon redest du da?"

„Captain wie Schiffs-Käpt'n." Er grinste, als hätte ich mich eben irgendwie als Dummkopf entlarvt.

„Wer ist der Captain, Jabber? Ich wette, dein ‚Käpt'n' hat noch nie einen Fuß auf ein Schiff gesetzt. Denk daran: Wenn ich will, kann ich dir das Leben ziemlich unangenehm machen kann."

„Er heißt Napoleon Bonaparte."

„Versuch nicht, mich für dumm zu verkaufen."

Irgendwie hatte ich die Kontrolle verloren, und ich wusste nicht mal wodurch.

Jabber schien sich etwas entspannt zu haben, denn er beugte sich vor, und ein schmieriges Lächeln breitete sich auf seinem Gesicht aus. „Bist ganz schön hübsch, so aus der Nähe, Miss."

Ich lief rot an und runzelte verärgert die Stirn.

„Ja, eine echte Schönheit", fuhr er fort und entblößte seine braunen Zähne, was wohl ein verführerisches Lächeln sein sollte. „Aber du könntest einen Hauch Puder vertragen, wenn ich das mal so sagen darf."

Sein einfältiges Lächeln erinnerte mich irgendwie an das Verhalten eines ekelhaften Mannes mittleren Alters. Wahrscheinlich kam er sich selbst gerade sehr schlau und männlich vor. Ich konnte mich nur schwer beherrschen, ihm nicht ins Gesicht zu lachen. Noch nie hatte mich jemand „hübsch" genannt oder mir geraten, Puder aufzutragen. Nicht einmal mein lieber Vater, der mich gern etwas damenhafter sehen würde.

Ich überlegte gerade, ob ich Jabber eine Ohrfeige verpassen sollte, als ein schriller Pfiff ertönte. Sekunden später war das Lokal voller blau uniformierter Leute. Kegelförmige Hüte ragten über den Zylindern, Hauben und Filzhüten der Gäste empor, grobe Stiefel polterten über den Boden. Das war der Anblick, der jedem Ganoven Angst einjagte, und wie durch Zauberhand waren die meisten Leute auf einmal verschwunden. Hätte Ahmed Jabber nicht am Arm festgehalten, hätte der sich sicherlich auch aus dem Staub gemacht.

„Die Blaubäuche", keuchte Jabber und versuchte, sich aus Ahmeds Griff zu befreien.

„Ich weiß." Ich nickte. So langsam verstand ich Jabbers Slang. „Ja, die Bullen sind da."

„Lass mich los! Finger weg!" Jabber war aus seinem Jackenärmel geschlüpft, aber Ahmed hatte ihn am Arm gepackt. „Das ist 'ne Razzia, du blöde Gans!", raunzte er mich an.

Nur wenige Schritte von unserem Tisch entfernt stand ein Polizist, ein groß gewachsener junger Mann mit einem dicken Schlagstock und Handschellen am Gürtel. Ein Grinsen blühte auf seinem rosigen Gesicht, und es wurde noch breiter, als er unseren rothaarigen Schurken erblickte. Er musste sich nur noch zwischen zwei Männern durchschieben, zwei grell geschminkten Theaterleuten, dann würde er bei uns sein.

„Die buchten mich ein“, stöhnte Jabber, als er den Polizisten sah und ihm klar wurde, dass er diesmal nicht entkommen konnte. „Ihr müsst mir helfen.“

Damit brach er auf dem Tisch zusammen. Sein Kopf landete in einer Bierpfütze. Gleichzeitig schlug unter dem Tisch etwas gegen meine Beine. Meine Hände wussten noch vor meinem Gehirn, was das sein musste: das in Tuch geschlagene Paket, das Jabber bei sich hatte. Äußerlich ruhig nahm ich es entgegen, mein Herz hingegen raste. Mit leicht zittrigen Händen steckte ich das Paket in meine Tasche, ohne mir etwas anmerken zu lassen.

„Gin? So früh am Tage?“ Schon ragte der Polizist über unserem Tisch auf. „Du solltest wirklich aufpassen, Jabber, sonst endest du noch im Armenhaus wie deine alte Mutter.“

„Nee, war doch nur ein Tropfen Bier zum Kehlebefeuchten.“

„Na los, Bürschchen, mitkommen.“ Der Polizist richtete Jabber auf und legte ihm Handschellen um. Dann fiel sein Blick auf mich. „Dieser Halunke hat Sie hoffentlich nicht belästigt, Miss?“

„Nein, keineswegs“, sagte ich ruhig. „Ich hatte einen anstrengenden Einkaufsvormittag hinter mir und fühlte mich ziemlich schwach auf den Beinen, daher bin ich hier hereingekommen, um mich kurz hinzusetzen. Wirklich ein merkwürdiger Ort.“ Ich sah mich in gespielter Unschuld im Lokal um.

Der Polizist schien mein Täuschungsmanöver zu schlucken. „Sie hätten lieber nicht reinkommen sollen, Miss“, sagte er in väterlichem Ton. „Sie sind doch eine respektable junge Dame, das sehe ich auf Anhieb. Das hier ist nicht der richtige Ort für Sie. Der *Norfolk Punch* zieht eine Menge übler Gestalten an. Ehrlich gesagt, wir haben einen Hinweis bekommen, deswegen sind wir hier. Der Laden ist eine echte Räuberhöhle.“

„Vielen Dank, ich wollte ohnehin gerade gehen.“ Ich stand auf, und Ahmed folgte meinem Beispiel.

„Augenblick noch“, sagte der Polizist mit Blick auf Ahmeds exotische Erscheinung. „Und wer ist das?“

„Ein Freund, der gerade bei mir zu Gast ist, Sir.“

„Wie lange kennen Sie ihn schon?“ Er musterte Ahmed von oben bis unten, und die Qualität seiner Kleider schien ihm nicht zu entgehen. Vielleicht waren die Kleider sogar zu hochwertig? „Der Punkt ist nämlich, dass wir gewarnt wurden, im *Punch* würden sich gerade ein paar kriminelle Elemente herumtreiben.“

„Ahmed ist aber kein kriminelles Element.“

„Er ist Ausländer.“

„Na und?“

„Bei Ausländern kann man nie wissen."

Er wandte keine Sekunde den Blick von Ahmed ab, und ich sah dem jungen Ägypter an, dass ihn die Musterung nervös machte. Auf einmal sprang Ahmed auf, ließ mich stehen und versuchte, an dem Polizisten vorbei zur Tür zu huschen. Dieser Narr! Er hatte keine Chance – das Lokal war immer noch viel zu voll. Der Polizist musste nur den Arm ausstrecken und ihn bei den Rockschößen packen. Ahmed ging zu Boden. Der Polizist bückte sich, holte ein zweites Paar Handschellen hervor und hatte Ahmed in Sekundenbruchteilen gefesselt. Jabber, der Ganove, beobachtete die ganze Szene mit einem gemeinen Grinsen.

„Wie können Sie es wagen!", raunzte ich den Polizisten an.

„Wenn er nichts Böses im Schilde führt, wieso hat er dann versucht zu fliehen?", fragte der Mann.

„Weil Sie ihm Angst gemacht haben", sagte ich möglichst herrisch. „Das ist Ahmed El Kassul – wie gesagt, ein Freund von mir und derzeit mein Gast. Mal sehen, was geschieht, wenn meine Tante, die Gräfin, davon erfährt! Und mein Vater, der Bischof!"

Ein leiser Zweifel überschattete kurzfristig das Gesicht des Polizisten, aber er ließ nicht locker. „Tut mir leid, Miss, ich habe keine Wahl. Ich muss den Burschen mitnehmen."

Ich war so wütend, dass ich mich kaum beherrschen konnte. Gleichzeitig hatte ich ein schlechtes Gewissen.

Ahmed war sichtlich verzweifelt. Ich starrte den Polizisten zornig an, doch mein Herz pochte voller Angst.

In welch verzwickte Situation hatte ich uns da nur hineinmanövriert! Ich hatte Jabber das Paket abgenommen, ohne die leiseste Ahnung zu haben, was es enthielt. Wenn der Polizist meine Tasche durchsuchte und etwas Schlimmes entdeckte, würde ich auch ins Gefängnis wandern! Und wie sollte ich dann Ahmed befreien? Was würden mein Vater und Tante Hilda bloß sagen?

„Wir bringen sie alle auf die Polizeistation von Covent Garden“, sagte der Polizist und nickte mir zu, als wollte er andeuten, dass nun genug der Worte gewechselt waren. Dann bedeutete er Ahmed, Jabber zu folgen, der ausnahmsweise mal – man soll ja auch für kleine Gnaden dankbar sein – den Mund hielt. Und so wurden beide nach draußen verfrachtet, zusammen mit der jämmerlichen Prozession der zukünftigen Knastbrüder und armen Frauen.

Zu allen Seiten spiegelte sich der voranschreitende Tross in den riesigen Spiegelflächen wider. Die normalen Kunden hatten währenddessen nicht aufgehört, Gin zu trinken und zu plaudern, und sie betrachteten das Abführen der Verhafteten mit demselben mageren Interesse, das die meisten Zuschauer für eine Partie Kricket an einer Jungenschule aufbringen.

Ich sank gegen die Wand und Ahmeds Gesicht verschwamm vor meinen Augen. Ein Schrei entrang sich unwillkürlich meiner Kehle. Ahmed sah hilflos über die Schulter zurück zu mir, und auch einige Gäste richteten den Blick auf mich, bevor sie sich wieder ihren schmauchenden Zigaretten zuwandten. Es gab hier niemanden, der mir helfen konnte. Keinen kümmerte meine Lage.

Bevor er durch die Tür verschwand, drehte Jabber noch einmal den Kopf und sah mir in die Augen. Zu meiner Überraschung grinste er wieder. Dann zwinkerte er mir beinahe unmerklich zu, bevor der Polizist ihn mit einem Schubs aus der Tür beförderte.

13

„Also, Ahmed wurde verhaftet und du hast ein Paket, in dem sich vermutlich Diebesgut befindet. Und wie gedenkst du, aus diesem Schlamassel wieder herauszukommen?“, fragte Rachel.

„Ich weiß es nicht.“ Ich ließ zutiefst beschämt den Kopf hängen.

„Du weißt es nicht!“

„Die Polizei hat ihn nach Covent Garden gebracht. Keine Sorge, mir wird schon etwas einfallen.“

„Bitte! Verschone uns damit!“ Rachel marschierte im Wohnzimmer meiner Tante hin und her, wobei ihre Rockschöße aufgeregt wippten. „Versprich mir bitte eines, Kit: keine neuen Pläne, ja?“

Aber nichts, was Rachel sagte, hätte mir ein noch schlechteres Gewissen machen können, als ich es ohnehin schon hatte. Meine Freunde hatten mich davor gewarnt, in die Gin-Kneipe zu gehen. Ich hatte nicht auf sie gehört – und was war passiert? Ahmed saß hinter Schloss und Riegel!

Vielleicht hatte Rachel ja Recht. Vielleicht musste ich endlich lernen zu überlegen, bevor ich zur Tat schritt. Während Rachel es problemlos geschafft hatte, der Nichte des Schneiders die Nachricht über den Überfall auf Baruch zukommen zu lassen, hatte ich ...

„Du hast gar nichts erreicht, Kit. Aber nein, das stimmt nicht ganz. Du hast durchaus etwas erreicht – nämlich, dass alles nur noch schlimmer ist!“, sagte Rachel, als hätte sie meine Gedanken gelesen.

„Lass es bitte sein“, flehte ich und sah Jabbers Paket an, das auf dem Kartentisch lag. „Lass uns das Paket aufmachen. Vielleicht erweist es sich ja als hilfreich. Vielleicht enthält es einen Hinweis oder so.“

„Manchmal denke ich wirklich, man sollte dich am besten gar nicht mehr aus dem Haus lassen“, sagte Rachel gnadenlos. „Oder höchstens mit einem Hundehalsband um den Hals und einem Aufpasser direkt an deiner Seite.“

„Ich könnte doch zur Polizeistation gehen und ...“

„Das tust du ganz sicher nicht“, unterbrach mich Rachel. „Wir warten, bis deine Tante wieder nach Hause kommt. Du musst ihr alles erklären und sie dann irgendwie dazu bringen, dass sie dir hilft.“

„Hör zu, ich weiß, dass ich einen schlimmen Fehler gemacht habe“, sagte ich. „Aber jetzt hör endlich auf, auf mich einzudreschen!“ Lustlos nahm ich das Paket in die Hand. Das derbe graue Leinentuch war mit einer Schnur umwickelt. Das Paket war ungefähr so groß wie ein Buch und ließ sich zusammendrücken. Ich presste fester. Und ertastete etwas Hartes.

„Wer weiß, was da drin ist? Könnte Gift sein. Oder eine Waffe“, sagte Rachel.

„Nein, da wäre die Form anders.“ Ich versuchte, die Schnur durchzubeißen. „Vielleicht krieg ich die Schnur mit den Zähnen auf.“

Stumm hielt mir Rachel eine Nähschere hin.

Ich kam mir mal wieder total idiotisch vor. Schnell schnitt ich die Schnur durch und machte das Paket auf. Da war ... nein, keine Pistole, kein Säckchen mit Edelsteinen oder Diamanten. Und eindeutig nichts, was uns auf die Spur der verschwundenen Mumie gebracht hätte. Zwischen den Falten des Tuches kam eine alte Schüssel zum Vorschein.

„Das ist ja nur ein Buttertiegel!“, stieß Rachel enttäuscht hervor.

Ich sah das Ding, das zwischen den Stofffalten hervorblitzte, mit wachsender Aufregung an. Es glänzte matt unter einer Schmutzschicht.

„Das ist kein Buttertiegel“, widersprach ich.

„Aber sicher doch.“ Rachel nahm die Schüssel in die Hand. Ein seltsames Wappen war darauf eingraviert – ein Tier, das so ähnlich aussah wie eine Kuh. „Hässliches Ding.“ Rachel drehte es verwirrt in der Hand hin und her.

„Nein!“ Ich schüttelte den Kopf. „Ich meine, es ist nicht *nur* ein Buttertiegel.“

Rachel sah mich an, als spräche ich Chinesisch.

„Wie ist das wohl in Jabbers Hände geraten?“, fuhr ich fort und wandte meine Aufmerksamkeit wieder dem schmutzigen Tuch zu. Ich betastete den Stoff – nichts. Nichts ... außer einem winzig kleinen Zettel. Gespannt faltete ich ihn auf und las das Gekritzel:

jacko mach kein mist ich will die hälfte von dem schotter weil ich hab die sachen besorgt.
J.

Ich reichte Rachel den Zettel und ging zum Fenster.

In meinem Kopf rasten die Gedanken. Ich hatte eine Idee, wie wir den Zettel und den Buttertiegel zu unserem Vorteil nutzen konnten. Es war Zeit, dass ich mich noch mal mit Jabber unterhielt.

Sollte ich mich an Rachel vorbeischleichen und nach Covent Garden gehen? Dort könnte ich vielleicht herausfinden, in welches Gefängnis Ahmed und Jabber gebracht worden waren. Oder wurden sie noch auf der Polizeistation festgehalten? Ob man dort mit einer kleinen Bestechung weiterkäme? Ich hatte gehört, manchmal konnte man Kleinkriminelle so freibekommen.

„Was bitte soll das heißen?“, fragte Rachel und trat zu mir, um mir den Zettel zurückzugeben.

„Das ist doch offensichtlich.“ Ich konnte der Versuchung nicht widerstehen, es ihr heimzuzahlen, dass sie mir vorhin so die Leviten gelesen hatte.

„Für mich nicht“, antwortete sie kurz angebunden.

Ich wollte ihr gerade alles erklären, als ich plötzlich draußen auf der Straße etwas sah, was mir die Sprache verschlug. Ein bleistiftdünner Junge tauchte aus dem Schatten einer Mietdroschke auf. Sein großtuerischer Gang kam mir irgendwie bekannt vor. Und selbst aus dem fünften Stock war nicht zu verkennen, wem dieser feuerrote Haarschopf gehörte. Jabber Jukes!

Im nächsten Moment stürzte ich aus dem Zimmer und rannte die Treppe hinunter. Als ich zur Haustür kam, versuchte Jabber gerade Mary davon zu überzeugen, ihn hereinzulassen. Hinter ihm erblickte ich die schmale Gestalt von Ahmed.

„Ahmed!“, keuchte Rachel, die mir nachgelaufen war. „Wie schön, dich wiederzusehen!“

„Jabber“, sagte Ahmed, der sich über Rachels herzlichen Empfang sichtlich freute. „Er mich befreit.“

„Paar Leute waren mir noch ’nen Gefallen schuldig.“ Jabber zuckte mit den Schultern. „Mir schulden ’ne Menge Leute ’nen Gefallen.“

Während Rachel sich um Ahmed kümmerte, zog ich Jabber mit in den Speisesaal. Beim Anblick des Geschirrschranks voller Kristall, Porzellan und Silber und des Kerzenleuchters, der über dem auf Hochglanz polierten Tisch hing, blieb ihm schier die Luft weg. Vielleicht rechnete er im Kopf schon hoch, wie viel die Besitztümer meiner Tante einbringen würden, wenn er sie an einen seiner verbrecherischen Freunde verscherbelte.

„Komm bloß nicht auf dumme Gedanken, Jabber“, sagte ich streng. Einen kurzen Moment hatte mich die Vorstellung gestreift, ich könnte demnächst hierher zurückkommen und ein ausgeraubtes Haus vorfinden. „Ich will nicht, dass irgendeiner deiner verdorbenen Kumpels sich das Silber oder sonst was unter den Nagel reißt.“

„Das ist ’ne bösartige Unterstellung“, sagte er und versuchte, beleidigt zu schauen.

„Also, was willst du hier, Jabber?“

„Ich bin nur gekommen, um mich zu bedanken. War richtig nett von dir, mich vor den Bullen zu retten. Hätten sie das Paket bei mir gefunden, wär ich sicher eingebuchtet worden.“

„Eingebuchtet?“ Ich dachte an den Zettel zurück, den ich gefunden hatte. Diesmal durfte ich mich von diesem Kleinganoven nicht mehr austricksen lassen. „Du meinst, ins Gefängnis gesteckt?“

Er sah mich an, als würde er sich wundern, wie dumm ich war. „Na klar, was denn sonst?“

„Das Gefängnis wäre wohl auch der passende Ort für dich“, sagte ich grinsend.

„Na wie nett von dir, danke aber auch.“

„War doch nur ein Witz. Wir haben doch auch Grund, dir zu danken. Weil du Ahmed geholfen hast.“

„Eine Hand wäscht die andere. Und, kann ich jetzt das Paket wiederhaben?“ Er deutete auf das Stoffbündel, das ich in der Hand hielt.

Der Kerl war wirklich ausgekocht. „Ich weiß, was da drin ist“, sagte ich. „Ich weiß auch, wo du es herhattest und was du damit tun wolltest!“

„Du bluffst doch.“ Jabber sah mich unsicher an.

„Oh nein, ganz sicher nicht. Ich lege meine Hand dafür ins Feuer, Jabber, dass du so ziemlich jede Gelegenheit ergreifst, die sich dir bietet. Du bist ein Dieb, und das wirst du immer bleiben.“

„Wer sagt das?“ Er starrte mich verächtlich an.

„Ich. Letzte Nacht wurde das Haus von Lady Mary Leland in Belgravia ausgeraubt. Die Einbrecher ließen jede Menge Sachen aus der Küche mitgehen, bevor sie vom Butler entdeckt und aus dem Haus gejagt wurden. Bei der Flucht haben sie den Hund erschossen. Einen Cockerspaniel. Völlig harmlose Hunderasse, soviel ich weiß.“ Ich warf Jabber eine Zeitung hin, aufgefaltet auf der Seite mit dem Bericht über den Einbruch. Die Zeitung fiel zwischen uns auf den Teppich. „Die Details kannst du alle da nachlesen.“

„Schade um den Köter“, murmelte Jabber mit Blick auf den Boden. Er hatte so leise gesprochen, dass ich mir nicht sicher war, ihn richtig verstanden zu haben.

Langsam zog ich den Buttertiegel aus dem Leinentuch heraus.

Jabber sah mir direkt ins Gesicht. Reue konnte ich in seinen Augen nicht erkennen. „Na los, Prinzessin, dann geh doch zu den Bullen und verpetz mich.“ Wieder verzog er den Mund zu einem breiten Grinsen, das seine braunen Zähne entblößte. „Aber die werden mich nicht kriegen."

„Ich hatte gar nicht vor, zur Polizei zu gehen", sagte ich lächelnd.

„Was?"

„Ich habe eine viel bessere Idee." Ich holte die Nachricht an „Jacko" heraus und las sie Jabber langsam vor. Er zuckte mit keiner Wimper. Als ich fertig war, schwieg er. „Du musst mich ja für ziemlich bescheuert halten", sagte ich.

Er zuckte mit den Schultern, als wollte er dem nicht widersprechen.

„Überleg doch mal", fuhr ich ruhig fort. „Das hier ist nicht einfach eine alte Schüssel, sondern ein sehr kostbares Stück aus feinstem Silber. Und ich weiß genau, was die Nachricht zu bedeuten hat. Was ist eigentlich aus dem Ehrenkodex der Diebe geworden?"

„Was willst du damit sagen?"

„Ich werde dir erzählen, wie alles abgelaufen ist, Jabber. Du hast nicht einfach den Buttertiegel von Lady Mary Leland gestohlen. Du hast sie deinem ‚Captain' gestohlen. Wie war gleich noch mal der Name, den du im *Norfolk Punch* erwähnt hast? Velvet Nell? Ja, genau, Velvet Nell. Du wolltest den Tiegel an jemanden schicken, der sich solcher Diebeswaren annimmt, damit er das Silber einschmilzt – den Verdienst hättet ihr euch geteilt. Du wolltest deine Velvet Nell hintergehen, hinter ihrem Rücken absahnen."

„Tja, so läuft das Geschäft eben."

„Stehlen nennst du Geschäft?" Ich schaute ihm in die Augen. „Was Velvet Nell wohl zu der Sache sagen würde?"

Jabber sagte nichts – endlich war sein Dauerredeschwall einmal gestoppt. Etwas Unterwürfiges haftete ihm jetzt an – unter dem schicken und viel zu großen Jackett und seinem breiten Gürtel steckte eben doch nur ein kleiner, ängstlicher Junge.

„Die Diebstähle eurer Bande interessieren mich nicht. Und deine Vetternwirtschaft auch nicht. Jedenfalls im Moment nicht. Ich werde dir helfen, Jabber, indem ich über deinen kleinen Schwindel Stillschweigen bewahre. Aber ich möchte, dass du mir im Gegenzug auch hilfst."

„Also gut, Miss." Er versuchte, sich am Riemen zu reißen.

„Ich will wissen, was es mit der falschen Mumie auf sich hat. Wer hat sie in Moses Zwinglers Schneiderei bestellt? Wer hat dafür bezahlt?"

Jabber setzte einen argwöhnischen Blick auf und blinzelte ein paarmal, bevor er mir schließlich ins Gesicht sah. „Ich sag's dir, Miss, auch wenn Velvet Nell, mein Captain, mich dafür umbringen würde. Du hast selbst gesehen, was sie mit dem Grünschnabel gemacht hat. Wenn sie von der Sache je Wind kriegt, kann ich mir die Radieschen von unten angucken."

„Wer ist diese Velvet Nell überhaupt?"

„Noch nie von ihr gehört? Ist ein harter Brocken, diese Velvet Nell. Einer der gefürchtetsten Captains in der Branche, Frau hin oder her. Sie hat die ägyptische Mumie gestohlen und die falsche in der Schneiderei gemacht. Und der Grünschnabel …“ Er brach ab.

„Sie hat den armen Baruch abstechen lassen, nur weil deine Bande ihm gefolgt war und gesehen hatte, wie er mit uns redete. Die Frau muss ein Ungeheuer sein.“ Dann fiel mir noch etwas ein. „Warst du auch an der Bushaltestelle?“

Ich erkannte an seiner Reaktion, dass er da gewesen war.

„Oh Jabber, du hast Baruch aber nicht selbst niedergestochen, oder?“

„Nein, Miss, ich hab's nicht mit dem Töten. So was mach ich nicht.“

„Ehrlich?“

„Ich schwör's bei meinem Leben.“

Ich hatte keine Wahl, als ihm zu glauben. Aber Jabber kam mir auch nicht wirklich gemeingefährlich vor. Außerdem, wenn er ein Mörder gewesen wäre, dann wäre er doch jetzt nicht hier gewesen, oder? Sondern hätte mir spätestens in der Kneipe die Kehle aufgeschlitzt.

„Wo ist die echte Mumie?“

Jabber zögerte – vermutlich versuchte er gerade, sich eine Lügengeschichte auszudenken.

„Ich warne dich, Jabber – wenn du mich anlügst

oder mich auf die falsche Fährte hetzt, geh ich hiermit schnurstracks zu Velvet Nell.“ Ich hielt den Zettel hoch.

Jabber stöhnte. „Kennst du das Alhambra?“

Ich nickte. Jeder kennt das berühmte Theater mit seiner riesigen Kuppel und den hohen Minaretten, das am Leicester Square aufragt.

„Dorthin hat der Velvet Mob die Mumie gebracht, hinter die Bühne, in eine der Requisitenkammern. Da verstecken wir immer wieder Sachen. Unser Lady Captain liebt die Varietétheater. Man kann die gute alte Velvet Nell gar nicht verfehlen.“

„Langsam, langsam. Der Velvet Mob ist wohl eure Bande?“

Er nickte.

„Aber wozu braucht die Bande so eine uralte ägyptische Mumie? Und wieso auch noch ausgerechnet *diese* Mumie?“

„Keine Ahnung“, gestand Jabber. „Bender und ich haben uns die Mumie mal genauer angeschaut, als wir sie mit der Kutsche von Oxford nach London gebracht haben. Wir dachten ...“

„Ihr dachtet, ihr findet vielleicht was Wertvolles darin, was sich zu stehlen lohnt.“

„Nein, Miss.“ Er grinste, aber ich glaubte ihm kein Wort. „Jedenfalls, wir haben sie uns angeguckt, und es war nur ein vertrocknetes altes Ding, das in stinkige Verbände gewickelt war. Die haben wir natürlich nicht aufgemacht, sondern nur drumrum geschaut – Junge, hat das gestunken!“

„Natron“, sagte ich abwesend. „Das sind die Salze, die zum Einbalsamieren verwendet werden. Aber es ist mir immer noch ein Rätsel, warum diese Mumie für Velvet Nell so eine Bedeutung hat.“

Jabber zuckte mit den Schultern. „Ich hab nur meine Arbeit gemacht. Ich führe nur Befehle aus. Keine Ahnung, was Velvet Nell vorhat.“

Ich glaubte ihm. Aber es erschien mir dennoch sehr merkwürdig, dass Velvet Nell, allem Anschein nach eine ganz gewöhnliche Kleinkriminelle aus dem East End, ein besonderes Interesse an Mumien haben sollte. Bestimmt hatte sie das Ding nur im Auftrag stehlen lassen – von jemandem, der im Verborgenen blieb, während die Bande die gefährliche Arbeit übernahm.

„Woran erkenne ich Velvet Nell?“

„Ich steh nicht auf magere Frauen. Da bin ich wie jeder andere Mann – ich mag üppige Kurven.“ Jabber grinste. „Nell ist eine üble Gesellin, launisch und manchmal ganz schön grausam. Aber sie ist eine richtige Schönheit.“ Er griente anzüglich. „Allerdings nicht so schön wie du, muss ich sagen.“

„Das reicht jetzt“, keifte ich. „Erzähl mir mehr über sie.“

„Die Frau kann man nicht verfehlen. Breit wie ein Bus ist sie. Und sie trägt nie was anderes als roten Samt.“

„Wie komme ich hinter die Bühne?“

Er zuckte die Achseln. „Verkleide dich als Bühnenhelfer, dann fällst du da nicht auf. Und steck dem alten Kerl am Durchgang einen Schilling zu, dann lässt er dich in Ruhe.“

„Pst!“, zischte ich. Ich hatte von draußen nämlich Schritte gehört.

Aber es war nur Rachel. Als sie hereinkam und Jabber erblickte, blieb sie wie angewurzelt stehen. Ich kann Rachels Gefühle ziemlich gut in ihrem Gesicht lesen. Sie war schockiert, dass Jabber immer noch hier war.

„Wir sind Ihnen wohl zu Dank verpflichtet, weil Sie Ahmed aus dem Gefängnis geholt haben“, sagte sie.

„Schon gut, Miss.“ Jabber lief krebsrot an. Der errötete ja so oft wie ein Mädchen auf seinem ersten Ball! „Ich helf gern.“

„Ich bin Ihnen dankbar. Obwohl Ahmed erst gar nicht verhaftet worden wäre, wenn Kit nicht ...“

Anscheinend hatte mir meine Freundin immer noch nicht verziehen.

„Wie auch immer, Kit“, fuhr sie fort. „Ich wollte dich daran erinnern, dass deine Tante um fünf zurückkommt.“

Ich sah auf die Uhr. Zehn vor fünf. Tante Hilda würde jeden Moment hereinschneien.

„Jabber wollte sowieso gerade gehen.“

„Nein, wollte ich nicht. Ich hätt nix gegen eine Tasse Tee. Meine Kehle ist schon ganz ausgedörrt.“

„Jabber, du musst jetzt gehen. Meine Tante kommt gleich, und ich glaube nicht, dass sie sehr erfreut wäre, dich hier vorzufinden."

Mit grimmigem Gesicht ließ Jabber sich schließlich hinausbegleiten. Nach dem Schock der Erkenntnis, dass ich etwas gegen ihn in der Hand hatte, hatte er schnell wieder seine Fassung zurückgewonnen. Auf dem Weg hinaus stolzierte er hierhin und dahin und besah sich die Gemälde im Flur, als wären sie sein Eigentum.

Als er gerade die Treppe hinunterstapfte, rief ich ihm hinterher: „Wir sehen uns dann im Alhambra." Dabei kniff ich das linke Auge zu einem jabberähnlichen Zwinkern zu.

„Ich würd dir da gern einen ausgeben", antwortete er. „Aber leider ist es meiner Gesundheit nicht zuträglich, mit dir gesehen zu werden."

„Den Gin würde ich sowieso nicht annehmen." Ich zögerte. Ich wollte ihm noch etwas sagen, wusste aber nicht, wie ich es ausdrücken sollte. „Jabber?"

„Ja?"

„Du sollst wissen, dass ich meinen Teil der Abmachung einhalten werde. Ich verrate deinem Captain nichts." Ich hielt inne und rang nach den richtigen Worten. „Und ich weiß deine Hilfe wirklich zu schätzen. Du hast dich wie ein Gentleman verhalten."

„Hübsch gesagt, Miss", sagte er unbeholfen.

„Sag doch bitte ... Kit zu mir."

Jabber errötete vor Freude, und sein Mund verzog sich wieder zu einem Lächeln, das seine schlechten Zähne entblößte. Dann kam er auf mich zu, und ich dachte schon entsetzt, er würde mich gleich umarmen. Aber er drückte nur meine Hand. Und legte mir dabei verstohlen etwas hinein. Etwas Hartes, Glattes.

Überrascht sah ich nach unten. Drei der guten silbernen Teelöffel meiner Tante glitzerten auf meiner Handfläche.

„Tut mir leid, Kit", murmelte Jabber, drehte sich weg und schlug seinen Kragen hoch. „Die Macht der Gewohnheit."

14

Ein Drahtseil spannte sich über der Kuppel des Alhambra, weit über dem Zigarrenqualm, dem Klirren der Champagnergläser und dem Geplapper der hübsch geschminkten Damen und ihrer Begleiter. Londons größtes Varietétheater war brechend voll. Es gab Gerüchte, wonach der Prinz von Wales persönlich anwesend sein sollte. Er war nämlich ein Bewunderer des Stars des heutigen Abends, des Großen Blondin, der auf seinem Hochseil sogar schon über die Niagara-Wasserfälle spaziert war.

Die meisten Zuschauer achteten nicht auf die zerlumpten Kinder, die durch den großen Saal liefen. Rachel hatte sich schlicht geweigert, mitten in der Nacht aus dem Haus zu schleichen, und Ahmed war bei ihr geblieben. Also waren nur Waldo, Isaac und ich hier, und zwar als Bühnenhelfer verkleidet.

Meinen daheimgebliebenen Freunden entging wirklich einiges: die Sägespäne unter den Füßen, die großen Kristalllüster, die über uns funkelten, die aufgeregten

Gäste, die sich um kreisrunde Tische versammelt hatten. Während Waldo behauptete, regelmäßig ins Varieté zu kommen, war ich selbst noch nie an solch einem unglaublichen Ort gewesen. Es war überwältigend!

Bei unserem Rundgang durch das Alhambra trafen wir auf einige beleibte Damen, die in flammendes Rot gekleidet waren. Velvet Nell hätte jede von ihnen sein können, und doch war keine von ihnen so auffällig, wie sie mir Jabber beschrieben hatte.

Und dann fiel mein Blick auf eine Frau, die mit lauter Herren an einem runden Tisch saß. Wie vom Donner gerührt blieb ich stehen. Die Frau war ungeheuerlich breit, sodass sie mehrere Stühle brauchte, teigig blass, und ihre Fleischmassen ergossen sich nach allen Seiten. Ihre Fäuste waren wie Schinkenkeulen, ihre Stiefel so groß wie Kricketschläger. Ich finde meine Hände auch groß, aber in den Pranken dieser Frau wären sie regelrecht verschwunden. Zu allem Überfluss war sie in meterweise roten Samt gehüllt, der so üppig und glänzend war wie Blut.

Man sollte meinen, solch eine Erscheinung sei ekelerregend, aber weit gefehlt. Sie war bezaubernd. Ihre Augen waren von einem funkelnden Blau, die Lippen öffneten sich inmitten der Fleischwüste ihres Gesichts zu einem hübschen Rosenblütenlächeln. Und sie hatte dicke Locken in einem besonders lebendigen Rotton. Außerdem glitzerte und funkelte sie im Schein der unzähligen Diamanten und Perlen, mit denen sie sich behängt hatte. Selbst von unserem Standort am Mittelgang aus konnte ich erkennen, dass die strammen Männer, die sie umgaben, sie gleichzeitig fürchteten und in sie verliebt waren. Velvet Nell thronte inmitten der Herren, eine große, wunderschöne Spinne, die ihr Netz spinnt. Die Halunken, die sie befehligte, waren ihre Opferfliegen.

Sie jagte mir eine Heidenangst ein. Instinktiv wusste ich, dass diese Frau sich von nichts und niemandem davon abhalten ließ, ihre Ziele zu erreichen.

Ich kratzte all meinen Mut zusammen und raunte meinen Freunden zu, auf dieser Seite des Raums zu bleiben. Dann schlich ich mich vorsichtig an Velvet Nells Tisch heran. Zum Glück bediente gerade ein Kellner den Nachbartisch und ich konnte hinter ihm in Deckung gehen. So gelangte ich bis auf wenige Zentimeter an die kissenartigen, weißen Schultern der samtenen Dame heran.

„Mehr Blubberwasser!“, hörte ich Velvet Nell gedehnt und mit irischem Einschlag ordern. „Mein Durst ist heute Abend besonders groß.“

Der Mann, den sie angesprochen hatte, schnipste den Weinkellner heran, und der versprach, sich um den Champagner-Nachschub zu kümmern, sobald er mit dem Bedienen des Nachbartisches fertig war.

„Also ist alles bereit für den Streich des Abends?“, fragte Nell.

Der Mann nickte.

„Das wäre auch besser.“ Aus jedem ihrer Worte troff ein bedrohlicher Ton. „Das ist eine große Nummer.“

„Ich würde Sie doch niemals enttäuschen, Nell“, erwiderte der Strolch.

Velvet Nell nickte. „Und das wäre auch nicht der beste Zeitpunkt, um damit anzufangen, das gebe ich dir gern schriftlich.“

Die Unterhaltung begann richtig spannend zu werden. Aber ausgerechnet jetzt schob sich der Kellner an Velvet Nells Tisch heran, um die Bestellung aufzunehmen. Ich konnte nicht riskieren entdeckt zu werden, deswegen schlüpfte ich zu meinen Freunden zurück, die auf der anderen Seite des vollen Raumes standen. Rasch weihte ich sie darin ein, dass die Bande offenbar etwas plante – und zwar noch heute Abend.

Aber Waldo hatte anscheinend ganz andere Dinge im Kopf. „Pst!“, zischte er und stieß mich aufgeregt an. „Da! Er ist es wirklich!“

Ein stämmiger Mann mit Backenbart saß in der rechten Ecke des Raumes an einem Tisch, der mit Austern und Champagner überladen war. Fröhliche, juwelenbehängte Damen und zünftige, nach der neuesten Mode gekleidete Herren umringten ihn. Ich sah ein zweites Mal hin. Tatsächlich, das war der Prinz von Wales – er stattete dem Alhambra einen privaten Besuch ab.

„Unfassbar, dass ich im selben Raum sein darf wie königliches Geblüt“, schwärmte Waldo. „Ich habe sozusagen den künftigen König von England kennengelernt! Mama wird außer sich vor Freude sein, wenn sie davon erfährt."

„Bestimmt ist deine Mama ohnehin eine enge Freundin des Prinzen", sagte ich sarkastisch.

„Wovon redest du da?"

„Sie muss doch sicher schon mal im Buckingham-Palast gewesen sein – auf einer ihrer Séancen." Waldos Mutter gab eine Menge Geld für Séancen aus, für Geisterbeschwörungen. Sie bezeichnete sich als sogenanntes „Medium" und kontaktierte für andere Menschen die „Seelen im Jenseits". Ich fand, sie machte sich damit ziemlich lächerlich. Aber Waldo, ganz der liebende Sohn, sah die Sache viel gnädiger. Ich zog ihn nur zu gerne damit auf.

„Medien nehmen nur zu verstorbenen Leuten Kontakt auf", schnaubte er. „Du hast ja wirklich keine Ahnung!"

„Du kannst ihr trotzdem nichts vom Prinzen erzählen." Ich beschloss, das Thema zu wechseln. „Wir sind in geheimer Mission hier, schon vergessen?"

Amerikaner lieben unsere königliche Familie nun mal. Sie beneiden uns um unsere wunderbare Königin und um Glanz und Gloria unseres königlichen Hofes, da sie selbst so etwas nicht haben. Obwohl ich sagen muss, dass Prinz Edward Albert in natura nicht gerade das Bild eines Märchenprinzen abgab. Er war berühmt-berüchtigt dafür, dass er den Verlockungen großer Festivitäten genauso erlag wie denen schöner Frauen. Aus der Nähe war allerdings deutlich zu erkennen, wie er zu seinem Spitznamen Tum-Tum – Bauch-Bauch – gekommen war.

Ich konnte Waldo und Isaac gerade noch zeigen, wo Velvet Nell und ihre vierköpfige männliche Begleitung saßen, da grollte auf einmal lautstarker Donnerhall durch den Saal. Ein Rampenlicht flammte auf und wurde auf den Großen Blondin gerichtet, der auf dem Hochseil balancierte. Er war recht klein und trug die Haare mit Seitenscheitel und ordentlich mit Pomade angeklebt. Seine engen kurzen Hosen endeten über hellen Kniestrümpfen, seine Füße steckten in bestickten Satin-Slippern. Das Drahtseil, auf dem er stand, sollte laut Plakaten gerade mal siebeneinhalb Zentimeter dick sein. Er verbeugte sich vor dem Publikum und besonders vor dem Prinzen von Wales. Dann gab es einen Tusch. Der Große Blondin band sich ein Tuch um die Augen und griff nach einer Balancierstange. Jetzt ging es los!

Das Seil verlief mindestens fünfzehn Meter hoch über unseren Köpfen und verfügte über kein Sicherheitsnetz. Sollte der Große Blondin abstürzen, würde er am Boden zerschellen. Hoffentlich hieß er nicht umsonst „Der Große". Aber wir hatten keine Zeit, hier herumzustehen und uns um die Gesundheit des Seiltänzers zu sorgen. Wir mussten unsere Arbeit machen, solange die Augen der Zuschauer auf den Künstler gerichtet waren.

Lautlos schoben wir uns zum Bühneneingang. Ein alter Mann bewachte die Tür, vermutlich um zu verhindern, dass irgendein betrunkener oder übereifriger Herr sich zu den Ballettmädchen hinter der Bühne Zugang verschaffte. Der Mann stellte, genau wie Jabber es gesagt hatte, kaum Fragen. Wir steckten ihm ein paar Schilling zu, dann ließ er uns ungehindert passieren.

Hinter der Bühne war es genauso voll und stickig wie im Saal. Zigarettendunst waberte im Licht der Gaslaternen durch die Luft. Ein leicht bekleidetes Ballettmädchen mit abstehendem rosa Tutu rannte in Strumpfhosen an mir vorbei. Ein Schwarm ähnlich angezogener Mädchen folgte wie Flamingos, die sich zu einem Wasserloch herabsenken. Ein Gipsdelfin lag verloren in der Seitenkulisse und stierte mit seinen Glasaugen fischig zu uns herüber.

Überall lagen Requisiten herum, überall wuselten Bühnenschieber hin und her und muskelbepackte Akrobaten. Der Regisseur brüllte seine Befehle über das ganze Durcheinander hinweg. Dieses Theater war eine seltsame Mischung aus Chaos hinter und Perfektion auf der Bühne.

Es würde nicht leicht werden, hier die Mumie zu finden. Zum Glück waren alle so mit ihren eigenen Angelegenheiten beschäftigt, dass sie nicht auf uns drei junge Bühnengehilfen achteten.

Ich wollte gerade vorschlagen, zur Treppe gehen, die aus den Seitenkulissen herausführte, als plötzlich ein

Raunen durchs Publikum ging. Neugierig spähten wir um den Vorhang herum.

Der Große Blondin hatte seinen blinden Lauf beendet und erntete nun stürmischen Applaus. Ein Akrobat brachte eine Schubkarre nach oben zu Blondin, der unter der Kuppel des Alhambra auf einer Planke saß. Offenbar sollte er die Schubkarre über das Hochseil schieben! Das kam mir unmöglich vor. Das Rad der Karre war doch viel dicker als das Seil! Blondin verneigte sich tief, setzte einen Fuß vorsichtig auf das Seil und wandte sich an einen Herrn aus dem Publikum.

„Glauben Sie, ich kann diese Schubkarre über das Hochseil schieben?“, fragte er.

„Ich denke schon“, antwortete der Mann.

Hektisches Geflüster jagte im Publikum hin und her und alle reckten den Kopf, um zu erkennen, wen Blondin angesprochen hatte. Es war der Prinz von Wales persönlich!

„Sind Sie sicher?“

„Warum nicht?“, erwiderte der Prinz.

„Sind Sie wirklich sicher?“

„Ja, wirklich sicher.“

„Hundertprozentig?“

„Hundertprozentig.“

„Wieso hüpfen Sie dann nicht in die Schubkarre hinein und lassen sich von mir über das Seil schieben?“

Atemlose Stille breitete sich im Saal aus. Kellner hielten mitten im Einschenken inne und erstarrten zu Salzsäulen. Herren, die gerade dabei waren, an ihren Zigarren zu paffen, blieben wie vom Donner gerührt stehen. Selbst der Rauch schien in der Luft erstarrt zu sein. Dann lachte der Prinz auf, und ein Seufzer der Erleichterung hallte durch den Saal. Der Prinz würde die Wette nicht annehmen. So etwas durfte er nicht riskieren. Das würde Königin Victoria in Rage versetzen.

„Ob das eine gute Idee ist?“, sagte der Prinz.

„Ich bürge mit meinem Leben für Ihre Sicherheit“, antwortete Blondin.

„Sie setzen Ihr Leben leichtfertiger aufs Spiel als die meisten Menschen, die ich kenne“, sagte der Prinz. „Aber ich will kein Spielverderber sein. Auf geht's!“

Schon erhob er sich mit einem Lächeln auf dem Gesicht vom Tisch. Seine Freunde und Begleiter versuchten verzweifelt, ihn umzustimmen, aber er schob sie einfach beiseite und ging zum Bühnenrand. Ungläubig sahen wir zu, wie ein paar Zirkusjungen dem beleibten Prinzen halfen, die Leiter hochzusteigen, die bis zur Planke unter der Kuppel führte. Ein leises Raunen ging durchs Publikum.

Er wollte es wirklich tun! Er war bereit, sein Leben und die Zukunft der Monarchie aufs Spiel zu setzen, und das nur wegen eines Theaterkunststücks!

„Los!“, zischte ich Isaac und Waldo zu, die mit offenem Mund nach oben schauten – genau wie jeder andere vor und hinter der Bühne. „Das ist der perfekte Zeitpunkt. Jetzt achtet kein Mensch auf uns.“

„Geh allein!“, antworteten sie wie aus einem Munde. „Ich will das sehen.“

Aber irgendwie konnte ich den Blick auch nicht abwenden – der Prinz war mittlerweile bei Blondin oben angekommen. Unten herrschte atemlose Stille, während er schwerfällig in die Schubkarre kletterte, die ehrlich gesagt ein bisschen zu eng für ihn aussah. Das Rad stand auf dem Seil, die Schubkarre schwankte bedenklich, und ich konnte mir gut vorstellen, wie dem Prinzen zumute sein musste. Der Große Blondin verbeugte sich noch einmal vor den Zuschauern, dann machte er sich auf den Weg, die Schubkarre mit dem Prinzen vor sich herschiebend. Er machte einen Schritt, dann noch einen. Es musste unfassbar schwer sein, solch eine Last auf einem dünnen Seil zu balancieren. Die Räder der Schubkarre waren um Längen breiter und größer als der wackelige Draht. Nur ein klitzekleiner Ausrutscher und ... Ich wagte es mir nicht auszumalen.

Beim zehnten Schritt geriet Blondin ins Wanken, und das Publikum raunte entsetzt. Jemand, der die Spannung offenbar nicht mehr ertrug, schrie auf. Auch meine Nerven waren zum Zerreißen gespannt. Aber dann fand Blondin sein Gleichgewicht wieder und setzte weiter einen Fuß vor den anderen.

Und dann, kaum ein paar Zentimeter vor dem Ende des Hochseils, geriet er erneut ins Schwanken. Die Schubkarre kippte leicht zur Seite, Blondins linke Hand schoss in die Höhe. Der Prinz fiel aus der Schubkarre, schaffte es aber, nach dem Seil zu greifen. Wie ein Stein stürzte die Karre nach unten und landete mit einem Übelkeit erregenden Poltern auf dem Boden. Der Prinz konnte sich nicht mehr halten, seine Hand rutschte ab, immer weiter, immer weiter ...

Jetzt konnte ihn nur noch Blondin retten. Sofort war der Akrobat wieder auf dem Hochseil und griff mit einer Hand nach dem hin und her schlingernden Prinzen. Aaah – er hatte ihn. Blondins Hand schloss sich um den Kragen des Prinzen und zog ihn nach oben. Ja, unser königlicher Erbe war in Sicherheit – oder würde es bald sein. Er musste einfach!

Unten verstummten die Schreie oder verwandelten sich in Dankgebete. Und dann nahm die Katastrophe ihren Lauf. Der Kragen des Prinzen riss, und in einer atemberaubenden Spirale segelte Englands Thronfolger als dunkler Schatten durch die Luft nach unten. Alles geschah so schnell, dass man kaum etwas erkennen konnte. Das Publikum geriet völlig außer sich. Grelle Schreie mischten sich mit wimmernden Schluchzern. Mutige Herren stürmten nach vorn, ein Akrobat sprang von der Bühne, um den stürzenden Prinzen aufzufangen, während neben mir ein Ballettmädchen in Ohnmacht fiel.

Doch dann schwang plötzlich etwas heran und flog so schnell auf den Prinzen zu, dass das Auge kaum folgen konnte.

Nun verstand ich gar nichts mehr. Was ging da vor sich?

Mit einem Lächeln griff der Prinz nach dem fliegenden Gegenstand – einem Stück Holz, das an einem Seil befestigt war. Ein Trapez! Der Prinz schlug einen Salto in der Luft, taumelte, kam wieder in Position. Einen Augenblick später landete er sicher am Boden, und sein stämmiger Körper wirkte dabei so anmutig wie der einer Balletttänzerin.

Unglaublich! Das Publikum schwieg wie vom Schlag getroffen. Was sollten wir von diesem Prinzen halten, der plötzlich solche akrobatischen Künste vorführte? Wo hatte er gelernt, mit einem Trapez zu fliegen?

Einer nach dem anderen erhoben sich die Zuschauer von ihren Plätzen und begannen mit hochgereckten Armen Beifall zu klatschen. Stehende Ovationen für einen Prinzen, der seinesgleichen suchte. Er empfing den Applaus mit einem bescheidenen Lächeln und so beiläufig, als übte er im Buckingham-Palast täglich Trapezschwünge.

Blondin war mittlerweile wie aus dem Nichts neben ihm aufgetaucht. Kein Haar tanzte aus der Reihe, und er blickte triumphierend, aber auch ruhig in die Menge. Dann hielt er Ruhe gebietend eine Hand hoch, und als der Applaus allmählich verebbte, verbeugte er sich. „Meine Damen und Herren, darf ich Ihnen meinen-Assistenten Barney vorstellen?“, sagte er. „Mein besonderer Dank geht an einen Gentleman mit echtem

Sportsgeist, der diesen kleinen Streich mitgemacht hat. Ich bitte um einen großen Applaus für ..." Die restlichen Worte gingen im Jubel unter, als ein Herr, der die ganze Zeit still in einer Ecke gesessen hatte, sich erhob.

Sofort wurde sein Gesicht vom Rampenlicht erhellt. Der buschige Backenbart, das vertraute Lächeln, die Pausbacken, die er von seiner Mutter, Königin Victoria, geerbt hatte – der Prinz von Wales, ja, er war es, unverkennbar! Wie hatten wir uns nur von einem Schauspieler blenden lassen können? Hier stand der echte Prinz vor uns, Seine Königliche Hoheit Prinz Albert Edward.

Der andere Mann war ein Akrobat, der in seine Rolle geschlüpft war. Und der echte Prinz hatte die ganze Zeit danebengestanden und die Reaktionen seiner zukünftigen Untertanen beobachtet. Was für ein Kunststück! Noch nie hatte das Alhambra so vor tosendem Applaus gehallt.

Wir drei allerdings konnten es uns nicht leisten, noch länger zu verweilen. „Haltet die Augen offen!", zischte ich meinen Freunden zu und tauchte in das Durcheinander, das hinter der Bühne herrschte. Mühsam bahnten wir uns einen Weg zwischen den Ballettmädchen hindurch, die sich in einer riesigen Wolke rosafarbener Tutus fertig machten, um ihre berühmte Delfindarbietung aufzuführen. Wir gingen einen dunklen Gang entlang, der nur von einigen wenigen flackernden Lichtern erhellt wurde. Irgendwo hier musste die Requisitenkammer sein.

„Wo ist Isaac?" Ich hatte mich herumgedreht und zu meinem Entsetzen festgestellt, dass er nicht mehr da war. Wenn ihm etwas zustieß, würde Rachel nie wieder ein Wort mit mir reden. Hastig gingen Waldo und ich denselben Weg wieder zurück, den wir gekommen waren. Und da war Isaac – stumm sah er in den Seitenkulissen einem Jungen zu, der eiserne Kanonenkugeln einsammelte und sie in eine Holzschatulle legte. So also wurde das „Theaterdonnern" erzeugt! Der Junge hatte die Aufgabe, die Eisenkugeln über eine hölzerne Rinne rollen zu lassen, was genau das Geräusch erzeugte, das wir vor Blondins Auftritt gehört hatten: das Geräusch eines aufkommenden Gewittersturms.

„Was hast du dir bloß dabei gedacht, einfach so wegzulaufen?", zischte ich Isaac zu.

Erschrocken wirbelte er zu mir herum. „Ich hatte gerade eine Idee, Kit!"

„Isaac!"

„Was denn?"

„Wir haben jetzt keine Zeit für deine ... Ideen!"

„Ich könnte eine viel bessere Methode erfinden, Donnergrollen herzustellen. Wenn man eine Metallrinne von der Decke bis zum Boden aufstellen würde ... Man könnte eine Dampfmaschine daran anschließen, die die Kugeln mit komprimiertem Dampf hochschießt, so schnell wie ..."

Ich packte Isaac am Arm und schleifte ihn hinter mir her. Wenige Augenblicke später bogen wir nach links ab und befanden uns wieder in dem schummrigen Gang.

„Isaac!“ Mir war eben ein völlig neuer Gedanke durch den Kopf geschossen. „Ich habe eine ganz besondere Aufgabe für dich.“

„Und zwar?“

„Wir brauchen dringend einen Aussichtsposten – aber nicht hier im Alhambra. Wenn wir die Mumie gefunden haben, muss uns jemand sagen, ob die Luft rein ist.“

„Ich verstehe nicht.“

„Ich möchte, dass du in der Charing Cross Road auf uns wartest und nach den Ganoven von Velvet Nell Ausschau hältst. Du musst Augen und Ohren jede einzelne Sekunde offen halten. Konzentriere dich, es ist wirklich wichtig!“

Isaac, der so leicht abzulenken ist, dass ihm nur selten echte Aufgaben anvertraut werden, war außer sich vor Freude. Stolz stapfte er Richtung Bühneneingang davon. Ich konnte nur beten, dass er die Charing Cross Road auch wirklich fand. Waldo und ich gingen währenddessen weiter. Das Schild, auf dem REQUISITEN stand, bemerkten wir beide in derselben Sekunde. Sofort begannen wir zu rennen.

Waldo kam einen Schritt vor mir an der Tür an. Langsam machte er sie auf – ein Raum, von oben bis unten voll mit dem unglaublichsten Gerümpel, tat sich vor uns auf. In der Mitte stand ein Tisch, der wie für den Nachmittagstee gedeckt war, mit Spitzendeckchen und zierlichen Tassen aus Porzellan. An einer Wand stand ein großer Glaskasten mit goldenem Rahmen, rundum verschnürt und zusätzlich mit einem dicken Vorhängeschloss gesichert. Daneben waren ausgestopfte Tiere zu sehen, ein Affe, zwei Hunde und ein Papagei. Ein Wandbehang, auf dem die Venus aus dem Bade abgebildet war. Ein Delfin aus Lehm, das Ebenbild des Tieres, das wir vorhin in der Kulisse gesehen hatten, nur dass dieser Delfin hier einen breiten Riss im Schädel hatte.

„Wie sollen wir in dieser Geröllhalde bloß etwas finden?“, stöhnte ich.

„Wir müssen systematisch vorgehen“, sagte Waldo. „Ich arbeite mich von hinten nach vorne vor und du passt draußen auf.“

„Nein! Ich übernehme das Suchen, Waldo.“

„Das fehlte mir noch, dass ich mich von einem Mädchen herumkommandieren lasse! Du redest mit mir, als wäre ich jünger als du!“

Ich war versucht, ihm entgegenzuschleudern, dass er schließlich nur ein paar Monate älter war als ich und Mädchen ohnehin viel reifer waren als gleichaltrige Jungen, aber es hatte keinen Sinn, ihn jetzt gegen mich aufzubringen.

„Draußen aufzupassen, ist viel gefährlicher, als hier

drin zu suchen. Ich traue mich nicht, allein da in dem Gang herumzustehen!"

Waldo beäugte mich misstrauisch. Wahrscheinlich ahnte er, dass ich ihn austricksen wollte, aber am Ende gab er doch nach. Ich schlüpfte in den Requisitenraum, zündete eine Lampe an und begann, das Gerümpel zu durchforsten.

Es war hoffnungslos! Eine Nadel im Heuhaufen zu suchen wäre ein Kinderspiel dagegen gewesen. Der Raum war ein einziges Durcheinander. Bemalte Bühnenbilder und Ballettrequisiten waren unter dem einzigen winzig kleinen Fenster gestapelt. Ich hielt gerade eine lange, dünne Stange hoch, an deren Spitze ein Reifen befestigt war, und fragte mich, was in aller Welt das wohl sein konnte, als Waldo plötzlich mit einem Warnschrei ins Zimmer gestürzt kam.

„Versteck dich! Schnell!"

Ich machte die Lampe aus. Gemeinsam kauerten wir uns hinter ein Bücherregal, das vor ledergebundenen Bänden überquoll. Ein paar der Bücher fielen dabei zu Boden – es waren keine echten Bücher, sondern Holzscheite, die nur so bemalt waren, dass sie wie Bücher aussahen.

„Ich bin völlig erschöpft. Wieso muss es unbedingt heute Abend sein, Barney?"

Ich spähte durch einen Riss im Bücherregal, um zu sehen, wer da sprach. Es war ein untersetzter Mann mit einem gelben Pullover. Ein zweiter Mann folgte ihm ins

Zimmer. Seine Kostümstrümpfe ragten unter der goldenen Saumborte eines samtenen Morgenmantels heraus. Alles an ihm, von der Art, wie er sich auf eine umgedrehte Kiste setzte, bis zu der Zeit, die er sich nahm, um die Frage zu beantworten und dabei langsam an seiner Zigarre zu paffen, wirkte arrogant.

„Das ist der Wunsch Seiner Majestät. In diesem Spiel darf man keine Fragen stellen, wenn man weiterkommen will."

„Wir sind ausgelaugt. Ich habe Kopfschmerzen und Krämpfe in den Beinen. Ich schufte für diese Darbietung seit ..."

„Nell interessiert sich keinen Deut für deine Befindlichkeiten", unterbrach ihn Barney. Jetzt, wo er den falschen Backenbart abgenommen hatte, sah der Akrobat, der gerade noch den Prinzen gespielt hatte, völlig verändert aus.

„Wo soll's denn überhaupt hingehen?"

„Zu den Gebrüdern Baker. 101 Eaton Square, Mayfair. Und nimm den Lieferanteneingang."

„Die Gebrüder Baker?" Die Stimme des Bühnengehilfen klang ehrfürchtig, und auch mein Herz setzte einen Schlag aus. Ich musste mich verhört haben – er konnte doch nicht *die* Gebrüder Baker gemeint haben!

„Das sind hohe Tiere."

„Für dich sind alle Leute hohe Tiere."

„Aber was wollen die denn mit 'ner ekligen, alten, stinkenden Mumie?"

„Hast du je eine Schule besucht?“ Barneys Stimme war nur noch ein bedrohliches Raunen.

„Nein, Barney.“

„Kannst du lesen oder schreiben?“

„Nein.“

„Bezahlen wir dich etwa fürs Denken? Oder dafür, dass du deine dicken, dummen Muskeln dazu einsetzt, Sachen zu schleppen?“

„Ähm ...“

„Wir bezahlen dich für deine Muskeln, du hirnverbrannter Trottel! Wenn wir jemanden mit Geist bräuchten, würden wir einen Professor anheuern. Also geh mir nicht auf die Nerven und mach dich vom Acker!“

Offenbar betrachtete Barney sich selbst als den Mann mit Geist. Jedenfalls rührte er keinen Finger, sondern lehnte sich zurück und paffte eine Rauchwolke in die Luft, während der arme Bühnenhelfer hin und her rauschte und auf der Suche nach der Mumie die Requisiten von einer Seite zur anderen räumte. Schließlich schaufelte er eine Kiste frei, die etwa die gleiche Größe und Form hatte wie die ursprüngliche Liegestatt der Mumie. Er machte die Kiste auf. Gemächlich stapfte Barney darauf zu und warf einen Blick hinein.

„Alles in Ordnung. Du kannst sie aufladen“, sagte er. „Draußen wartet schon eine Kutsche. Schaffst du das allein?“

Der Bühnenhelfer gab sich alle Mühe. Er versuchte die Kiste hochzuheben, bis seine Muskeln wie Eichenholzknoten hervorquollen. Aber umsonst, das Ding war einfach zu sperrig und schwer.

„Also gut." Barney schlurfte hinaus. Ein Pfiff war zu hören und kurz darauf erschien eine zweite Gestalt im Raum – niemand anders als unser alter Freund Jabber Jukes.

„Schafft das Ding hier raus. Und zwar schnell!", befahl Barney.

„Alles klar, Bender!", sagte Jabber.

„Herrgott! Wie oft hab ich dir schon eingebläut, mich nicht so zu nennen!" Barney verpasste Jabber eine Ohrfeige. „Und jetzt setz dich in Bewegung, du nichtsnutzige Kröte!"

Von nun an hielt Jabber den Mund, was ihm ziemlich schwerfallen musste. Gemeinsam schleppten er und der Bühnengehilfe die Kiste hinaus und verschwanden den Gang hinunter.

Vom langen Kauern hinter dem Bücherregal hatte ich schon Wadenkrämpfe. Aber noch mehr litt ich unter einem akuten Anfall von Verzweiflung. Wir waren so nah dran gewesen! Nur noch ein paar Minuten und ich hätte die Mumie gefunden. Aber jetzt war sie weg. Außerhalb unserer Reichweite.

Wieder einmal hatte ich auf ganzer Linie versagt.

Meine Krämpfe wurden mit jeder Sekunde schlimmer. Waldo, der ein Stückchen größer ist als ich, musste sich noch mehr falten, um ins Versteck zu passen. Hoffentlich würde dieser Mistkerl „Bender" Barney bald verschwinden, damit wir die Kutsche mit der Mumie verfolgen konnten. Aber nein – während wir kaum noch Luft bekamen, hockte der Mann auf der umgedrehten Kiste, paffte sorglos an seiner Zigarre und schien tief in Gedanken versunken zu sein. Er sah aus, als hätte er es sich für eine lange, geruhsame Zigarrenpause bequem gemacht.

Da musste Waldo plötzlich niesen. Es klang, als wäre eine Schachtel Feuerwerkskörper in die Luft geflogen.

„Ratten in der Wandverkleidung oder was?“ Barney erhob sich von seiner Kiste und kam auf uns zu.

Ich kauerte mich so eng zusammen, wie es nur ging, und betete inständig, dass Waldo keinen Mucks mehr von sich gab.

„Kann mich nicht erinnern, hier je Ratten gehabt zu haben“, murmelte Barney vor sich hin. Wusste er, wo wir uns versteckt hielten? Schon neigte er sich über uns, drehte aber in letzter Sekunde ab und schob eine große Kiste beiseite. Ich sah, wie er dahinterschaute und sich dann enttäuscht wieder abwandte. Immer noch paffend, begann er auf den paar Metern, die in der Mitte des Raumes frei waren, hin und her zu tigern. Wir hielten den Atem an. Schließlich setzte er sich, als hätte die Bewegung ihn erschöpft, auf einmal wieder auf seine Kiste und schnippte den Zigarrenstummel auf den Boden.

„Keiner mag Ungeziefer“, sagte er. „Ob in Menschen-, Tier- oder Ungeziefergestalt.“

Plötzlich stand er auf – und sah direkt zu uns herüber! Hatten wir irgendein Geräusch gemacht? In Barneys Hand glänzte etwas, als er auf das Bücherregal zukam, dahintergriff und mich hervorzerrte. Waldo taumelte hinter mir her.

„Kinder." Barney betrachtete uns angewidert. „Was seid ihr denn für welche? Bühnengehilfen oder was? Verzieht euch, sonst rufe ich den Direktor." Was in seiner Hand glänzte, war eine winzige Pistole, kaum größer als eine Frauenfaust.

Das ließen wir uns nicht zweimal sagen. Waldo hechtete vor mir Richtung Tür. Wir hatten sie fast erreicht, als wir Barney plötzlich hinter uns fluchen hörten. Er stürzte sich auf mich und packte mich von hinten bei der Schulter. Dabei riss er mir die Bluse auf, sodass er einen Streifen Stoff in der Hand hielt.

„Moment mal. Umdrehen! Ihr seid doch nicht etwa die Bälger, von denen Velvet Nell erzählt hat, oder? Sie hat den ganzen Mob auf die kleinen Ratten angesetzt, die sich bei den Zwinglers herumgetrieben haben. Verdammt, ja, ich wette, das seid ihr! Ihr passt genau auf die Beschreibung. Ein Mädchen, das sich benimmt wie ein Junge, hat sie gesagt. Also los, Hände hoch! Ich bring euch schnurstracks zu Nell."

Die Pistole war auf meine Brust gerichtet – perfekt, um mir ein Loch ins Herz zu schießen. Ich riss die Arme über den Kopf hoch. Eine Schande nur, dass ich nicht aufhören konnte zu zittern.

Mit einem ekelhaften Grinsen kam der Akrobat näher, bis er nur noch wenige Zentimeter von mir entfernt war. Mann, roch der schlecht! Er drückte mir die Waffenmündung an den Hals. Mir blieb schier das Herz stehen, in meinem Magen drehte sich alles. Barney sah mir an, dass ich Angst hatte, und es machte ihm Spaß. Er lächelte. Lächelte!

15

„Noch vor Sonnenaufgang seit ihr Fischfutter."

Bender ließ die Mündung der Pistole über meinen Nacken wandern. Ich spürte nichts mehr außer dem kalten Metall an meiner Haut. Es kam mir vor wie eine Ewigkeit, bis er die Pistole endlich wegnahm und ich wieder atmen konnte.

„Nell hat nämlich keine Ahnung, was Gnade überhaupt bedeutet. Ihr könnt sie ja fragen, ob sie das Wort kennt. Ja, versucht es ruhig. Ich wette, sie denkt, das ist eine neue Damenmode oder so." Er verstieg sich zu einer Falsettstimme: „‚Gnade – das neuartige Korsett für die Dame von Welt.'"

Ohne uns aus den Augen zu lassen, lehnte Bender Barney sich an die Wand. Die tödliche Waffe war auf uns gerichtet. Ohne den Backenbart, mit dem er sich als Prinz von Wales verkleidet hatte, wirkte Benders fliehendes Kinn schwach und widerwärtig. Sein winziger Mund versank in mehreren Fettfalten, und sein Hals war so gut wie gar nicht vorhanden.

„Hab Nell noch nie so wütend gesehen. Oder jedenfalls seit gestern nicht mehr. Ihr seid feine Pinkel, hat sie gesagt, die ihre Nase in Sachen stecken, die sie nichts angehen."

„Sie haben die falschen Kinder erwischt, Sir", stammelte ich. „Wir sind nur Bühnengehilfen."

Kaum hatte ich es ausgesprochen, wurde mir klar, welchen Fehler ich begangen hatte. Meine in Oxford geschulte Sprechweise verriet mich – jetzt wusste Barney mit Sicherheit, dass ich keine Straßengöre war.

„‚Sie haben die falschen Kinder erwischt, Sir!'", äffte er verächtlich meinen Akzent nach. „Vielen Dank, kleine Lady. Damit hast du uns eine Menge Arbeit erspart. Nett von euch, einfach hierherzuspazieren und euch einsammeln zu lassen. Wie zwei Lämmchen, die freiwillig zur Schlachtbank gehen. Und jetzt raus hier, los, los!" Mit der Pistole bedeutete er uns, den Raum zu verlassen.

Ich fühlte mich wie gelähmt. Ans Pläneschmieden war nicht zu denken. Mir war übel und in meinem Kopf purzelten fiebrige Gedanken durcheinander. Es war alles meine Schuld – ich hatte diesen Ausflug hierher geplant. Also wäre es auch meine Schuld, wenn wir am Ende umgebracht und – wie Barney uns angedroht hatte – als verschnürte Bündel in die Themse geschmissen wurden.

Plötzlich knallte es hinter mir. Erschrocken wirbelte ich herum.

Waldo und Barney rangen miteinander, ihre Arme und Beine waren wild ineinander verkeilt. Einen Augenblick lang verstand ich gar nicht, was hier vor sich ging. Dann sah ich, wie Barney noch einmal schoss, während Waldo verzweifelt nach seiner Hand zu greifen versuchte. *Peng!* Die Kugel prallte vom winzigen Porträt des Herzogs von Wellington ab. Wie gelähmt stand ich da, unfähig mich zu bewegen. Was war bloß los mit mir? Ich fühlte mich schwindlig und träge, als würde ich durch Sirup waten.

Waldo schlug Barney so hart gegen die Brust, dass diesem die Luft wegblieb. Barney revanchierte sich mit einem üblen Tritt gegen Waldos Knie. Immer wieder feuerte die Pistole ziellos nach allen Seiten ab, die Kugeln pfiffen kreuz und quer durchs Zimmer. Endlich löste ich mich aus meiner Starre und rannte zu den beiden Kämpfenden. Ich sprang an Barney hoch und versuchte, nach der Waffe zu greifen.

„Das ist idiotisch!“, brüllte Waldo. „So kassierst du nur eine Kugel!“

Im nächsten Moment landete er einen Aufwärtshaken gegen Barneys Kinn. Der Kopf des Akrobaten flog zur Seite. Ich trat nach ihm, Waldo setzte ihm einen Hieb vor die Brust. Schließlich sackte Bender als Häuflein Samt und Seide in sich zusammen.

„Oh …“, stöhnte ich. Das Atmen tat so weh, dass ich nicht mehr weitersprechen, sondern nur zitternd im Türrahmen stehen konnte.

Waldo betrachtete mich mit funkelnden Augen. Er war eindeutig wütend. „Ich …“, begann er, verstummte dann aber und sah weg. „Wir sollten hier schleunigst verschwinden. Bevor er wieder zu sich kommt.“

Am ganzen Körper bebend folgte ich Waldo den Gang hinunter. Wie ich mich für meinen jämmerlichen Auftritt schämte! Ich, die ich mir immer eingebildet hatte, ich sei anders als die Minchin und die anderen dummen Weibsbilder, die schon beim Anblick eines Blutstropfens in Ohnmacht fielen – ausgerechnet ich hatte mich in einen Haufen Wackelpudding verwandelt, statt tapfer zu sein.

Hatte die Angst mich so schwach gemacht? Ich schämte mich in Grund und Boden.

„Reiß dich zusammen, Kit!“, holte Waldo mich aus meinen Überlegungen heraus. Ich war stehen geblieben, ohne es zu bemerken. „Wir müssen uns beeilen.“

Wir irrten durch ein wahres Labyrinth von Fluren, bis wir schließlich auf den Bühneneingang stießen. Die Leute, an denen wir vorbeikamen, beachteten uns nicht. Endlich taumelten wir aus dem Theater hinaus in die kühle Nachtluft einer Hintergasse. Nebel, so dick wie Holzrauch, kringelte sich die Straße entlang und verkürzte die Sicht auf wenige Meter. Durch den Dunst konnten wir nur die Umrisse einiger müßig Umherstehender sehen, und weiter vorne die Schatten von ein paar Pferden. Von einer Kutsche keine Spur. Bestimmt ist die Mumie längst auf halbem Wege zu den Gebrüdern Baker, dachte ich erbost. Es war schon spät, beinahe Mitternacht, wie wir an Waldos Taschenuhr ablesen konnten.

Langsam schoben wir uns die Gasse entlang durch die märchenhafte Welt des Leicester Square. Die hell erleuchtete Fassade des Alhambra wetteiferte mit den Lichtern des Türkischen Bades gleich nebenan. Instinktiv riss ich Waldo zurück, der gerade in den Lichtbogen der Gaslaternen hatte treten wollen. Eine Sekunde später erblickte ich vertraute, in kränklich grünes Licht getauchte Gesichter, die durch den Nebel schimmerten. Der Velvet Mob. Und mittendrin, mit richtig grauer Gesichtsfarbe, niemand anders als Barney. Wie war er nur so schnell wieder auf die Beine gekommen? Vielleicht war er ja nicht nur Akrobat, sondern auch Zauberer. Vor dem Theater war alles in Aufruhr, auch einige der Bandenmitglieder schrien durcheinander. Ich erhaschte einen Blick auf Velvet Nell mit ihrem purpurroten Umhang. Sie stand inmitten ihrer Leute und ihr lilienweißes Gesicht leuchtete zornig. Ich erschauerte. Heute hätte ich wirklich mit keinem ihrer Untergebenen tauschen wollen.

Wir hatten den Ganoven gegenüber einen Vorteil: London war auf unserer Seite. Unter dem Deckmantel des Londoner Nebels schlichen wir uns davon, wobei wir die hell erleuchteten Straßen mieden und uns an die schützenden Schatten der hohen Gebäude hielten. Kurz darauf kam die Charing Cross Road in Sicht, wo wir

Isaac entdeckten. Dieses eine Mal hatte er das getan, was ich ihm aufgetragen hatte, und wartete vor einem Buchladen auf uns. Geduld war wahrlich nicht seine Stärke. Er lief auf dem Bürgersteig hin und her, als hätte er ein ganzes Ameisenvolk im Hemd.

Eine Mietdroschke fuhr an uns vorbei und ein freundlicher Kutscher beugte sich zu mir herunter. „Soll ich Sie nach Hause bringen, Miss?"

Ich sah Waldo an. Wir hatten gerade noch genug Geld für die Fahrt und waren beide am Ende unserer Kräfte.

„Gern, danke." Waldo kletterte in die Kutsche, ich folgte ihm. Gerade wollte ich den Fahrer bitten, auch Isaac ein Stück weiter vorne einzusammeln, als sich mir plötzlich eine Hand auf den Arm legte und fest zudrückte. Ich wirbelte herum, um zu protestieren, aber die Worte erstarben mir auf den Lippen. Ein vertrautes Gesicht schimmerte aus der Dunkelheit zu mir herüber. Die ekligen Lippen, die in das fette Mehrfachkinn eingebettet waren, die bösartigen Schweinsäuglein – ich würde sie überall wiedererkennen.

Bender Barney! Wieso saß er hier in dieser Droschke?

„Aber hallo, meine Hübsche." Grinsend hob er eine Hand. Der Fetzen, den er aus meiner Bluse gerissen hatte, baumelte von seinem Finger herab.

Mit der anderen Hand hielt er die Pistole auf Waldo gerichtet. Wie hatten wir nur so dumm sein können?

Wir hatten uns dem Velvet Mob selbst ausgeliefert, auf dem Silbertablett sozusagen.

Isaac. Wenigstens hatte er noch eine Chance. Ich beugte mich nach vorn, streckte den Kopf aus der Tür und kreischte aus voller Lunge: „Lauf weg, Isaac! Sie haben uns erwischt!“ Mehr schaffte ich nicht, bevor Bender mir eine Hand auf den Mund presste.

Isaac sah mich verdutzt an und hüpfte immer noch aufgeregt von einem Bein auf das andere. Sein Blick traf den meinen. Und dann setzte er sich endlich in Bewegung. Wie ein Blitz schoss er über die menschenleere Straße. So schnell konnte sich doch kein Mensch bewegen! Wie eine verschwommene Wolke sauste er quer über die Fahrbahn, wobei er fast die Pferdenasen streifte.

Sofort bäumten sich die Tiere erschrocken auf. Die Kutsche kippte zur Seite. Ich hatte Todesangst. Um mich herum ein Chaos aus trampelnden Pferdehufen, abgefeuerten Schüssen, Menschen, die auf mich fielen. Das Fenster zerbarst in tausend Scherben. Ein Glasdolch schoss durch Benders Zylinder und verfehlte nur knapp sein Auge. Sein Arm erschlaffte, die Waffe polterte auf den Boden. Ich griff nach einem Teil, der vom Fensterrahmen abgebrochen war, und schlug Bender damit auf den Kopf.

„Nimm das!“, schrie ich.

„Das reicht!“, brüllte Waldo und zerrte mich weg. „Wir müssen verschwinden.“

Mühsam krabbelten wir aus der zerstörten Mietdroschke. Waldo blutete an der Schulter, wo sich eine Glasscherbe in sein Fleisch gebohrt hatte. Wo war Isaac? Da – auf der anderen Straßenseite. Wir rannten auf ihn zu und nahmen ihn in den Arm, froh, dass die durchgegangenen Pferde ihn nicht zertrampelt hatten. Eins der Tiere, ein mächtiger gescheckter Hengst, wieherte Furcht einflößend.

„Was war das?“, zischte ich Isaac zu, während wir zu dritt in eine Seitengasse einbogen. Nur schnell weg von dem Kutschenwrack und diesem Halunken Bender!

Isaac blieb kurz stehen und hob seinen rechten Fuß. Eine Sekunde später war er schon mehrere Meter vor uns. Er lief auf Rollen! Das also hatte die Pferde so in Panik versetzt – Isaacs verrückte Erfindung. Wir eilten hinter ihm her. Durch Waldos Jackett sickerte Blut, und er hatte sichtlich Mühe, mit mir Schritt zu halten. Keuchend kamen wir neben dem lächelnden Isaac zum Stehen.

„Was in aller Welt ist das denn?“, fragte ich.

„Rollschuhe.“ Isaac grinste mich an. „Hab dir doch gesagt, dass die uns mal richtig nützlich sein werden.“

„Sie waren sogar mehr als das, Isaac“, sagte ich. „Sie haben uns das Leben gerettet.“

16

Am Tag nach unserem Abenteuer im Alhambra lag Waldo zur Mittagszeit immer noch im Bett. Er thronte auf einem Berg flauschiger Kissen, von Obst und Blumen umgeben, und nippte an einem Glas Zitronenlikör, den die Köchin meiner Tante speziell für ihn zubereitet hatte. Sein Oberarm war so dick bandagiert, dass er unter dem gestreiften Morgenmantel wie ein Höcker aufragte. Sah aus wie ein Schulterbuckel, wenn es so etwas gibt.

„Na komm schon“, neckte ich Waldo. „So schlimm kann es nicht sein.“

„Das sagst du immer nur dann, wenn *mir* etwas zugestoßen ist“, erwiderte er mürrisch.

„Es war nur eine Glasscherbe, die dich angeritzt hat“, sagte ich. „Schließlich bist du nicht niedergestochen worden wie Baruch.“

„Jaja, dein kostbarer Grünschnabel. Den verhätschelst du, aber bei mir ist alles nur ein Kratzer.“

„Hört schon auf, ihr beiden“, ging Rachel sachte dazwischen. „Ich bin sicher, dass Kit deine Schmerzen nicht herunterspielen will, Waldo. Können wir noch irgendetwas für dich tun?“

Widerwillig gab Waldo zu, dass er alles hatte, was er brauchte. Wäre ja auch noch schöner gewesen! Schließlich war er wie ein Maharadscha auf Federn gebettet. Was er eigentlich nur mir zu verdanken hatte. Hätte ich mir zur Erklärung seiner Schulterverletzung nicht eine Geschichte ausgedacht – sie war zugegebenermaßen ziemlich an den Haaren herbeigezogen und hatte mit einem zerbrochenen Wasserglas zu tun –, würde er jetzt eine Menge Ärger am Hals haben. Aber so wuselten alle Hausangestellten um ihn herum, als wäre er ein Held aus dem Krimkrieg. Diese Wirkung hatte Waldo übrigens öfter auf Hausangestellte. Vor allem auf weibliche.

„Wir wollen nachher noch ins Krankenhaus“, erzählte Rachel. „Ahmed bleibt hier. Wir müssen unbedingt sehen, wie es Baruch geht.“ Sie warf mir einen vernichtenden Blick zu. „Besonders, weil Kit ihn doch in diese missliche Lage gebracht hat.“

Ich kannte Waldo. Er konnte es nicht ausstehen, wenn er irgendetwas Aufregendes verpasste, aber jetzt konnte er ja schlecht so tun, als ginge es ihm nun auf einmal schlagartig besser. Als wir gingen, jammerte er herum, dass heutzutage nur noch Mädchen Spaß hatten – obwohl ich einen Besuch im Krankenhaus beim besten Willen nicht als *Spaß* bezeichnen konnte.

Zwei Busfahrten später erreichten wir das Charing Cross Hospital, das für seine moderne Heilkunst bekannt ist. Eine Krankenschwester zeigte uns Baruchs Zimmer. Wir mussten einige Stockwerke hoch und fanden uns fast unter dem Dach wieder.

Als ich das Zimmer betrat, dachte ich schon, hier müsste es sich um einen Fehler handeln und ich sei versehentlich in die Leichenhalle geführt worden. Das Zimmer war groß und düster und vollgestellt mit eisernen Pritschen. Überall um uns herum waren Patienten, die mehr tot als lebendig schienen – Männer, die sich die Lunge aus dem Leib husteten oder so ausgezehrt waren, dass sie wie wandelnde Skelette wirkten. Ein säuerlicher Gestank nach gekochtem Kohl und Krankheiten hing in der Luft, Hustenanfälle und lautes Stöhnen durchbrachen die Stille. Niemand hatte daran gedacht, das kleine, hohe Fenster zu öffnen, um etwas frische Luft hereinzulassen.

Wir entdeckten Baruch in der hintersten Ecke. Er war in mindestens so viele Verbände gewickelt wie eine Mumie. Zitternd bahnten wir uns den Weg zu ihm, und er wirkte überrascht, aber auch erfreut, uns zu sehen. Wir packten ein paar Mitbringsel aus und plauderten ein bisschen mit ihm, obwohl klar war, dass jedes Wort für ihn eine große Anstrengung bedeutete. Schließlich richtete er den Blick zur Decke und sagte etwas, was mir tief ins Herz schnitt: „Wenn ich bleibe hier, ich sterbe."

„Nein …“, setzte ich an, aber Baruch schnitt mir das Wort ab.

„Ich sage nicht, damit ihr Mitleid mit mir bekommt. Sondern weil eine Tatsache ist.“

Seine schmutzigen Locken klebten ihm verschwitzt an der Stirn, sein Gesicht war blutleer.

Ich wusste, dass er Recht hatte. Selbst in einem Schweinestall wäre es leichter, sich von einer Krankheit zu erholen, als hier. Wieso verstand niemand, dass es gefährlich war, so viele Schwerkranke so eng zusammenzupferchen? Weshalb dachte niemand daran, wie wichtig frische Luft war? Der einzige Farbklecks im Zimmer war der Blumenstrauß, den Rachel und ich Baruch mitgebracht und zusammen mit ein paar saftigen Äpfeln neben sein Bett auf den Boden gelegt hatten. Was Baruch erst später entdecken würde, war die Guinee, die unter dem Obst versteckt war und die ich Tante Hilda mühsam abgeschwatzt hatte.

„Wie geht's unserem Patienten heute?“ Eine Schwester blieb neben uns stehen. Sie lächelte freundlich, aber was sie auf ihrem Wagen vor sich herschob, sah ekelerregend aus. Sie schöpfte einen Löffel dampfender Suppe in eine Emailleschüssel und reichte sie Baruch. Es war eine wässrige Brühe aus Grünkohl und Knorpelstücken.

„Hab heute was ganz Besonderes für dich, mein Lieber. Hab dir ein Stück leckeres Schafshirn mit in die Suppe getan. Lass es dir schmecken.“

Ich stellte die Schüssel vorsichtig neben die Blumen auf den Boden.

„Iss, solange es noch heiß ist, mein Lieber", riet die Schwester, während sie zum nächsten Patienten weiterging. „Das Zeug wird schrecklich klumpig, wenn es abkühlt."

Zu meinem Erstaunen begannen alle Männer um uns herum, die Brühe mit sichtlichem Genuss zu essen.

Nein, hier konnte Baruch nicht bleiben. Wenn die Krankheitskeime in der Luft ihn nicht umbrachten, dann sicher dieses entsetzliche Essen. Aber würde es ihm im Schneiderladen besser gehen? Ich sah Rachel an. Ob wir Tante Hilda vielleicht überreden konnten, Baruch eine Weile in ihrem Haus aufzunehmen?

„Schon gut. Ich gehe wieder zu den Zwinglers", sagte Baruch, als hätte er meine Gedanken gelesen. „Sara holt mich ab mit Kutsche. Das ist teuer, aber sie sagt, ich darf auf keinen Fall mit Bus fahren."

„Wir können Ihnen gern etwas leihen."

„Aha – ich bin eure gute Tat der Woche?"

„Nein, so meine ich das nicht", sagte ich beschämt. Ich war viel jünger als Baruch, aber dennoch war ich diejenige, die ihm Hilfe anbot. Klar, dass er sich da gekränkt fühlte. „Ich habe Ihnen das alles eingebrockt. Sie sind wegen uns niedergestochen worden, Baruch. Für die Kutsche aufzukommen ist das Mindeste, was wir tun können."

„Wir machen uns Sorgen um Sie", fügte Rachel

hinzu. „Werden Sie in der Schneiderei zurechtkommen?"

Baruch zuckte mit den Schultern, was ihm sichtlich Schmerzen bereitete. „Moses ist streng, aber nicht Unmensch. Er wird mich sicher ruhen lassen, bis es mir geht besser, und dann ..."

„Dann was?", fragte ich, aber Baruch hörte schon nicht mehr zu.

Hinter uns war nämlich Sara aufgetaucht. Was für eine Verwandlung! Ihre dunklen Locken waren glänzend gebürstet, sie trug eine rosafarbene Bluse und sah auf eine schüchterne Art hübsch aus. Was für ein Unterschied zu dem geknechteten grauen Mäuschen, das wir im Schneiderladen gesehen hatten. Sara kam langsam auf das Bett zu. Baruch stemmte sich auf einen Ellbogen hoch und nahm ihre Hand.

„Du bist wunderschön."

Sara errötete schicklich.

„Ich werde ihnen sagen."

Das Mädchen antwortete nicht. Ihre Wangen glühten, und sie starrte auf den schmutzigen Boden, als traute sie sich nicht, Baruch in die Augen zu sehen.

„Wir werden heiraten. Sobald ich bin wieder gesund", verkündete Baruch.

„Wie schön! Herzlichen Glückwunsch!", platzten Rachel und ich heraus.

Aber Baruch brachte uns zum Schweigen. „Wir heiraten und gehen dann weg."

„Wohin?“, fragte Rachel.

„Neue Welt.“

„Amerika!“, keuchte ich.

„Ja. Sara und ich haben genug Geld für Fahrkarten nach New York. Ich mache mir nicht Illusionen. Das Leben in Amerika wird kein Zuckerschlecken sein, aber das ist in London auch nicht. Und ich will endlich wieder atmen.“

„Arbeiten“, warf Sara ein.

„Ja, arbeiten, nicht Sklave sein. Wir werden arbeiten hart und fleißig, und wer weiß, vielleicht schenkt Gott uns dann seinen Segen. Wir wollen freie, stolze Menschen sein. Uns neues Leben aufbauen.“ Das viele Sprechen hatte Baruch erschöpft. Er sank zurück auf das Bett, etwas Schaum hatte sich in seinen Mundwinkeln gebildet.

Rachel sah mich an. Wir sollten jetzt gehen, drängte ihr Blick. Aber da gab es noch etwas, was ich wissen musste.

„Wir haben den Velvet Mob aufgestöbert. Ich habe Jabber Jukes kennengelernt.“

„Jabber.“ Baruch starrte zur Decke, als hielte sich dort sein Feind versteckt.

„Ich weiß, er ist ein übler Bursche, aber wir haben von ihm einige sehr interessante Dinge über Velvets Leute erfahren. Beinahe hätten wir unsere Mumie gefunden – doch dann haben wir die Sache im letzten Moment vermasselt. Hinterher haben wir gehört, wie die Ganoven sagten, sie würden die Mumie nach 101 Eaton Square bringen. Zu den Gebrüdern Baker. Aber das kann nicht sein …"

Ich zögerte und fügte im Kopf alles zusammen, was ich über die Gebrüder Baker wusste. Sie waren der Inbegriff von Anstand und Ehrenwertigkeit, trugen immer identische dunkle Anzüge und hatten ihr blondes Haar auf die gleiche Weise gekämmt. Die Brüder hatten ein Vermögen ausgegeben, um dem armen arbeitenden Volk Schokolade, Tee und Kaffee zu schenken. Sie waren auf der Suche nach einer Alternative für Gin und führten eine weithin bekannte Kampagne gegen Alkohol, den sie dafür verantwortlich machten, schon viele Familien zerstört zu haben. Unmöglich, dass sie mit Halunken unter einer Decke steckten. Sicher, viel Privates war über die Brüder nicht bekannt. Sie waren sehr zurückhaltend und ließen sich nur selten in der Öffentlichkeit blicken. Aber trotzdem – jedermann bewunderte sie für ihre guten Taten.

„Ich kenne die Gebrüder Baker, oder zumindest kennt meine Tante sie", sagte ich. „Sie sind mit dem Prinzen von Wales befreundet. Ich kann mir beim besten Willen nicht vorstellen, dass sie etwas mit diesen Dieben zu tun haben …"

Ich hielt inne. Baruch war wie erstarrt, und er drückte Saras Hand so fest, dass er ihr fast wehtat. Er raunte ihr ein paar Worte zu und seine Verlobte half ihm, sich aufzurichten. Erschöpft lehnte sich Baruch gegen das harte eiserne Betthaupt. Er sah Rachel und mich mit angstvoll aufgerissenen Augen an.

„Ich muss euch warnen. Hört auf mich, unbedingt! Velvet Mob, die sind gerissen. Sie schlagen. Sie rauben. Sie gehören in Gefängnis. Aber die Gebrüder Baker ... Wir kennen Wahrheit in Petticoat Lane. Wir glauben nicht, was andere glauben. Wir wissen. Sie sind ..." Er machte eine Pause und sagte dann ein Wort zu Rachel, das für mich völlig unverständlich und unaussprechlich war. Es klang wie ... „Tayvolim".

Rachel blinzelte verwirrt, dann wandte sie sich an mich. „Teufel. Baruch sagt, sie sind Feinde, Teufel."

„Teufel." Baruch nickte. „Teufel in Gestalt von Menschen."

Ein Gedanke setzte sich in meinem Kopf fest und ließ sich nicht mehr beiseiteschieben. Ich schaute Rachel aufgeregt an. „Mag sein", sagte ich. „Aber zumindest wissen wir, wo wir sie finden, und dann ..."

Baruch unterbrach mich. „Bitte, bitte, meine Freunde. Bleibt weg von diese Männer."

Unbehaglich tänzelte ich von einem Bein aufs andere. Ich konnte Baruch nicht in die Augen sehen.

„Ihr müsst verstehen. Gebrüder Baker sind zu stark für euch, ihr könnt nicht gewinnen."

17

„Das beeindruckt mich nicht", sagte ich. „Die Gebrüder Baker machen *mir* keine Angst."

„Rede du nur", sagte Rachel. „Ich glaube kaum, dass sich zwei der reichsten Männer des Landes um eine Zwölfjährige scheren."

Wir hatten uns in der Bibliothek meiner Tante versammelt, um Rat zu halten. Die Sonnenstreifen, die durch die hohen Fenster auf die holzvertäfelten Wände und die Regale voller ledergebundener Bücher fielen, sorgten für eine beruhigende Atmosphäre. Wir waren dennoch alles andere als ruhig. Um genau zu sein, befanden wir uns mitten in einem heftigen Streit.

Ich war dafür, dass wir den Gebrüdern Baker einen Besuch abstatteten, uns irgendwie Zutritt verschafften und dort nach der Mumie suchten. Rachel hingegen wies – nicht zu unrecht – darauf hin, dass wir keine ausgebildeten Einbrecher waren. Wenn Baruch die Wahrheit gesagt hatte, waren die Gebrüder Baker üble Gesellen. Wir mussten vorsichtig vorgehen.

„Also eines verstehe ich nicht, Ahmed“, wandte ich mich an unseren ägyptischen Freund. „Wieso sind die Gebrüder Baker so erpicht auf diese Mumie? Ich meine, es gibt in Ägypten doch Tausende von Mumien.“

Ahmed suchte im Kopf erst die richtigen englischen Wörter zusammen. „Ptah-Hotep war heiliger Mann“, sagte er dann. „Wesir des Königs.“

„Vielleicht geht es auch um den Skarabäus“, schlug Waldo vor. „Meinst du, sie wissen von dem Skarabäus?“

„Vielleicht“, antwortete Ahmed.

„Und noch etwas finde ich verwirrend“, sagte ich. „Wieso hast du den Skarabäus nicht selbst rausgeholt, als du auf dem Schiff in der Mumienkiste versteckt warst?“

„War nicht möglich. Du hast selbst gesehen, wie schwer zu öffnen war der Sarkophag in der Vorstellung von deine Tante Hilda. Und das war, nachdem Diebe schon aufgebrochen hatten und Ptah-Hoteps Mumie rausgestohlen. Ich hatte keine Axt oder anderes Werkzeug, als ich dort eingeschlossen war.“

Nachdenklich stützte ich den Kopf auf die Hände. Wir waren ganz nah an der Lösung, das hatte ich im Gefühl.

Plötzlich ergriff Isaac das Wort, der bisher in ein Buch vertieft in einer Ecke gesessen hatte. „Ptah- Hotep. Die Mumie. Irgendwie steht sie im Mittelpunkt dieser ganzen Geschichte. Wir müssen mehr über Ptah-Hotep herausfinden." Damit stand er auf und hielt uns ein großes Buch entgegen. Auf dem Umschlag stand:

Ägyptologie: Ein Überblick vom Alten bis zum Neuen Königreich

„Hier." Isaac deutete auf einen Absatz im Text. Damit Ahmed, der natürlich kein Englisch lesen konnte, auch alles verstand, las ich laut vor:

„Alles deutet darauf hin, dass König Djekare Isesi aus der fünften Dynastie eine lange, stabile Herrschaftszeit gegönnt war. Laut Manetho, dem griechischen Historiker, soll der Pharao fünfundvierzig Jahre lang regiert haben. In anderen Quellen werden allerdings kürzere Regierungszeiten genannt."

„Und, was soll das?", fragte Waldo ungeduldig.

„Jetzt warte doch mal ab", gab ich zurück.

„In Theben entdeckte der französische Archäologe Prisse d'Avennes eine Sammlung mit den Weisheiten von Ptah-Hotep, dem legendären Berater des Königs. Es heißt, der Papyrus soll mindestens zweitausend Jahre alt sein, eine Abschrift der noch viel älteren Originals. Wir wissen natürlich nicht, was in dem ursprünglichen Papyrus gestanden hat, der seit langem verschollen ist. Aber selbst die Weisheiten, die erhalten blieben, sind noch außerordentlich bemerkenswert und decken viele Lebensbereiche ab, von der Kunst, ein Königreich zu regieren, bis hin zur Frage, wie Frauen zu behandeln

sind. Damit bieten sie uns einen authentischen Einblick in das Leben in Ägypten vor über viertausend Jahren.“

„Wirklich interessant“, sagte ich. „Aber ich verstehe immer noch nicht, wie uns das weiterhelfen soll.“

„Gar nicht“, keifte Waldo. „Wir wissen bisher nur, dass die Bakers die Mumie von Ptah-Hotep haben, in der sich ein grüner Herzskarabäus aus Malachit befindet. Und dass sie aus irgendeinem Grund richtig scharf darauf waren. Nachdem es ihnen nicht gelungen war, deiner Tante die Mumie abzukaufen, haben sie sie eben stehlen lassen. Wir müssen bei den Fakten bleiben. Alles andere ist reine Spekulation.“

„Stimmt“, sagte ich. „Die Bakers haben die Mumie und den Skarabäus. Und *wir* brauchen einen Plan. Wir müssen irgendwie bei ihnen eindringen!“

„Ich könnte was erfinden“, schlug Isaac vor, aber seine Worte gingen in allseitigem Gestöhn unter.

„Wenn wir die Mumie nicht finden, sind wir geliefert“, sagte ich. „Dann können wir den Skarabäus nicht retten, und damit ...“, ich wandte mich an Ahmed, „... auch nicht das Leben deines Vaters.“

Bedrohlich hing das Echo meiner Worte im Raum. Ich sah in die Runde meiner Freunde, was meine Stimmung nicht gerade hob. Sicher, Waldo war ein tapferer Mitstreiter und konnte gut kämpfen, wenn es sein musste. Isaac hatte Köpfchen, auf seine merkwürdig zerstreute Art, und war erfinderisch. Die gute Rachel hatte ein großes Herz, war aber ansonsten nicht sehr hilfreich. Und Ahmed – er war Ausländer, wie sollte man von ihm erwarten können, dass er sich mit den fiesen Gebrüdern Baker anlegt? Also lag es wie immer an mir, einen Plan auszuarbeiten.

Ich tigerte auf und ab, und meine Gedanken jagten schneller hin und her als eine Dampflokomotive. Sollten wir bei den Bakers Feuer legen und uns im Schutz des Durcheinanders ins Haus zu schleichen versuchen? Oder uns als Laufburschen verkleiden und irgendwie in die Küche vordringen? Oder konnte ich mich als Hausangestellte verdingen, als Spülmädchen etwa?

Nein, all dies war wenig Erfolg versprechend. Auf einmal fiel mir etwas ein, was mich vor Freude in die Hände klatschen ließ. Ja! Das war so einfach, dass es funktionieren *musste*!

„Wir werden uns nicht mitten in der Nacht wie Diebe in das Haus der Bakers schleichen“, verkündete ich.

„Natürlich nicht“, sagte Rachel.

„Wir spazieren einfach rein“, sagte ich. „Und zwar durch die Vordertür als geladene Gäste!“

„Wie bitte?“, fragten die anderen im Chor. „Das klappt doch nie! Die werden uns sofort rausschmeißen!“ Selbst Rachel, die immer dafür ist, alles geordnet anzugehen, sah wenig überzeugt aus.

„Immer mit der Ruhe“, sagte ich lächelnd. „Wartet’s nur ab, ihr Ungläubigen. Ihr werdet schon sehen, was die gute alte Kit sich Geniales ausgedacht hat!“

101 Eaton Square war ein imposantes cremefarbenes Anwesen, das hinter hohen Eisengeländern verborgen lag. Das Gebäude hatte sieben Stockwerke, die in den Himmel hochragten, und um die Fenster wand sich eine Bemalung aus Ranken und Blättern, die römisch wirkte. Auch die langen, oben bogenförmig abschließenden Fenster waren durch Eisengitter geschützt. Ein glänzender Türklopfer aus Messing prangte auf dem schweren schwarzen Zugangstor.

Meine Tante stapfte auf das Tor zu, Isaac, Ahmed und ich ihr dicht auf den Fersen. Ja, ganz recht. Ich hatte mir den direktesten Weg in das Haus der Gebrüder Baker ausgesucht. Schon oft hatte meine Tante damit geprahlt, mit den Brüdern befreundet zu sein, und so hatte ich ihr vorgeschlagen, sich auf der Suche nach ihrer Mumie an die beiden zu wenden. Wer weiß, hatte ich zu ihr gesagt, vielleicht würden die zwei Millionäre ja sogar ihre nächste Expedition finanzieren?

Tante Hilda, die immer nach Helfern in ihrem Kampf gegen die Franzosen Ausschau hielt, hatte den Köder sofort geschluckt. Offenbar waren die zurückgezogen lebenden Gebrüder Baker für ihre Vaterlandsliebe bekannt, und so hegte meine Tante große Hoffnungen, in ihnen geneigte Förderer zu finden.

Es war ein Leichtes, uns an ihre Fersen zu heften. Aber sie hatte eine Bedingung genannt: Sie wollte nicht mehr als zwei oder drei von uns Kindern mitnehmen. Und so hatte Waldo, den seine Schulterverletzung immer noch beeinträchtigte, trotz seines erbitterten Protestes mit Rachel zu Hause bleiben müssen. Das würde ihn lehren, nie wieder so ein Tamtam zu machen wegen eines kleinen Kratzers!

Ein Butler im Frack öffnete die Tür, nachdem Tante Hilda angeklopft hatte. Mit einer Verbeugung ließ er uns eintreten, nahm uns die Jacken ab und führte uns in ein düsteres Zimmer, das eher einem langen Flur glich und von dem mehrere Türen abgingen. Gleich an der gegenüberliegenden Wand prangte ein Messingschild, auf dem BIBLIOTHEK stand. Zu gern hätte ich mich gleich dort reingeschlichen, um die Geheimnisse der Bakers auszuspionieren, aber in Anwesenheit meiner Tante war das natürlich unmöglich.

Wichtige Leute machen sich einen Spaß daraus, ihre Gäste warten zu lassen. Mindestens eine halbe Stunde saßen wir nun schon in diesem staubigen und sonnenlosen Empfangszimmer, und meine Tante stapfte die ganze Zeit rastlos und stöhnend hin und her. Endlich ging die Tür zur Bibliothek auf und ein ziemlich kleiner Mann trat heraus.

Ich erhaschte einen Blick auf die Gebrüder Baker, die am größten Schreibtisch saßen, den ich jemals gesehen hatte. Sie glichen sich wie ein Ei dem anderen: dieselben cremefarbenen Anzüge, das Haar mit Scheitel auf der gleichen Seite. Und beide sahen mit dem langen Gesicht, das sie aufgesetzt hatten, wie verblutende Pferde aus. Oder wie Geister. Die Art, wie sie auf einmal aus den Schatten hervortraten, hatte jedenfalls etwas Unheimliches an sich, als bestünden sie gar nicht aus Fleisch und Blut. Und wie bei Geistern gab es auch von den Gebrüdern Baker keine Fotos. Nie ließen sie sich in der Öffentlichkeit blicken, sondern spielten die Drahtzieher hinter den Kulissen. Sie mieden die Orte, an denen sich Millionäre normalerweise versammelten. Sie hatten keine Opernloge, gingen auf keinen Ball in Mayfair und auf keine Soiree in den Buckingham-Palast. Manche Leute verstiegen sich sogar zu der Behauptung, es gäbe die Gebrüder Baker überhaupt nicht.

„Miss Hilda Salter?“, fragte der kleine Mann und näherte sich meiner Tante. Dann fiel sein Blick auf uns drei. „Meine Güte! Was ist denn das?“

„Keine Sorge, sie sind alle stubenrein“, sagte Tante Hilda fröhlich.

„Eine Horde kleiner Wesen!“ Er beäugte uns entsetzt. „Was sind die?“

„*Wer* sie sind, meinen Sie sicher. Meine Nichte Kit und ihre Freunde, allesamt Hobby-Archäologen.“

„Nein. Sie können unmöglich hereinkommen. Die Brüder können Kinder nicht ausstehen. Sie hassen diese schmutztriefenden, lauten, hirnlosen kleinen Bälger.“

„Wie schön.“ Meine Tante stand auf. „Kinder, ihr wartet hier auf mich.“

Der kleine Mann starrte uns an, während er Tante Hilda ins Nebenzimmer begleitete. „Nicht rumschnüffeln!“, zischte er uns noch zu.

„Na, dann wollen wir mal rumschnüffeln“, sagte Isaac, kaum dass sich die Tür hinter den beiden geschlossen hatte. „Was meint ihr, wo die beiden Widerlinge ihre Geheimnisse verborgen halten?“

Der Flur schien schier endlos. Porträts säumten die Wände – vermutlich lauter Urahnen, und was für hässliche! Und es gab hier so viele Türen, dass man schon beim Zählen durcheinandergeriet.

„Und, welche probieren wir zuerst?“, fragte Isaac.

„Die da.“ Ich deutete auf die Tür direkt neben der Bibliothek, die von einem Schild als Zugang zum Arbeitszimmer ausgewiesen wurde. „Ich habe so das Gefühl, da sind wir richtig.“

Der Raum war üppig geschmückt, die Wände mit Gemälden behängt. Ich erkannte sogar ein berühmtes italienisches Gemälde, das ich schon einmal woanders gesehen hatte. Es zeigte eine Dame mit geheimnisvollem Lächeln, vor dem Hintergrund einer hügeligen Landschaft. Hatte ich nicht irgendwo gelesen, dass das Bild gestohlen worden war?

Bücherregale waren hier nicht zu sehen, dafür aber ein in die Mauer eingelassener massiver Tresor, von Mr Chubb erbaut, der sich damit brüstete, seine Schlösser seien nicht zu knacken. Natürlich fühlte sich Isaac gleich wie magisch von dem Safe angezogen.

Auf dem großen Schreibtisch lag nichts außer einem Manuskript. Dummerweise waren alle Schubladen verschlossen.

„Hier ist nichts“, sagte ich verärgert und suchte den Boden ab, um nachzusehen, ob nicht zufällig irgendwo ein Stück Papier heruntergefallen war, das uns auf die Spur der Mumie führen könnte. Wo hatten die Brüder sie nur versteckt? „Das ist hier alles so sauber und ordentlich, das kann doch nicht wahr sein!“

Isaac, der es aufgegeben hatte, vom Tresorknacken zu träumen, nahm das Manuskript vom Schreibtisch in die Hand und stieß einen leisen Pfiff aus. „Was hältst du davon?“, sagte er und reichte mir den Papierstapel.

Es war ein Exemplar des neuesten Buches meines Vaters: *Die ältesten Worte der Welt – Vom Buch der Toten bis zum Rigveda*. Es war noch gar nicht veröffentlicht worden. Drei Jahre lang hatte mein Vater an dem Buch gearbeitet, und er war sehr stolz darauf, aber bis auf eine Handvoll Gelehrter konnte es noch niemand gelesen haben. Wie hatten die Gebrüder Baker das nur in die Finger bekommen?

„Das ergibt doch keinen Sinn“, sagte Isaac. „Wozu brauchen die das?“

„Keine Ahnung.“ Eine kleine Tür war mir ins Auge gefallen, die ich zuvor nicht bemerkt hatte. Ich ging hin und drehte am Knauf – und zu meiner großen Freude ging sie auf! Dahinter verbarg sich ein Kämmerchen, das in völlige Dunkelheit getaucht war. Ich tappte zum Fenster, wobei ich beinahe über etwas auf dem Boden gestolpert wäre, und stieß die Läden auf, um das Sonnenlicht hereinzulassen.

Isaac und Ahmed waren mir in den kleinen Raum gefolgt. Und was wir jetzt am Boden liegen sahen, raubte uns schier den Atem. Neben einem großen, unordentlichen Haufen Bandagen lag ein verschrumpeltes, knotiges altes Etwas, das mich an die Wurzeln eines uralten, rußgeschwärzten Baumes erinnerte. Nein, nicht ganz. Etwas Lederartiges haftete der Mumie an, ein Glanz, der beinahe durchscheinend war. Wie ein Hautstreifen, der sich von einem menschlichen Daumen abschält.

Ein scharfer, an Zitrone erinnernder Geruch lag in der Luft. Ich erkannte ihn sofort: Natron. Dieses Salz haben die Meister des Einbalsamierens schon vor Tausenden von Jahren dazu benutzt, Leichen zu konservieren. Ich kniete mich neben die Mumie, um sie mir genauer anzusehen. Immer noch waren die Umrisse von Ptah-Hoteps Wangen zu erkennen und die schwarzen, kaputten Zähne. Am viertausend Jahre alten Schädel hafteten sogar noch ein paar rötliche Haare. Und es war, als würden mich die leeren Augenhöhlen aus den Tiefen längst vergangener Zeitalter direkt anblicken.

Stumm starrten wir die Mumie an, und Ptah Hotep, der alte Weise, starrte über die Kluft der Jahrtausende hinweg zurück. Es war wie ein Wunder.

Aber der Zustand der Mumie war alles andere als wunderbar. Und damit meine ich nicht die Spuren, die beim Einbalsamieren entstanden waren. Natürlich war da der Schnitt an der Seite, durch den die Einbalsamierer die inneren Organe entnommen hatten – das war ein sauberer Schnitt, der ordentlich wieder zugenäht worden war. Nein, was mich erzürnte, waren die Schäden, die dem Körper in jüngster Zeit zugefügt worden waren. Auf einer Seite war Ptah-Hoteps Brustkorb brutal eingeschlagen worden, und sein Genick war gebrochen. Welch eine Grausamkeit! Purer Vandalismus. Ahmed, der neben mir kniete, knurrte wütend vor sich hin, und seine Augen funkelten vor Zorn.

„Wie konnten sie ihm nur antun das?“, zischte er. „Sie sind Wilde. Kein Respekt.“

„Pst!“, raunte ich ihm zu. „Wir müssen unbedingt Ruhe bewahren.“

„Die Mumie kümmert sie nicht“, sagte Isaac leise. „Hinter ihr waren sie jedenfalls nicht her.“

„Nichts kümmert sie!“, stieß Ahmed wütend hervor.

Ich wühlte mich durch den Haufen Bandagen, obwohl ich das Ergebnis meiner Suche schon kannte. Der Skarabäus war verschwunden.

„Die Gebrüder Baker haben Skarabäus gefunden. Das ist es, was sie wollten“, sagte Ahmed. „Sie haben keine Ahnung, was ist gut oder heilig oder wahrhaftig. Kein Respekt für nichts. Sie wissen nur, was sie begehren. Diese Männer, sie wollen Skarabäus! Sie finden ihn, also sie haben kein Mitleid mehr übrig für Seele von diesem guten Mann. Sie haben Ptah-Hotep – wie sagt ihr, sie haben ihn zerstört!“

So viele Wörter hatte ich ihn noch nie aussprechen gehört. Das Blut war aus seinem Gesicht gewichen, aber seine Stimme klang ruhig.

„Ja, der Skarabäus ist weg, Ahmed“, sagte ich und stand auf. „Wir haben nicht viel Zeit. Isaac, kannst du den Safe nicht doch öffnen? Ich wette, der Skarabäus ist dort drin.“

Wir gingen in das Arbeitszimmer zurück und nahmen den Tresor in Augenschein. Es war ein beeindruckender Kasten, eine blitzende Mischung aus schwarzer Emaille und Bronze. Das Schloss sah wirklich so aus, als wäre es nicht zu knacken.

„Wie sieht's aus, Isaac?“, wiederholte ich.

„Ich kann es versuchen“, antwortete er, aber in seiner Stimme schwangen Zweifel mit.

Plötzlich drang aus dem Nebenzimmer ein scharrendes Geräusch zu uns herüber. „Schnell!“, drängte ich. Hastig stürmten wir aus dem Raum und über den Flur ins Empfangszimmer. Wir schafften es gerade noch, uns zu setzen, bevor der Sekretär die Tür zur Bibliothek aufmachte und meine Tante herausführte. Argwöhnisch starrte er mir ins erhitzte Gesicht.

„Wo ist der andere?“, fragte er.

„Entschuldigung?“

„Der kleine Dünne. Der mit den dreckigen Haaren und der Brille.“

Erst jetzt bemerkte ich entsetzt, dass Isaac es offenbar nicht wieder hierhergeschafft hatte. Der Dummkopf war verschwunden! Meine Güte, auf den konnte man sich wirklich nicht verlassen. Hektisch durchforstete ich mein Gehirn nach einer Erklärung.

„Ich fürchte, er musste schnell nach Hause“, log ich und konnte nur hoffen, dass mein Gesichtsausdruck unschuldig genug war. „Er leidet unter einer schlimmen Brechsucht und wollte Ihre Teppiche auf gar keinen Fall beschmutzen.“

„Wie genau heißt diese Brechsucht?“, hakte der Sekretär stirnrunzelnd nach.

Ich wrang verzweifelt meine Gehirnwindungen aus, da kam mir überraschenderweise Tante Hilda zu Hilfe. „Du meinst sicher Isaacs Bilharziose“, sagte sie. „Der arme Junge, er hat sie sich in China eingefangen. Das Erbrochene ist ganz grünlich, und es heißt, die Krankheit sei extrem ansteckend.“

Der Sekretär erschauerte und wich augenblicklich zurück. Hastig begleitete er uns dann in den Flur und komplimentierte uns hinaus, eindeutig froh, uns los zu sein.

Als wir wieder auf dem Eaton Square waren, stapfte meine Tante zügig voran, und ich musste rennen, um mit ihr Schritt zu halten.

„Danke, Tante Hilda“, murmelte ich.

„Ich weiß nicht, was du vorhast, Kit, und ehrlich gesagt will ich es auch gar nicht wissen“, erwiderte sie.

„Was um Himmels willen ist Bilharziose?“

„Keine Ahnung, ich hab das Wort nur mal aufgeschnappt", sagte sie beiläufig. „Könnte genauso gut eine Sorte Rum aus Rangun sein."

Ich starrte sie an. „Wirklich nett von dir, uns aus der Patsche zu helfen."

„Ich konnte doch nicht zulassen, dass dieser Ekelzwerg euch so zusetzt. Übrigens, du musst dir angewöhnen, ein unbewegtes Gesicht aufzusetzen, wenn du lügst, meine Liebe. Das Geheimnis erfolgreichen Lügens ist die Art, wie man die Lüge äußert."

Damit stieg sie in die wartende Kutsche und legte ihre bestickte Tasche sowie ihren Regenschirm mit einem zufriedenen Lächeln neben sich auf den Ledersitz. Ahmed und ich quetschten uns, so gut es ging, auf den verbliebenen Platz. Ich überlegte, ob ich meine Tante darum bitten sollte, auf Isaac zu warten, aber sie hatte dem Kutscher bereits befohlen abzufahren. Schon bahnten sich die Pferde mühsam ihren Weg durch den dichten Verkehr von West End. Meine Tante, die aus dem Fenster sah, hatte einen entschlossenen Zug um den Mund. Ich hätte gern gewusst, ob sie erfolgreich gewesen war, aber mein Instinkt riet mir, lieber nicht danach zu fragen. Wenn die Gebrüder Baker ihr einen Sack Geld angeboten hätten, hätte sie sicher schon längst damit geprahlt.

Wenn Tante Hilda sich in so einer Stimmung befand, war es besser, sich zurückzuhalten. Schweigend fuhren wir nach Bloomsbury zurück. Ich war ganz krank vor Sorge um Isaac. Wenn er dabei erwischt wurde, wie er bei den Bakers herumschnüffelte, erwartete ihn sicher keine sanfte Behandlung. Der Sekretär konnte auch jederzeit den Butler befragen und so herausfinden, dass unser Freund das Haus gar nicht verlassen hatte. Isaac war ein Träumer, ein nachdenklicher Geist, kein kaltblütiger Panzerknacker. Er würde ein Brecheisen bestimmt nicht mal erkennen, wenn es ihm auf den Kopf krachte.

Während wir also schon wieder in Sicherheit waren, befand sich mein Freund mit hoher Wahrscheinlichkeit in der Hand von Halunken. Vielleicht warfen sie ihn in den Kohleschacht – oder, schlimmer noch, in die Themse!

Wieso hatte ich ihn nur gefragt, ob er den Safe knacken konnte? Aber dieses eine Mal war ich nicht bereit, die ganze Schuld auf mich zu nehmen. Schließlich konnte ich doch nichts dafür, dass Isaac nicht vernünftiger war als eine Stubenfliege. Plötzlich kam mir ein neuer Gedanke, und der ließ mich bis ins Mark erschauern.

Rachel. Was würde sie sagen, wenn sie vom Verschwinden ihres Bruders erfuhr?

18

Müde und niedergeschlagen machte ich die Tür zum Wohnzimmer auf. Und wer saß da auf dem weinroten Sofa in Fleisch und Blut und tief ins Gespräch versunken? Mein Vater und Isaac!

Ich blinzelte überrascht. Hatte ich Halluzinationen? Isaac war doch im Haus der Gebrüder Baker geblieben und wurde von den Halunken auseinandergenommen, und mein Vater war in Oxford! Ich wollte mich schon in mein Zimmer zurückziehen, um mir ein kleines Nickerchen zur Nervenberuhigung zu gönnen, als meine Tante hinter mir hereinkam.

„Guten Tag, Theo“, bellte sie, während mein Vater aufstand, um uns zu begrüßen. Dann wandte sie sich Isaac zu. „Du! Wie hast du es noch vor uns hierhergeschafft?“

„Mit dem Bus“, antwortete Isaac ruhig.

„Dieser unfähige Kutscher! Jedes Mal sage ich ihm, dass es durch den Hyde Park zu lange dauert, und jedes Mal ignoriert er mich. Der Verkehr dort ist wirklich zum Davonlaufen. Der Mann ist ein hoffnungsloser Volltrottel." Damit stürmte sie aus dem Zimmer und stampfte, nach dem Zimmermädchen Mary rufend, über den Flur.

Ich ließ mich neben Isaac auf das Sofa fallen. „Jetzt mal im Ernst – wie hast du es so schnell hierhergeschafft?"

Er grinste mich an.

„Und was hattest du bei den Gebrüdern Baker im Sinn?"

„Ich hab auch meine Geheimnisse", sagte er nur. „Genau wie du."

„Ich war ganz krank vor Sorge um dich, Isaac. Ich dachte, die würden dich umbringen!"

„Du machst dir zu viele Sorgen", sagte er und wandte sich dann wieder Papa zu, um die unterbrochene Unterhaltung wieder aufzunehmen. „Also, was meinten Sie, warum die Bakers ein Exemplar Ihres Manuskripts hatten?"

„Ich weiß es wirklich nicht", erwiderte Papa sanft. „Aber es ist irgendwie schmeichelhaft. Ich hätte mir nicht träumen lassen, dass mein Buch auf so viel Interesse stoßen würde. Das stärkt mich in der Annahme, dass der Hunger der Bevölkerung nach ernsthafter Wissenschaft wächst."

„Worum geht es denn in deinem Buch, Papa?", fragte ich. „Steht da irgendwas über alte ägyptische Schriften? Oder Ptah-Hotep?"

„Aber sicher doch, Kit. Viele der ältesten Schriften der Welt stammen aus Ägypten. Nimm zum Beispiel die Maximen des Ptah-Hotep – ein uralter Papyrus, der leider in die Hände der Franzosen gefallen ist. Eine im Mittleren Königreich entstandene Abschrift eines Werks, das schon viele, viele Jahrhunderte zuvor im Alten Königreich entstanden ist. Wirklich erstaunlich, wie die Schreiber die Weisheiten über die Jahrhunderte weitergegeben haben. Bedauerlich nur, dass der älteste Papyrus schon vor langer Zeit zerstört wurde."

„Was weiß man darüber? Über das Manuskript von Ptah-Hotep, meine ich."

„Viele gesicherte Erkenntnisse gibt es nicht", gab mein Vater zu. „Um Ptah-Hotep ranken sich Legenden und Gerüchte. Offenbar wissen die Franzosen mehr als wir, und sie sagen, das magische ..."

„Was sagst du da über die Franzosen?", ging meine Tante dazwischen, die wieder ins Zimmer gerauscht war. Ihr auf den Fersen Mary, mit einem Tablett, auf dem Whisky und Wasser standen. „Es geht nicht zufällig um diesen Mistkerl Champlon?"

Ich beschloss, sie abzulenken, bevor sie sich richtig warmredete. „Wie kommt es eigentlich, dass die Gebrüder Baker als so große Sammler gelten, Tante Hilda? Sie haben doch schließlich kein Museum, oder?"

„Ich glaube, du verstehst den Begriff Sammler falsch, meine Liebe", erwiderte meine Tante Hilda. „Ein echter Sammler kauft die Sachen nicht mit dem Ziel, sie in einem Museum auszustellen. Er kauft sie für sich selbst. Er will sie behalten – sie besitzen."

„Aber das ist doch kein Sammler!", protestierte ich. „Das klingt eher nach einem Egoisten. Er will die Schätze nur für sich alleine."

„Egoist, Sammler ... Im Grunde ist das alles Haarspalterei."

„Schöne Sachen sollten von jedem bewundert werden können", beharrte ich.

„In der Welt da draußen, mein Kind, geht es nur darum, wer zahlt. Der reichste Mann gewinnt, so ist das nun mal in England."

Tante Hilda reichte mir ein Glas Limonade. Mary hatte ihr bereits einen kräftigen Whisky Soda eingeschenkt und mixte nun einen weiteren für Papa.

„Ich kann nicht behaupten, dass die Gebrüder Baker mir allzu sehr ans Herz gewachsen wären, obwohl ich sie schon irgendwie zu meinen Freunden zähle. Knauserig sind sie auf jeden Fall. Halten an jedem Penny fest. Haben heute rundweg abgelehnt, mich mit Geld zu unterstützen." Sie kippte ihren Whisky mit wenigen großen Schlucken hinunter und bedeutete Mary, ihr einen zweiten einzugießen. „Aber ich glaube, man muss heutzutage einfach realistisch sein, Kit. Geld regiert die Welt. Edelmetall, Dublonen, Sovereigns, Gold ... Wie auch immer man es nennt – es ist das Geld, das alles in Bewegung setzt, nicht irgendwelche Ideale oder ähnlicher Unsinn."

Vater protestierte leise, sein wuscheliges Haupt bebte und seine Augen wirkten besorgt.

Eine Welle der Zuneigung zu ihm erfasste mich. Tante Hilda mochte auf der ganzen Welt herumkommen und dem schnöden Mammon hinterherjagen – für mich würden Papas Ideale immer wichtiger bleiben. Hätte er die Wahl zwischen einem Sack Gold und einer wertlosen alten Handschrift, würde er sich immer ohne zu zögern für die Handschrift entscheiden, der hoffnungslose Idealist.

Da klopfte es an der Wohnzimmertür, und schon eine Sekunde später schwang die Tür auf. Ein gebräunter, sehniger Mann erschien vor uns.

„Madame Salter, nehme isch an?", sagte er.

Der Mann bot mit seiner Mischung aus wettergegerbter Haut und auffallender Eleganz einen ausgesprochen merkwürdigen Anblick. Sein Gesicht sah aus wie ein alter Ledersattel, und doch trug er einen wunderschönen Zylinderhut, eine Weste aus schillernder Seide und Hosen mit makelloser Bügelfalte. Über seinen Lippen spannte sich der größte, schwärzeste und dickste Schnurrbart, den man sich vorstellen kann; er ähnelte eher einer Pflanze denn einer Gesichtsbehaarung. Bestimmt hing der Mann sehr daran, fütterte und tränkte seinen Bart bei jeder Mahlzeit.

„Gaston Champlon", sagte er und verbeugte sich, dass sein Schnurrbart ins Beben geriet.

„Sie!", rief Tante Hilda aus. „Wirklich eine Überraschung, muss ich sagen. Ich hätte gedacht, Sie seien viel zu feige, um sich mir zu stellen!“

„Wie empörend!“, platzte Champlon heraus. „Das kränkt misch bis ins ’erz!“

„Sie haben doch gar kein Herz!“

„Madame, isch kann nischt zulassen, dass Sie verbreiten Lügen über misch in der Zeitung.“

Meine Tante erhob sich und baute sich in ihrer ganzen Größe vor ihm auf. „Lügen? Warten Sie nur, ich kann noch ganz anders!“

„Sie müssen auf’ören damit, sofort!“

„Niemals!“

„In diesem Fall isch muss aussprechen meine ’erausforderung. Isch kann nischt gegen Sie kämpfen, Madame, weil Sie sind eine …“ Er beäugte die Kniehosen meiner Tante. „… Sie werden genannt eine Lady. Also nennen Sie einen ’errn und isch werde ihn ’erausfordern. Das Duell findet morgen bei Tagesanbruch in ’ampstead ’eath statt. Pistolen oder Säbel, Sie entscheiden, Madame, isch bin ein Meister mit beiden.“

Unmöglich! Hatte dieser verrückte Franzose gerade meine Tante zum Duell gefordert?

„Abgemacht!“ Tante Hilda hüpfte von einem Fuß auf den anderen und zitterte vor Aufregung. „Und ich dachte, Sie würden es nie wagen, es mit mir aufzunehmen, Champlon. Sie Angsthase, Sie …“

„Gaston und Angst vor eine Frau! Madame, wie können Sie …“

„Wir treffen uns beim ersten Sonnenstrahl in Hampstead Heath. Mein Bruder wird mich im Duell vertreten. Und ich bin seine Sekundantin! Als Waffe wähle ich Pistolen."

„Hilda, warte!", stöhnte mein Vater, doch weder Gaston noch Tante Hilda beachteten ihn.

Mit einer letzten Verbeugung verließ der Franzose das Zimmer. Ich war schockiert. Mein Vater konnte sich doch nicht mit Champlon duellieren! Das wäre purer Mord, als würde man von einem Hamster verlangen, gegen eine Boa Constrictor zu kämpfen.

„Ich kann das nicht." Papa ließ sich in die Polster sinken, als könnten die ihm Schutz bieten.

„Reiß dich zusammen, Theo!" Meine Tante ließ den Blick über den zerschlissenen Anzug meines Vaters gleiten, sein fluffiges Haar, sein bebendes Gesicht. „Ich gebe zu, wie ein großer Held wirkst du nicht gerade. Aber sehen wir den Tatsachen ins Gesicht – du bist der Einzige, den ich habe."

19

Hampstead Heath, im Morgengrauen. Tief unter uns tauchte die aufgehende Sonne die Turmspitzen der Stadt in goldenes Licht. Bis auf den Wind, der durch die Baumkronen rauschte, lag alles in stiller Erwartung. Zwei schmale Gestalten zeichneten sich in der Dunkelheit ab. Die eine trug einen Schnurrbart und ihr Körper bildete im Morgennebel ein dunkles Fragezeichen. Die andere wirkte zerbrechlicher und unsicherer in ihrem Gang.

„Schreiten Sie aus, Gentlemen!“, bellte einer der Sekundanten, der neben den beiden eher untersetzt wirkte.

Die zwei Gegner verbeugten sich, stellten sich dann mit dem Rücken zueinander und begannen sich langsam voneinander zu entfernen. Mit pochendem Herzen zählte ich die Schritte – eins, zwei, drei, vier ...

Unglaublich, dass so etwas geschah, mitten in London, der fortschrittlichsten Stadt der Welt! Telegrafenmasten und Gaslaternen funkelten unten in Hampstead, und hier, inmitten dieser Nebelschwaden, fand ein geradezu mittelalterliches Ritual statt!

„Bitte Position einnehmen, Gentlemen!", rief Tante Hilda.

Rachel umklammerte meinen Arm. Meine Freunde und ich sahen dem Spektakel aus dem Schatten eines Ulmenhains zu.

„Keine Sorge, Kit", flüsterte mein Vater mir ins Ohr. „Waldo ist ein kräftiger junger Mann. Er wird das alles wunderbar durchstehen."

Ich funkelte ihn an. Seit wann war Waldo ein Mann? Er war doch noch ein Junge! Sicher, er prahlte damit, mit der Pistole meisterlich umgehen zu können, aber hier schoss man nicht mit Platzpatronen. Wie hatten Papa und meine Tante sich bloß darauf einlassen können? Klar, mein Vater war nur allzu froh gewesen, als Waldo angeboten hatte, sich statt seiner zu duellieren. Und Tante Hilda – nun, dass sie das mitmachte, war der ultimative Beweis dafür, dass sie keinerlei Skrupel hatte.

„Sind Sie bereit?", hörte ich ihre Stimme.

Waldo machte höflicherweise Anstalten, seinen Hut abzunehmen, aber Champlon bedeutete ihm mit einer Handbewegung, ihn aufzulassen.

„Anlegen ... Zielen ... FEUER!"

Die Kugeln schossen heraus und schreckten eine Krähenschar auf, die in einem Wirbelsturm schwarzer Federn aufstob. Der scharfe Geruch nach Schießpulver brannte mir in der Nase, und ich glaubte eine Kugel wahrzunehmen, die blitzschnell und tödlich auf einen der Duellanten zuhielt. Sie traf ihn mit voller Wucht, und er fiel hin, die Hände an den Kopf gepresst. Ein Kopfschuss!

„Waldo!“, schrie ich und rannte mit Rachel auf ihn zu.

Seine goldenen Locken waren feucht und bedeckten sein fein geschnittenes Gesicht. Wie schnell so ein Leben ausgelöscht werden kann, dachte ich entsetzt. Vom schlechten Gewissen überwältigt, riss ich Waldo in die Arme und klammerte mich an sein Hemd. Wie hatte ich nur zulassen können, dass das passierte? Ich hätte es irgendwie verhindern müssen. Es war alles nur meine Schuld, ich ...

„Weg da!“ Waldo wand sich unter mir heraus.

Er lebte?

„Du hängst wohl doch ziemlich an mir, Kit.“ Seine blauen Augen blitzten belustigt.

Ich wich zurück. Und da fiel mein Blick auf seinen Hut, der ins Gras gefallen war. Sein nagelneuer Zylinder – genau in der Mitte prangte ein Loch von der Größe einer Karotte.

Champlon steckte seine Waffe weg. Offenbar hielt er seine Aufgabe für erledigt. Dann musterte er uns mit starren Augen. „Sehen Sie jetzt?“

„Was sollen wir sehen?“, erwiderte meine Tante verächtlich.

„Dass isch es ernst meine.“

Mein Vater hüstelte entschuldigend. „Aber natürlich, Monsieur Champlon.“

Von Waldos Kugel war weit und breit nichts zu sehen. Er musste danebengeschossen haben.

„Dies war nur eine Warnung. Isch schieße nischt auf Kinder. Aber, Madame, wenn isch noch mehr Lügen über misch lese in Ihre Zeitungen, nächstes Mal wird es sein …“ Er holte tief Luft. „Nächstes Mal wird es sein Tod!“

Damit drehte uns der Franzose den Rücken zu und stampfte samt seinem schweigsamen Sekundanten den Hügel hinunter und auf den See zu, der kurz vor der Hampstead-Siedlung zu sehen war. Stumm sahen wir ihm nach. Selbst meine Tante war auf einmal ungewöhnlich kleinlaut.

Hoffte ich jedenfalls. Aber leider hegte sie offenbar ganz andere Gefühle, wie sich gleich darauf herausstellte. Kaum war Champlon im Nebel verschwunden, wandte sie sich uns zu – und grinste triumphierend. Unfassbar!

„Dem französischen Aufschneider haben wir es aber gegeben! Nächstes Mal, mein lieber Junge, wirst du ihm beweisen, dass wir es ernst meinen!“

20

„Steck dein Spielzeug weg, Waldo!", schrie ich über den Krach der ratternden Schüsse hinweg. „Du hast verloren! Fertig, aus, Ende!"

Waldos Gesicht glänzte vor Schweiß, seine Locken waren zerzaust. Er senkte die Duellpistolen und starrte mich an. Die Abbildung von Gaston Champlon, die er im Garten meiner Tante an eine Eiche genagelt hatte, war toter als tot – er hatte sie so durchlöchert, dass man sie als Sieb hätte benutzen können. Ein hölzernes Ziel ist nun mal leichter zu treffen als ein Mensch aus Fleisch und Blut. Vor allem, wenn besagter Mensch, wie Tante Hilda neulich erwähnt hatte, einer der besten Schützen der Welt ist.

„Champlon ist ein preisgekrönter Schütze", sagte ich etwas sanfter. „Du hast keinen Grund, dich gedemütigt zu fühlen."

„Das hat mit Demütigung nichts zu tun. Mir geht es um Rache", murmelte Waldo, dann drehte er mir den Rücken zu und widmete sich wieder seinen Schießübungen. „Aber du bist ja nur ein Mädchen. Du verstehst das nicht."

„Trotzdem kann ich besser schießen als du", raunte ich, wandte mich dann aber ab und ging ins Haus. Wann würde dieser schreckliche Amerikaner endlich begreifen, dass Mädchen genauso gut waren wie Jungen? Manchmal mag ich Waldo beinahe ein bisschen, muss ich zugeben. Aber dann passiert wieder etwas und er behandelt mich von oben herab. Jetzt war ich also wieder „nur ein Mädchen" und verstand ihn nicht. Als wäre ich ein Volltrottel, der keinen Buchstaben lesen und keinen Löffel Suppe zum Mund führen kann, ohne zu kleckern! Ich war aber absolut und hundertprozentig genauso schlau wie er. Nein, ich war schlauer!

Ich hatte jetzt jedoch keine Zeit, mich mit seiner schlechten Laune zu beschäftigen. Ich musste mich auf die Suche nach der Mumie konzentrieren. Also zog ich mich in die friedliche Stille von Tante Hildas Bibliothek zurück: Weder irgendwelche Franzosen störten hier noch irgendwelche Amerikaner, die sich für Cowboys hielten. Hier würde ich mich in Ruhe in einen der kuscheligen Armsessel vor dem Erkerfenster verkriechen.

Aber nein, es war mir keine Ruhe vergönnt. Ahmed war schon da, er saß auf einem der Sessel, in ein dickes, ledergebundenes Buch vertieft.

„Was machst du denn hier?", platzte ich heraus.

Erschrocken sah er auf. Dann errötete er bis in die Haarspitzen.

„Ahmed?"

Mit der Begründung, Schusswaffen würden ihm Angst machen, war er nicht nach Hampstead Heath mitgekommen. Jetzt schaute er mich an wie ein kleines Kind, das beim Bonbonklauen erwischt worden war. Ich nahm ihm das Buch aus der Hand und las den Titel. Es war eine dicke Schwarte über die Geschichte und Kultur Ägyptens.

„Wieso kannst du das lesen, Ahmed?"

Da stimmte doch etwas nicht! Ahmed war doch gerade erst dabei, Englisch sprechen zu lernen. Soweit wir wussten, konnte er noch nicht einmal unsere Buchstaben lesen – von einem komplizierten wissenschaftlichen Buch ganz zu schweigen.

„Ich habe nur die Bilder angeschaut."

„Verstehe." Ich reichte ihm das Buch zurück. Auf der Seite, die er aufgeschlagen hatte, war nicht ein einziges Bild. Ich brauchte Hilfe. Von jemandem, der sich nicht scheute, Ahmed zur Rede zu stellen. Also rannte ich los, um Waldo zu holen. Wenigstens würde mein Hilfegesuch ihn von seinen Pistolen ablenken.

„Du hast uns angelogen, Ahmed", sagte ich, als Waldo und ich wieder in der Bibliothek waren.

Der junge Ägypter sah mir in die Augen. Ich dachte, er würde es abstreiten, aber er nickte.

„Du hast unser aller Vertrauen missbraucht", sagte Waldo.

„Warum? Warum hast du uns hintergangen?" Ich

konnte nicht verhindern, dass meine Stimme vor Empörung bebte.

Aber Ahmed schwieg nur und sah uns unverwandt an, mit einem Blick, der kein bisschen schuldbewusst wirkte. Und so langsam zählte ich zwei und zwei zusammen. Die unglaubliche Geschwindigkeit, mit der er Englisch gelernt hatte ... Seine feinen Manieren ... Die Art, wie er reagiert hatte, als er erfuhr, dass die Gebrüder Baker Schatzjäger waren ...

Auf einmal war mir klar, dass Ahmed ganz und gar nicht der war, der zu sein er vorgab. Vielleicht war er ja selbst ein Schatzjäger? Aber statt sich zu winden und Reue zu zeigen, als er mit seinem Betrug konfrontiert wurde, tat er genau das Gegenteil! Er streckte die Brust raus und wirkte größer und selbstsicherer denn je.

„Ja“, sagte er schließlich. „Ich gebe zu, ich habe gelogen.“

Sein Akzent war auf einmal verschwunden. Wäre nicht noch ein Hauch von fremdländischem Einschlag gewesen, hätte man denken können, er sei in einem englischen Internat unterrichtet worden.

„Du konntest schon immer Englisch sprechen!“, rief ich.

„Ja, ich habe ein Gespür für Sprachen. Mein Französisch ist auch annehmbar, und derzeit lerne ich Farsi – nicht ganz einfach, kann ich euch sagen.“

Ich musterte sein Gesicht. Die hohen Wangenknochen, die Rehaugen, die seidigen Haare, die ihm in die

Stirn fielen ... Wie hatten wir nur glauben können, dass er ein Sohn der Erde sei, der es gewohnt war, zu seinem Lebensunterhalt im Ackerboden zu graben? Die weichen Hände hatten bestimmt noch nie einen Pflug angefasst.

„Du bist genauso wenig ein Bauernkind wie ich."

„Nein, du bist eindeutig kein Bauernkind", erwiderte er. „Dafür sind deine Manieren, wie selbst Miss Minchin zugeben würde, viel zu fein."

„Wie kannst du es wagen, dich über mich lustig zu machen?" Ich wurde wütend. „Du ... du Verräter!"

„Was für ein Spielchen spielst du eigentlich?", ging Waldo grob dazwischen. „Bist du hinter irgendwelchen Schätzen her?"

Ahmed wirkte auf einmal angespannt und schwieg.

„Also, ein Bauer bist du schon mal nicht, so weit sind wir jetzt. Und du warst auch kein blinder Passagier auf der *Maharani,* stimmt's? Wie konnten wir nur so dumm sein und dir glauben? Ich meine, wie hättest du so viele Wochen ohne Wasser und Essen überleben sollen? Ganz zu schweigen vom Toilettenproblem."

„Es erstaunt mich, dass du so lange gebraucht hast, um daraufzukommen, Kit."

„Für dich bin ich Miss Salter."

„Verzeihung, Miss Salter."

„Welche Lügen hast du uns noch so aufgetischt? Mal sehen ... Ich wette, die Geschichte mit dem Fluch des Skarabäus war auch erstunken und erlogen."

„Na ja, etwas künstlerische Freiheit war vielleicht dabei, aber im Großen und Ganzen ..."

„Und dann dein kranker Vater", schnitt ich ihm das Wort ab. „Das war wohl auch eine Lüge, die du dir ausgedacht hast, um bei uns auf die Tränendrüsen zu drücken."

„Nein! Ihr müsst mir glauben. Mein Vater hat einen Herzanfall erlitten, als er vom Raub der Ptah-Hotep-Mumie hörte. Seit jenem Tag hat er weder gesprochen noch sich bewegt. Er liegt im Koma und ist mehr tot als lebendig."

„Du lügst", murmelte ich.

„Mein armer Vater", sagte Ahmed und senkte den Blick. „Er hat schon einen Sohn verloren – meinen älteren Bruder Khalil. Er ist bei einem Jagdunfall gestorben, als ich zehn war. Khalil war immer Papas Liebling, tapfer, großzügig, verwegen. Sein Tod hat Vater das Herz gebrochen. Und der Diebstahl des Skarabäus hat ihm endgültig den Rest gegeben."

„Deine Geschichten interessieren mich nicht", sagte ich.

Aber Ahmed fuhr fort, als führte er Selbstgespräche. „Vater gab sich die Schuld daran, dass der Skarabäus gestohlen wurde. Er ist ein stolzer Mann, und ..."

„Das reicht jetzt!", unterbrach ich ihn. Er hörte sich so ehrlich an – aber wie hätte ich mir jetzt noch sicher sein können? Ahmed war der beste Schauspieler, den ich je getroffen hatte. „Warum hast du uns das nur angetan?“, fragte ich. Meine Wut wich langsam einer großen Verzweiflung. „Wir haben dich bei uns aufgenommen, dir Nahrung und Kleidung gegeben. Waldo hat sich wegen der ganzen Sache sogar duelliert. Ich dachte, du wärst unser Freund.“

Ahmed ließ den Kopf hängen.

„Wieso hast du uns so behandelt?“

„Es tut mir leid. Wirklich, glaubt mir, es tut mir furchtbar leid. Ihr wart so gut zu mir. Ich fühle mich euch wirklich als Freund verbunden.“

„Wenn du Freunde so behandelst, dann danke ich Gott, dass ich nicht deine Feindin bin!“

„Ich erzähle euch jetzt die Wahrheit. Die ganze Wahrheit.“

„Wir lauschen“, sagte ich.

„Mein Vater ist Arzt. Ein gelehrter Mann und der Anführer unseres Stammes. Wir leben in einem Dorf nahe den Ruinen der alten Pharaonen-Hauptstadt Memphis. Aber wir sind keine Dorftrottel. Von Memphis ist es nicht weit nach Kairo. Ich besuche eine Schule. Der Bruder meines Vaters wohnt in Kairo und hat einen Tunichtgut als Sohn. Dieser Sohn Ali wurde von deiner Tante Hilda angeheuert, Kit. Langer Rede kurzer Sinn: Er ist ein übler Geselle, ein hinterlistiger Faulpelz. Er hat das geheime Grabmal von Ptah-Hotep geplündert, nachdem mein Vater dumm genug gewesen war, ihm das Versteck zu verraten. Seine Räuberbande floh mit der Mumie des weisen Mannes und anderen kostbaren Schätzen. Aber die sind nichts im Vergleich zu dem, was dort immer noch verborgen liegt."

„Na endlich kommen wir der Sache näher", sagte Waldo.

Ahmed ignorierte die Unterbrechung. „Ihr wisst, was es mit dem Skarabäus auf sich hat?"

„Ja, natürlich."

„Dieser Käfer ist der Glücksbringer, den Ptah-Hoteps Leichnam an seinem Herzen trug, tief unter Leinen vergraben. Seit Jahrtausenden hat er ungestört dort geruht – seit Menschengedenken."

„Du sollst endlich zur Sache kommen!"

„Das tue ich, Kit ... Miss Salter. Es gibt viele gelehrte Köpfe in meiner Familie. Wir sind Berber, müsst ihr wissen. Abkömmlinge der großen Pharaonen. Ihr altes Blut fließt durch unsere Adern. Mein Urgroßvater vertraute meinem Vater das Geheimnis des Skarabäus an – er enthält den Hinweis auf den vergrabenen Schatz."

„Dann ist der Skarabäus also nicht nur der Glücksbringer eures Dorfes?", fragte ich.

„Er ist viel mehr als das", antwortete Ahmed. „Er ist eine Art Karte. Wenn man sie zu deuten versteht, führt sie einen zum Schatz. Nur wenige ägyptische Gelehrte kennen dieses Geheimnis – und irgendwie müssen die Gebrüder Baker davon erfahren haben."

„Was ist das für ein Schatz?", fragte ich.

„Keine Ahnung. Ich weiß nur, dass er unvorstellbar kostbar sein soll."

„Und den willst du haben, was?“, rief ich. „Dann bist du genauso ein Verbrecher wie die Bakers!“

„Nein!“

Aufgebracht sprang Ahmed aus dem Sessel und begann durchs Zimmer zu tigern. „Ihr habt mich falsch verstanden. Ihr habt doch selbst mitbekommen, was die ‚Forscher‘ und ‚Ägyptologen‘ aus eurem Land unserem antiken Erbe angetan haben. Kostbare Mastabas, jahrtausendealte Pyramiden – alles haben sie geplündert. Habt ihr mal vom ‚Großen Belzoni‘ gehört? Dem Zirkus-Kraftmenschen?“

Ich nickte.

„Als er im Tal der Könige in Kairo eine mit Hieroglyphen übersäte, wunderschöne Mauer entdeckte, hat er sie mit einem Rammbock durchstoßen, um sich Durchgang zu verschaffen.“

„Aber der war Italiener. Englische Gentlemen würden niemals ...“

„Sei nicht so naiv. Der größte Räuber überhaupt ist Colonel Henry Vyse!“, rief Ahmed aus. „Vor ein paar Jahren hat er in die Große Sphinx ein Loch gebohrt, und als seine Bohrgeräte feststeckten, hat er sie mit Dynamit frei gesprengt. Die Große Sphinx in Gizeh, die großartigste Statue der Welt! Eure Forscher sind Räuber und Plünderer, sonst nichts! Vandalen!“

„Es gibt auch Ägypter, die die Pyramiden geplündert haben“, protestierte ich in Erinnerung an das, was mein Vater mal darüber gesagt hatte. „Papa hat erzählt, vor einigen Hundert Jahren hätten die arabischen Herrscher von Ägypten Kalksteinbrocken aus den Pyramiden gebrochen, um Kairo zu erbauen."

„Was ist Englands ältestes Bauwerk?", fragte Ahmed, ohne auf meinen Einwand einzugehen.

„Stonehenge?"

„Und was würdet ihr denken, wenn eine ägyptische Forschergruppe über Stonehenge herfallen und alle Steine abtransportieren würde, um sie in einem Kairoer Museum auszustellen? Auch wenn sie sagen, dass den Steinen dabei nichts passiert – was würdet ihr wohl empfinden?"

Ich schwieg.

„Wir Berber sind die letzten Nachkommen der ägyptischen Königshäuser", fuhr Ahmed fort. „Meine Familie empfindet es als ihre Pflicht, unser Erbe zu bewahren. Die Schätze müssen in ihrem Versteck bleiben. Mein Vater bekam den Herzanfall, weil er dachte, er hätte sein Volk verraten. Er schämte sich, Kit, schämte sich bis ins Mark. Und deswegen liegt er jetzt im Koma, verloren für Familie und Stamm. Ich muss den Skarabäus retten, um den Schatz von Ptah-Hotep verborgen zu halten. Das ist die einzige Möglichkeit, meinem Vater zu helfen."

„Wie sollen wir dir jetzt noch glauben?", sagte ich sanft. „Ich meine, du hast uns angelogen, hast dich für jemand anders ausgegeben. Vielleicht lügst du ja jetzt auch wieder."

„Kit, Waldo – ich musste doch lügen! Wie soll ich euch das erklären? Ägypter sind stolze Menschen. Wir blicken auf eine stolze Geschichte zurück. Zur Zeit der Pharaonen wart ihr Engländer – ohne euch zu nahetreten zu wollen – kaum mehr als Wilde. Aber jetzt sind wir schwach und euer Königreich beherrscht uns, mit seiner Flotte, seinen Waffen. Wie hättet ihr wohl reagiert, wenn ein stolzer Ägypter vor euch gestanden und euch das alles erzählt hätte? Ihr hättet mir nicht getraut. Also musste ich euch etwas vorspielen, um euer Mitgefühl zu gewinnen. Ihr habt mich als heimatlosen Jungen aufgenommen, und dafür bin ich euch sehr dankbar."

„Wieso hast du überhaupt in der Mumienkiste gesteckt?", fragte Waldo.

„Das war Pech." Ahmed zuckte mit den Schultern. „Ich bin nach dem Herzanfall meines Vaters von zu Hause weggelaufen, fest entschlossen, den Skarabäus zu finden, damit mein Vater wieder gesund werden konnte. Er lag ja im Koma und konnte mich nicht davon abhalten. Also bin ich deiner Tante – und der Mumie – gefolgt, Kit, und habe eine Schiffspassage auf der *Maharani* gebucht. In der letzten Nacht der Überfahrt bin ich um Mitternacht im Nachthemd nach unten geschlichen und habe zwischen den vielen Kisten nach der mit der Mumie gesucht. Plötzlich tauchten zwei Matrosen auf. Ich saß in der Falle. Leise kletterte ich in eine große Truhe – es war Ironie des Schicksals, dass ich ausgerechnet die erwischte, in der Ptah-Hoteps geschlossener Sarkophag lag. Wie eine gefangene Ratte saß ich nun in der Kiste, in der sich auch der Skarabäus befand, kam aber nicht dran. Etwas später brachten die Matrosen die Kiste in einen anderen Lagerraum. Ich kann mich noch an das Geräusch erinnern, als sie das Schloss absperrten. Es war so endgültig, so grausam. Ich war halb verrückt vor Angst."

„Was dich aber trotzdem nicht davon abgehalten hat, uns eine wohlüberlegte Lügengeschichte aufzutischen", sagte ich.

Ich dachte daran, wie Ahmed uns damals begegnet war – hungrig, schmutzig, zerzaust. Er hatte sich dann so mühelos zum Schmetterling verpuppt, dass es uns gar nicht aufgefallen war. Immer noch hatte ich das Bild von einem heimatlosen Jungen im Kopf, der kaum ein Wort Englisch verstand. Aber das entsprach ganz und gar nicht der Wahrheit.

So viel zum Thema Beobachtungsgabe! Bestimmt hättet ihr euch nicht so dumm angestellt. Ihr hättet eure Vorurteile beiseitegefegt und die Dinge so gesehen, wie sie waren. Ich hingegen war wie mit Blindheit geschlagen gewesen. Ich hatte versagt. Aber diesem Gefühl durfte ich mich jetzt nicht hingeben. Das würde die Frage, wie es nun mit Ahmed weitergehen sollte, auch nicht beantworten.

Ich stand auf und sah Ahmed in die Augen. „Wie sollen wir dir je wieder vertrauen?", fragte ich.

Er ließ sich wieder in den Sessel sinken. Stille senkte sich über uns. Ich versuchte nachzudenken, aber in meinem Kopf herrschte nichts als Verwirrung. Sollten wir Ahmed meiner Tante ausliefern? Sollten wir ihr von dem Skarabäus und dem Diebstahl der Gebrüder Baker erzählen?

Und plötzlich sagte Waldo: „Vielleicht gibt es doch eine Möglichkeit, Ahmed auf die Probe zu stellen."

21

„Das hier?“, raunte ich Waldo zu und verdrehte angesichts der am Tisch versammelten seltsamen Gestalten die Augen in gespieltem Entsetzen. „*Das* ist deine geniale Idee?“

„Pst!“, zischte er. „Du bist schon wieder voller Vorurteile.“

Ich konnte es nicht fassen, dass ich tatsächlich eingewilligt hatte, an einer Séance teilzunehmen. Waldos Mutter, Mrs Guppy, hielt sich selbst für ein „Medium“. Und Waldo wollte sie bitten, mit dem Jenseits Kontakt aufzunehmen: „Geisterbotschafter“ sollten uns mitteilen, ob Ahmed die Wahrheit gesagt hatte.

Ich war mehr als skeptisch. Ich hatte noch nie an solchen Humbug geglaubt. Aber das hier war unsere einzige Hoffnung, und Waldo hatte sich leidenschaftlich dafür eingesetzt, dass wir es zumindest versuchten. Schließlich war der Skarabäus für uns unerreichbarer denn je.

„Seid ihr tapferen Herzens?“ Mrs Guppys Stimme

war ein zartes Flüstern. „Nur die stärksten Seelen sollten sich mir auf meiner Suche nach den Verstorbenen anschließen. Wir werden ins andere Leben reisen. Wir werden die Geister geliebter Menschen treffen und die der glücklosen Seelen, die noch keinen Frieden gefunden haben. Wir werden mit Engeln kommunizieren und Dämonen abwehren …“

Immer weiter schwadronierte das selbst ernannte Medium mit einer Stimme, die so monoton und hypnotisch war wie das Raunen der Wellen. Es war heiß in Mrs Guppys Wohnzimmer. Mir fielen die Augen zu und mein Körper fühlte sich auf einmal merkwürdig leicht an. Wach bleiben!, befahl ich mir selbst. Ich konnte es mir nicht erlauben wegzudösen, nicht jetzt, wo ich doch besonders aufmerksam sein musste.

Ich sah zu Ahmed hin, der neben Rachel saß. Bildete ich es mir nur ein oder war er gerade extrem nervös? Alle meine Freunde waren hier versammelt, alle bis auf Isaac, der mal wieder allein unterwegs war – in geheimer Mission. Außer uns hatten sich noch fünf weitere Personen um Mrs Guppys Ebenholztisch versammelt, und alle wirkten angespannt und aufgeregt.

Mrs Guppy, deren Stuhl etwas höher war als die unseren, ragte über uns auf wie eine Königin, die Hof hält – eine pummelige Königin mit lockiger Perücke. Nur ihre Augen waren außergewöhnlich: lavendelblau und durchscheinend. Mir war, als würde ich durch ein Buntglasfenster in eine andere Welt blicken.

Waldo nahm die ganze Sache sehr ernst. Ich hingegen war wenig beeindruckt. Diese Spiritisten schienen wirklich ein seltsames Völkchen zu sein. Da war zum Beispiel ein Herr mit einem schäbigen Morgenmantel, dessen Gesicht zur Hälfte von seinem Schnurrbart verdeckt wurde. Eine furchtbar dicke Witwe in Trauerkleidung, das Gesicht hinter einem schwarzen Schleier verborgen. Ein verwahrloster Kapitän der Handelsmarine. Und dann noch Mr Guppy, ein unscheinbarer Mann, über den ich so gut wie gar nichts sagen kann, weil er auf mich keinerlei Eindruck machte.

Irgendwie kamen mir all diese „Suchenden“ merkwürdig vor. Ich hätte nicht sagen können, woran es lag, aber irgendwie wirkten sie alle nicht ... echt, und etwas beinahe Unheimliches haftete ihnen an. Meine Nerven waren zum Zerreißen gespannt, ich redete mir gut zu, bloß nicht lockerzulassen, mich bloß nicht dieser einschläfernden Stimmung der Séance zu ergeben. Etwas Bedrohliches hing in der Luft, das spürte ich. Ich wusste nur nicht, in welcher Form sich die Gefahr manifestieren würde.

„Die Lampe, mein Lieber“, sagte Mrs Guppy zu ihrem Mann. Die Lichter waren aus, der Raum war in ein mattes Zwielicht getaucht.

„Lasst uns die Herzen säubern von allen unreinen Elementen“, begann Mrs Guppy. „Wenn du bitte das Vaterunser anstimmen könntest, mein Lieber ...“

Mr Guppy tat, wie ihm geheißen, und wir fielen ins

Gebet mit ein. Nach wenigen Augenblicken strömte ein moschusartiger Duft herein und ein leises Wehklagen erklang. Das erschreckte mich im ersten Moment, aber dann stellte ich fest, dass es Mr Guppy war, der Gitarre spielte. Auf dem Tisch waren noch mehr Instrumente aufgereiht, darunter eine Geige, ein Banjo und ein französisches Horn.

„Reicht euch die Hände, auf dass die heilende Energie durch euch hindurchfließen möge. Ishtar, Sahara, Gabriel ... Wir flehen euch an, uns mit eurer Anwesenheit zu ehren!", rief Mrs Guppy in ihrem Singsang.

Ich reichte Ahmed die eine Hand, der dicken Dame neben mir die andere. Wie ein schwerer Schinken lag ihre Hand in meiner. So hundertprozentig schien sie ihre Trauerzeit nicht einzuhalten, denn die Fingernägel hatte sie grellrot lackiert.

„Ich spüre, wie sie durch meine Glieder strömen, meine Nerven mit ihren Leidenschaften zum Glühen bringen. Die Geister sind erwacht! Sie werden uns heute einen Besuch abstatten."

Die Witwe zu meiner Linken keuchte atemlos. Und dann erhoben sich das Banjo, die Geige und das Horn vor meinen Augen in die Luft und begannen dort ohrenbetäubende Töne von sich zu geben. Die Hand der Witwe bebte heftig in meiner. Das Banjo war so nahe vor mir, dass ich die Hand ausstrecken und es hätte berühren können, aber dann schwebte es mit vibrierenden Saiten ein Stück nach oben.

Ehrfurcht ergriff mich.

Wumm! Mit einem Mal polterten alle Instrumente gleichzeitig herab und landeten mit lautem Krachen auf dem Teppich. Dann verstummte der Lärm wie abgeschnitten, nur noch das Rauschen unseres in Wallung geratenen Blutes war in unseren Ohren vernehmbar.

Und da schwebte eine geisterhafte Erscheinung aus der Mitte des Tisches empor. Eine Hand – die Hand eines Geistes! Der Daumen glänzte silbern, die Finger waren gespreizt. Rachel saß mir mit weit aufgerissenen Augen gegenüber, wie vom Donner gerührt.

In einem plötzlichen Impuls ließ ich die Hand meiner Tischnachbarin los und versuchte nach der Geisterhand zu greifen. Dabei stieß ich mit den Füßen gegen etwas unter dem Tisch, und die Hand fiel zu Boden. Es war so dunkel und verschwommen im Raum, dass ich mir nicht ganz sicher war, aber ich meinte gesehen zu haben, wie ein Stock kurz aus einem Loch in der Mitte des Tisches herausragte, das nun eilig zuging. Eine Sekunde später war auch die Hand wieder verschwunden.

„Wir haben einen Ungläubigen unter uns!" Mrs Guppy sprang auf und in ihrem Zorn wirkte sie beinahe majestätisch. „Wer wagt es, die Unantastbarkeit der Séance anzugreifen?"

Zwar hatte ich es nicht geschafft, mir die Geisterhand zu schnappen, aber dafür vor lauter Tollpatschigkeit einen Wasserkrug umgestoßen, der auf dem Tisch stand. Das Wasser rann über die Tischplatte und sammelte sich in einer kleinen Pfütze in der Mitte.

„Kit!“, zischte Waldo, und auch die anderen starrten mich vorwurfsvoll an.

„Tut mir leid“, murmelte ich beschämt.

„Du hast kein Recht, die Séance zu stören! In einer Kirche würdest du dich sicher nicht so benehmen!“, fauchte Waldo.

Mrs Guppy ließ sich auf ihren Stuhl plumpsen, als wäre sie völlig ausgelaugt. Ihr Mann scharwenzelte um sie herum. Von allen Teilnehmern schlug mir blanke Abneigung entgegen. Selbst Rachel war wütend.

„Die Séance ist zu Ende“, verkündete Mr Guppy.

Sofort fingen alle an, durcheinanderzusprechen. Der Mann mit dem Schnurrbart protestierte, er habe teuer dafür bezahlt, mit den Geistern Kontakt aufzunehmen, und er würde sich das nicht von irgendwelchen kleinen Mädchen kaputt machen lassen.

„Beachtet Kit einfach gar nicht“, sagte Waldo. „Sie hatte sich noch nie unter Kontrolle.“

„Die Geister der Verstorbenen wurden beleidigt“, erwiderte Mrs Guppy. „Sie werden heute sicher nicht mehr zurückkehren.“

„Soll mir recht sein.“ Ich stieß meinen Stuhl nach hinten und stand auf. Dann richtete ich den Blick fest auf Waldo. „Wir gehen.“

Aber keiner meiner Freunde stand mir bei.

Ich drehte mich zu Ahmed herum. Er achtete nicht

auf das Durcheinander, sondern starrte nur mit aufgerissenen Augen auf die Wasserpfütze in der Mitte des Tisches. Verwundert folgte ich seinem Blick. Was war so faszinierend daran? Das war doch einfach nur normales Wasser. Silbergrau und mit einer feinen, matten Staubschicht auf der Oberfläche. Dann sah ich noch einmal hin – und hielt die Luft an.

Auf der Wasseroberfläche schimmerte das Bild eines Männergesichts. Augen, Lippen, Nase, ein Hauch von weißem Haar. Nur ein schwacher Schein, aber eindeutig kein Trugbild. Da war etwas in der Pfütze! Engel oder Geist? Zwar kein Mensch aus Fleisch und Blut, aber unbestreitbar eine echte Erscheinung.

„Vater!“, keuchte Ahmed.

Sofort richteten sich alle Blicke auf ihn, die Gespräche verstummten. Ahmed streckte die Hand aus, als wollte er die Wasseroberfläche berühren, das Gesicht seines Vaters streicheln: ein von Sorgenfalten gezeichnetes Gesicht, mehr tot als lebendig.

Ich erkannte Ahmeds große Augen wieder, die Umrisse der Wangenknochen. Aber das Bild des Mannes war hohl und zweidimensional. Dann schob sich das Gesicht ein Stück von uns weg, als wollte es sich entfernen, und plötzlich sahen wir es – ein menschliches Skelett, das auf einem schlichten Holzbett ruhte.

„Vater. Vergib mir.“

Das Bild flackerte und verschwand, doch dann erschien ein neues – ein strahlender, barfüßiger junger

Mann. Er ähnelte Ahmed sehr, nur dass er etwas älter war und irgendwie golden schimmerte. Seine Haut war honigfarben wie die Dünen der Wüste, in seinen Augen blitzten gelbe Punkte. Fröhlich, beinahe verächtlich lächelte er uns an. Was ging hier vor sich? Standen wir alle unter Hypnose? Vielleicht waren wir alle in denselben merkwürdigen Traum versunken.

Ahmed war aufgesprungen. Nun stieß er ein einziges Wort hervor: „Khalil!"

„Du hast sicher nicht damit gerechnet, *mich* je wiederzusehen."

„Wie kommst du hierher, Bruder?"

Khalil zuckte mit den Schultern; das Bild verschwamm kurzfristig und formte sich dann wieder neu.

„Ich komme wegen Vater", sagte Khalils Geist. Zumindest war es das, was ich gehört zu haben meinte. „Du musst zu ihm zurückkehren."

„Der Skarabäus. Ich muss den Skarabäus finden", flehte Ahmed.

„Er ist verloren, kleiner Bruder. Du warst noch nie der Forschende von uns. Ich war es, der die Welt hätte bereisen sollen. Dein Platz, Ahmed, ist zu Hause."

„Ich muss den Skarabäus finden, um Vater zu helfen. Der Skarabäus wird wieder Segen über uns bringen, und dann ist der Schatz in Sicherheit."

„Komm nach Hause. Vater bleibt nicht mehr viel Zeit."

Ein leises Stöhnen lenkte meine Aufmerksamkeit auf die andere Seite des Tisches. Mrs Guppy saß schreckstarr auf ihrem Stuhl. Sie war zu Tode verängstigt, und auf einmal wurde mir klar, woran das lag. Vermutlich war dies der allererste echte Geist, der ihr Wohnzimmer mit seiner Anwesenheit beehrt hatte.

Ahmeds Stimme klang gepresst, und er keuchte, als das Wasser sich kräuselte und dann wieder beruhigte. Übrig blieb nur eine ganz normale Pfütze. Ahmeds Bruder – der geisterhafte Botschafter aus der Welt zwischen Leben und Tod – war verschwunden.

„Jetzt hast du es gesehen." Als er sich mir zuwandte, waren seine Augen voller Tränen. „Jetzt hast du die Wahrheit gesehen."

„Oh, Ahmed ...", begann ich, wurde aber von einem lauten Poltern unterbrochen.

„Das reicht!", rief eine laute Stimme. Die dicke Dame hatte sich von ihrem Platz erhoben und auf den Tisch gehauen. Wie sie da in ihrer schwarzen Kleidung stand, wirkte sie auf einmal mächtig und Furcht einflößend. Der Schleier war ihr vom Gesicht gerutscht. Von der trauernden Witwe war nichts mehr zu sehen. Stattdessen ragte nun eine Hyäne mit grausamen Augen und einem blutroten Mund über uns auf.

„Genug der Späße!", rief sie. „Es wird Zeit, dass wir zum geschäftlichen Teil des Abends kommen."

Die Frau war Velvet Nell, und die Pistole, die sie in der Hand hielt, war direkt auf meine Brust gerichtet.

22

„Geduldig wie die Schafe waren wir jetzt lang genug“, sagte der Mann mit dem Schnurrbart. „Es wird Zeit, sich in Tiger zu verwandeln.“

Mit einer lässigen Handbewegung riss er sich den Schnurrbart herunter, sodass der ausdruckslose Mund und das fliehende Kinn von Bender Barney zum Vorschein kamen. Auch er hielt eine Waffe in der Hand, und sie zielte auf Waldo.

Ich sah mich in der Tischrunde um: Marinekapitän, dicke Dame, Schnurrbartmann. Alles keine harmlosen Geisterbeschwörer, sondern finstere Mitglieder des Velvet Mobs. Kein Wunder, dass ich Gefahr gewittert hatte! Aber die Atmosphäre der Séance hatte mich getäuscht. Ich dachte, die Bedrohung sei jenseitiger Natur. Doch das Böse war unter uns, nur allzu leibhaftig und diesseitig, und alle waren sie bewaffnet. Rachels Schrei hallte durch den Raum. Mrs Guppy war so verblüfft, dass sie nur wie ein Goldfisch den Mund auf- und zuklappen konnte.

„Du nimmst den Ägypter", befahl Barney dem Marinemann. „Ich hab mit dem hier ein Hühnchen zu rupfen." Damit packte er Waldo beim Ohr und schubste ihn vor sich her aus dem Zimmer.

Ich folgte ihnen – mit Velvet Nells Pistolenlauf im Kreuz.

„Danke für Ihre kleine Show, Mrs Guppy", sagte Velvet Nell noch, als wir auf dem Treppenabsatz angekommen waren. „Vielleicht lege ich im Alhambra ein gutes Wort für Sie ein. Sie könnten da hübsch auftreten mit Ihrer Geisternummer, vielleicht gleich nach unserem Affen."

Mrs Guppys teigiges Gesicht fiel regelrecht in sich zusammen. Ihr Mann hatte es währenddessen irgendwie geschafft, sich aus dem Staub zu machen.

Die drei Ganoven schoben uns die Treppe hinunter. Mein Atem ging keuchend, mein Herz pochte zum Zerspringen. Ob wir auf der engen Treppe vielleicht eine Chance hatten zu fliehen? Wenn ich Waldo anstieß, der vor mir ging, und er sich gegen den ganz vorne gehenden Halunken fallen ließ, und wenn Ahmed dem Marinemann ein Bein stellte ...

„Keine Tricks, verstanden!", keifte Velvet Nell, als hätte sie meine Gedanken gelesen. „Eine falsche Bewegung, und ich jag dir eine Kugel in den Kopf."

Schon taumelten wir in den Smog der Kensington High Street hinaus. Eine Kutsche wartete auf uns. Der Fahrer paffte an einem Glimmstängel. Als er Velvet Nell und ihre Leute erblickte, warf er die Zigarette beiseite und nahm die Zügel in die Hand. Barney machte die Tür auf und stieß Waldo voran.

„Rein mit dir!“, fauchte er.

„Nicht so schnell, Barney“, widersprach Nell.

„Was?“

„Ich bin dafür, dass wir ihnen eine kleine Lektion erteilen. Außerdem müssen wir ja nicht alle drei mitschleppen.“

„Ich will den Jungen haben.“

„Tut mir leid, heute nicht.“

Barney brummte wütend in sich hinein, aber ein Blick von der dicken Frau genügte, und er war auf einmal ganz klein mit Hut. Kein Zweifel – hier erteilte Velvet Nell die Befehle. Sie stampfte an uns vorbei und musterte uns der Reihe nach. Schließlich blieb sie vor Rachel stehen.

„Die da nehmen wir“, sagte sie und strich mit dem Lauf der Pistole über Rachels Löckchen. Es war eine besonders elegante Pistole, mit einem Griff aus Perlmutt. „Die wird nicht halb so viel Ärger machen wie die anderen. Na komm, Süße.“ Sie umklammerte Rachels Arm und wandte sich dann uns zu. „Und ihr anderen macht, dass ihr verschwindet – und uns nie mehr in die Quere kommt! Ich warne euch – wenn ihr zwitschert, wird es eurer hübschen kleinen Freundin hier ziemlich übel ergehen. Mit einer Kugel im Schädel sieht sie bestimmt nicht mehr so reizend aus.“

„Nehmen Sie doch lieber mich mit!“, rief ich.

„Du bist eine Unruhestifterin, das rieche ich“, lehnte Velvet Nell ab.

„Bitte!“

„Ich denke, ich habe mich deutlich genug ausgedrückt. Ihr haltet euch von jetzt an raus aus anderer Leute Angelegenheiten, dann passiert eurer Freundin nichts. Aber nur ein falscher Schritt und sie liegt im Sarg. Verstanden?“

Ich nickte bedrückt.

Rachel hatte kein Wort gesagt. Ihr Gesicht war bleich. Sie bewegte sich wie eine Schlafwandlerin, als Barney sie grob in die Kutsche schubste. Währenddessen hielt Nell uns mit ihrer Pistole in Schach. Sie war dann auch die Letzte, die einstieg. Aus der Kutsche winkte sie uns noch einmal fröhlich zu und rief dem Fahrer einen Befehl nach vorne. Die Pferde donnerten los und jagten in halsbrecherischem Tempo in den dichten Stadtverkehr.

„Nein!“ Das Wort schoss wie eine Pistolenkugel aus meinem Mund hervor.

Aber es war zu spät. Schon hatte der Verkehr die Kutsche mitsamt der darin gefangenen Rachel verschluckt.

23

„Wartet!", schrie Ahmed hinter den Halunken her. „Ich kann euch helfen! Ich tue, was ihr wollt! Ich kann ..." Mitten im Satz brach er ab, und seine Worte hingen wie ein Echo in der Luft. „Das ist alles meine Schuld."

„Nein, ich bin schuld", widersprach Waldo. „Das wäre alles nicht passiert, wenn ich nicht diese blöde Idee mit der Séance gehabt hätte."

„Was ist eigentlich mit euch los?", ging ich dazwischen. „Was spielt das denn jetzt noch für eine Rolle, wer schuld ist? Wir sollten längst unterwegs sein. Schnell, haltet eine Droschke an! Ich wette, die sind auf dem Weg nach Cornwall zum Schloss der Bakers."

„Vergesst Cornwall!", rief da plötzlich eine Stimme.

Schon stand eine Kutsche vor uns, und eine magere, von oben bis unten verdreckte Gestalt lehnte sich aus der Tür heraus. „Springt rein!"

Waldo starrte die Erscheinung an, unsicher, ob dies schon wieder ein Entführer oder einfach ein seltsamer Fremder war.

„Wo hast du nur gesteckt, Isaac?“, fragte ich, während ich die anderen in die Kutsche schubste. Denn unter dicken Schichten von etwas, was wie Schlamm aus der Themse aussah, steckte tatsächlich unser Freund.

Kaum saßen wir in der Droschke, rief ich dem Fahrer zu: „Folgen Sie der Kutsche da vorne!“

„Welcher denn?“ Stirnrunzelnd folgte der Blick des Mannes meinem ausgestreckten Zeigefinger. „Meinen Sie eine bestimmte?“

Die Straße war voll von Kutschen in allen Formen und Größen.

„Egal. Fahren Sie bitte einfach in diese Richtung. Und zwar schnell!“

„Tsts, ich soll der Kutsche folgen. Das sagt sie so einfach – kann ich zaubern oder was?“

Brummelnd trieb der Kutscher seine Pferde an, und schon rumpelten wir blitzschnell durch die Straßen. Bald war der Verkehr viel spärlicher. Und kurze Zeit später kam tatsächlich die Kutsche des Velvet Mobs in Sicht, die mit einem Affentempo vor uns herhetzte.

Während die Pferde galoppierten, erzählte ich Isaac in knappen Worten von Rachels Entführung. Es waren mit Abstand die schwersten Worte, die ich je hatte sprechen müssen. Isaac wurde furchtbar still. Unsere Droschke jagte hinter den Ganoven her, und Waldo hängte sich aus der Tür heraus, um den Fahrer zu noch mehr Eile anzutreiben.

Wohin würde uns das Abenteuer führen? Der Mob

hatte Hyde Park mittlerweile hinter sich gelassen und hielt nun auf den Fluss zu. Kurz vor der Themse bog die Kutsche ab, fuhr am Strand vorbei und in Richtung Süden weiter.

„East End“, verkündete ich. „Die müssen da ein Versteck haben.“

„Da täuschst du dich“, sagte Isaac, der nur langsam aus seiner stillen Traurigkeit auftauchte. Aber dann begann er uns so hastig, dass er schier über die eigene Zunge stolperte, von seiner neuesten Erfindung zu erzählen: ein Hilfsmittel, das er „Telesphäre“ nannte.

Offenbar handelte es sich um eine Art Ohr-Verlängerung, einen glockenförmigen Schalltrichter. Dieses Ding konnte man irgendwo verstecken. Es war gleichzeitig Empfänger und Sender – und Isaac konnte alle Geräusche in einem Gerät, welches er bei sich führte, abhören.

Das Ganze klang mehr als verrückt, und auch Ahmed und Waldo schienen, ihren skeptischen Blicken nach zu urteilen, alles andere als überzeugt. Fragt mich nicht, wie das Ding funktionierte, ich habe nämlich keine Ahnung! Ich verstehe zugegebenermaßen kaum ein Viertel von dem, was in Isaacs Kopf vorgeht.

Jedenfalls war diese „Telesphäre“ das geheime Projekt, dem sich unser genialer Freund in den letzten Tagen gewidmet hatte. Als er im Haus der Gebrüder Baker verschwand, hatte er in Wirklichkeit so ein Gerät in deren Arbeitszimmer versteckt. Und während der vergangenen Tage hatte er sich immer wieder in der Nähe ihres Hauses herumgetrieben, um wertvolle Informationen aufzuschnappen – meistens erfolglos.

Anscheinend waren die Gebrüder Baker geradezu klösterlich still. Außerdem hatte Isaacs Gerät, wie er nur ungern zugab, nicht immer einwandfrei funktioniert – und das bisschen, das er gehört hatte, war nur gedämpft zu ihm durchgedrungen.

Aber vor zwei Stunden nun war unserem Helden Isaac der Durchbruch gelungen. Er hatte gehört, wie sich der Sekretär und die Hausbediensteten über die Reisepläne ihrer Herren unterhielten. Die Köchin jammerte darüber, dass sie – in nur wenigen Stunden – ein Festessen kochen sollte, das die Gebrüder Baker auf die *Morning Star* mitnehmen würden. Der Sekretär nannte die Köchin daraufhin eine „faule Nudel“ und wetterte, ein bisschen mehr Arbeit könnte ihr nur guttun.

Das war einfach unglaublich.

Die Gebrüder Baker wollten also gar nicht in ihr Schloss nach Cornwall, sondern nach Kairo! Und zwar mit der *Morning Star,* einem Dampfschiff von P & O. Noch am selben Nachmittag würde der Dampfer vom West India Dock ablegen. Offenbar hatten die Bakers beschlossen, sich selbst auf die Jagd nach den Schätzen des Pharao zu machen.

„Glaubt ihr, sie nehmen Rachel mit nach Ägypten?“, fragte Ahmed entsetzt.

„Sieht ganz danach aus“, sagte Isaac. Vor uns, halb

verborgen hinter einer Mietdroschke, war die schwarzgoldene Kutsche des Velvet Mobs zu sehen. „Nicht mehr lange, und sie haben die West India Docks erreicht."

„Wir müssen sie aufhalten", sagte ich. „Auch wenn das vielleicht bedeutet, dass wir alle nach Ägypten fahren müssen."

Gestank, Chaos und das Durcheinander von tausend verschiedenen Sprachen hingen wie eine Käseglocke über den Docks. Dies war das Tor, durch das Menschen aus aller Welt nach London strömten – Afrikaner in farbenfrohen Gewändern, hektisch hin und her wuselnde Chinesen, Inder, Araber, ostindische Matrosen, Italiener. Dicke Bündel Zimt und Ingwer, Tee und Kaffee wurden in riesige Lagerhäuser gekarrt. Wenn man hier länger als eine Sekunde an einem Fleck stand, war es ziemlich wahrscheinlich, dass einen eine herandonnernde Transportkarre umwalzte. Oder noch schlimmer – eine der gewaltigen herumschwingenden Seilwinden, die die Paletten von den Schiffen abluden.

Am Eingang der Docks waren wir an der leeren Kutsche des Velvet Mobs vorbeigekommen, aber von Rachel und ihren Entführern war in dem ganzen Durcheinander weit und breit nichts zu sehen.

Auf der einen Seite befand sich eine Menschenschlange: Männer, Frauen und Kinder, die allesamt ziemlich zerlumpt aussahen. Sie warteten auf etwas –

und alle, selbst die kleinsten Kinder, waren mit haufenweise Reisetaschen, Seesäcken, Bündeln, Töpfen und Pfannen bepackt. Ich verstand erst nicht, was das für Leute waren, aber dann wurde mir auf einmal alles klar: Das waren Auswanderer. Sie wollten Europa hinter sich lassen, wollten in die Neue Welt. Gut möglich, dass Baruch und Sara auch in der Schlange standen oder in einer ähnlichen.

„Das ist vollkommen aussichtslos“, stöhnte ich. „In dem Chaos finden wir sie nie. Was machen wir denn jetzt?“

„Am P-&-O-Schalter nachfragen“, schlug Isaac vor. „Und herausfinden, wann genau die *Morning Star* Richtung Ägypten ablegt.“

„Das können wir uns sparen“, murmelte Waldo.

„Hast du etwa eine bessere Idee?“, stieß ich hervor.

„Zu spät!“, sagte er nur und deutete auf das Ende der Docks.

Und dann sah ich, was er meinte. Ein glänzender Dampfer entfernte sich gerade von der Anlegestelle. Erst konnte ich vor lauter Menschen den Namen des Schiffes nicht genau erkennen. Aber dann tauchten die Lettern vor mir auf: *Morning Star*.

„Die *Morning Star.* Sie legt ab“, sagte ich dümmlich.

Mit einer riesigen Bugwelle schob sich der Dampfer an den Handelsschiffen und Flussgefährten vorbei – modern, schnell und überwältigend groß. Der beste

Dampfer, den man für Geld kriegen konnte. Zwei Gestalten waren an Deck auszumachen – zum einen der kartoffelförmige Umriss von Bender Barney, zum anderen, dicht daneben, die schlanke, dunkle Gestalt von Rachel. Sie hing über der Reling und ich konnte selbst auf diese Entfernung erkennen, wie niedergeschlagen sie war.

Ein wilder Schrei ertönte plötzlich dicht neben mir. Ahmed! Er riss sich die Jacke vom Leib, um sich in die Themse zu stürzen.

„Nicht!“, rief ich und versuchte ihn festzuhalten.

„Lass mich, ich kann gut schwimmen!“, brüllte er zurück und schüttelte mich ab. „Nur so kann ich Rachel noch retten!“

Mit einem mächtigen Hechtsprung tauchte er in die Fluten der Themse ein, auf der massenweise Abfälle aus der Kanalisation schwammen. Die ölige, grüne Brühe blubberte um seinen Kopf herum, als er mit kräftigen Armschlägen auf die *Morning Star* zuschwamm.

„Das ist doch Wahnsinn!“, schrie Waldo ihm nach.

Ahmed hatte sich eindeutig verschätzt. Das Wasser der Themse war viel zu schmutzig und zu schwer, als dass man darin hätte schwimmen können. Bei jedem Zug wurde Ahmed von umhertreibendem Abfall behindert, und wir konnten sehen, wie seine Schultern vor Anstrengung immer tiefer unter Wasser sanken. Der Dampfer hielt mittlerweile längst auf das offene Gewässer zu. Unmöglich, ihn schwimmend einzuholen. Wir sahen zu, wie Bender sich an Deck abwandte und Rachel mit sich wegschleppte.

Ich sah mich um – und entdeckte ein Tau. Mit aller Kraft schleuderte ich es Ahmed zu, und zum Glück konnte er das Ende packen. Mit vereinten Kräften hievten meine Freunde und ich ihn an Land.

Schließlich stand er wieder neben uns, völlig durchnässt und fürchterlich stinkend. Aber noch schlimmer als der Geruch war der verzweifelte Ausdruck auf seinem Gesicht.

„Das war's dann wohl“, sagte ich und schaute der *Morning Star* hinterher, die in der Ferne verschwand. Ahmed zitterte. Wir mussten dringend trockene, saubere Kleider für ihn auftreiben. Und dann irgendwie nach Ägypten gelangen. Was nicht einfach werden würde – Fahrscheine für Dampfschiffe waren nicht gerade leicht zu bekommen. Unaufhaltsam entfernte sich Rachel, unerreichbar für uns.

„Augenblick mal“, sagte Isaac mit Blick auf etwas, was gerade in den Hafen getuckert kam. „Niemals aufgeben! Das hast du mir doch beigebracht, Kit.“

„Vergiss es, Isaac, wir …“

„Großer Gott, was ist das denn?“, unterbrach mich Waldo. Er hatte den Blick auf dasselbe Objekt auf dem Wasser gerichtet wie Isaac.

Denn zwischen den vielen Booten glitt ein Gefährt in den Hafen, das man kaum als Schiff bezeichnen konnte. Es war eher eine Art uralte Wanne mit zwei verrosteten

Schornsteinen, aus denen übel riechender Qualm aufstieg. *Poonah* stand auf dem Schiffsrumpf in abblätternden, grünen Buchstaben geschrieben.

„Da kommt unsere Rettung, Freunde“, sagte Isaac mit einem Lächeln.

Fassungslos betrachtete ich das Boot und traute meinen Augen nicht. Denn auf dem Vorderdeck standen Seite an Seite zwei Gestalten, die ich nicht in meinen kühnsten Träumen beisammen vermutet hätte: Tante Hilda und Gaston Champlon.

„Ich will eine Erklärung!“, schrie ich und wirbelte zu Isaac herum. „Was in aller Welt geht hier eigentlich vor?“

Teil III

Jede dieser Maximen soll von Generation zu Generation weitergegeben werden, auf dass sie dieses Land niemals verlassen mögen.
38. Maxime aus der *Lehre des Ptah-Hotep*

24

„Ich gebe zu, manchmal ziehe ich voreilige Schlüsse.“

„Manchmal, Tante Hilda?“, fragte ich.

„Na gut, gelegentlich.“

„Ich würde eher sagen, meistens. Bei der Mumie war es doch auch so. Du hast keinerlei Beweise, die es gerechtfertigt hätten, dass du dich so aufplusterst und den armen Monsieur Champlon des Diebstahls bezichtigst.“

„Ich hatte mein Bauchgefühl.“

„Dein Bauch hat sich geirrt, Tante Hilda. Du solltest weniger auf deinen Bauch hören und mehr auf deinen Verstand.“

Unter normalen Umständen hätte ich es nie gewagt, so mit ihr zu sprechen. Aber Tante Hilda zeigte sich diesmal derart zerknirscht, dass ich einfach nicht widerstehen konnte. Fünf Tage waren seit dem schrecklichen Vorfall bei den West India Docks vergangen. Wir befanden uns an Bord der *Poonah* und folgten der *Morning Star* über die hohe See.

„Es ist das Vorrecht der Damen, sisch zu irrän“, ging Champlon dazwischen, der meiner Tante und mir bei unserem Deckspaziergang Gesellschaft leistete. Er schenkte uns ein charmantes Lächeln und bot Tante Hilda seinen Arm an. Brummelnd hakte sie sich ein. „Damen sind so ... emotionell. Isch verzeihe ihnen sofort, denn Damen sind nischt gemacht für Denken. Sie sind wie scheues Kaninschen.“

Ich hätte mir kaum jemanden denken können, der weniger einem scheuen Kaninchen glich als meine Tante. Sie wollte auch schon lautstark protestieren, aber ich brachte sie mit einem finsteren Blick zum Schweigen. Merkwürdig, doch in den letzten Tagen hatte sie ihre beste Seite herausgekehrt und legte beinahe normale Manieren an den Tag. Was ihr, wie man sich vorstellen kann, nicht leichtfiel.

Isaac hatte offenbar ein wahres Wunder bei ihr bewirkt. Denn mein findiger Freund – samt seiner Telesphären-Maschine – war es gewesen, der sowohl Tante Hilda als auch Champlon davon überzeugt hatte, dass die Gebrüder Baker die Mumie gestohlen hatten. Nur Isaac hatten wir es zu verdanken, dass wir hier waren: an Bord der *Poonah,* auf dem Weg nach Ägypten, um Rachel und den Skarabäus zu retten. Isaac war unser Held.

„Wie auch immer, Madame“, fuhr Champlon fort. „Wir dürfen nischt bekämpfen einander. Unser Feind sind die Gebrüder Baker. Unglaublicher Gedanke, dass sie zurückbringen die Mumie von Ptah-Hotep nach Ägypten."

Ich hingegen war mir überhaupt nicht sicher, dass sie die Mumie nach Ägypten zurückbringen wollten. Ich war überzeugt, dass ihr Interesse nur dem Skarabäus galt. Aber meine Tante und Champlon hatten keine Ahnung von dessen Existenz, deswegen hielt ich lieber den Mund.

„Wir müssen retten Ptah-Hotep vor diese Schurken", sagte Champlon.

„Und die arme Rebecca natürlich auch", fügte Tante Hilda hinzu.

„Sie heißt Rachel", warf ich trotzig ein.

„Ja, sicher, Rachel", sagte Tante Hilda. „Hab ich doch gesagt."

Im Zuge unserer hastigen Vorbereitungen zur Abfahrt nach Ägypten hatte Tante Hilda die *Poonah* mitsamt Kapitän und Besatzung angeheuert. Der heruntergekommene Dampfer war das beste Schiff, das wir auf die Schnelle hatten auftreiben können. Die Aufholjagd konnte beginnen.

Zumindest war das der Plan gewesen.

In Wirklichkeit machte die *Poonah* auf dem Mittelmeer einen etwas verlorenen Eindruck. Es kam mir vor, als hockten wir in einer riesigen Badewanne. Der Wind trieb uns nur langsam voran, aber der beherzte dampfbetriebene Motor gab sich alle Mühe und tuckerte aus voller Kehle. Ich war der *Poonah* ehrlich dankbar. Sie sah zwar aus wie ein Haufen Schrott, war aber ein echter Kämpfer. Sie schien genauso wie wir darauf erpicht zu sein, die Halunken einzuholen. Dennoch hatten wir seit Tagen nichts erblicken können, was auch nur ansatzweise wie die *Morning Star* ausgesehen hätte.

Stunde um Stunde klebte Ahmed an der Reling und hielt Ausschau. Und endlich glaubte er, in der Ferne ein Schiff mit vertrauten Umrissen zu entdecken. Ihr könnt euch vorstellen, was als Nächstes geschah: Tante Hilda wollte angreifen. Es war ihr egal, dass wir nur eine rostige alte Kanone an Bord hatten, deren Kugeln bestimmt nutzlos ins Wasser geplatscht wären.

Schon nach kurzer Zeit erledigte sich die Diskussion darüber von selbst, denn die *Morning Star* – falls sie es tatsächlich gewesen sein sollte – verschwand wieder hinter dem Horizont.

„Wir holen sie nie ein", sagte ich und wandte mich enttäuscht ab.

Es war wirklich schwer, nicht den Mut zu verlieren. Rachel wurde auf einem hochmodernen Dampfschiff irgendwo auf dem Meer gefangen gehalten – unerreichbar für uns.

Sicher, aus den roten und schwarzen Schornsteinen unseres Bootes stiegen tapfer Rauchwolken wie von einem Osterfeuer empor. Das Schaufelrad drehte sich unaufhaltsam. Und obwohl ich wusste, dass das undankbar war, wurde ich wütend auf die *Poonah*. Wir waren die Schildkröte unter den Ozeandampfern. Wie sollten wir unsere Freundin so jemals retten? Und wie sollten wir den Skarabäus in unseren Besitz bringen?

„Mach dir keine Sorgen“, sagte Ahmed. „Bald sind wir in Ägypten. Da habe ich noch ein paar Asse im Ärmel ...“

„Und was schwebt dir da so vor?“

„Ich habe viele Freunde“, antwortete er und hüllte sich daraufhin ärgerlicherweise in geheimnisvolles Schweigen.

Das war alles zu viel für mich. Seit Tagen waren wir auf hoher See, waren von London um Italien herum nach Athen getuckert, wo wir für die Mittelmeerüberfahrt aufgetankt hatten. Manchmal dachte ich, das war alles vergebene Liebesmüh. Selbst wenn wir es wirklich schaffen sollten, die *Morning Star* einzuholen – wie sollten wir es mit gerade mal sechs Mann Besatzung mit dem Velvet-Mob aufnehmen?

„Glaub du ruhig, dass wir in Ägypten im Vorteil sein werden“, murmelte ich finster. „Ich kann es mir nicht vorstellen. Bisher haben sie uns noch jedes Mal besiegt.“

Ahmed zuckte mit den Schultern und wandte sich dann ab.

Schmollend lehnte ich mich über die Reling und starrte auf das Meer hinaus. Nicht dass es viel zu sehen gegeben hätte. Ein paar Möwen am Himmel. Wasser, Wellen, Schaumkronen und um das Schaufelrad herum jede Menge Gischt – mehr war da nicht.

Ich könnte nie ein Seemann sein. Der ständige Anblick von so viel Leere würde mich deprimieren. Rachel würde sich auf See sicher viel besser schlagen. Sie war ausdauernd und duldsam. Seltsamerweise war ich jetzt, wo Rachel weg war, viel vorsichtiger als sonst. Es war beinahe, als würde ich in meinem Kopf das Echo ihrer Stimme hören. Ein Echo, das meinen Übermut etwas dämpfte.

„Gibt es bald Mittagessen?" Blinzelnd kam Isaac aus seiner Kabine.

„Ich sterbe auch gleich vor Hunger. Am besten fragen wir den Kapitän", erwiderte ich.

Der Kapitän und sein Erster Offizier standen im Führerhaus, einem windschiefen Holzverschlag auf dem Oberdeck. Schon von Weitem hörten wir sie lautstark miteinander streiten, aber als ich die Tür aufmachte, verstummten die Stimmen augenblicklich.

„Wie sieht es mit Mittagessen aus?", fragte ich. „Es ist schon fast zwei Uhr."

„Fragt doch den Schiffskoch", antwortete der Kapitän mit einem vielsagenden Blick zum Ersten Offizier, der Simpson hieß und wie die Schwermut in Person über das Schiff schlich. „Simpson, finden Sie heraus, was mit dem Mittagessen passiert ist."

„Aye, aye, Sir", sagte Simpson und schaffte es, dass selbst diese paar Worte traurig klangen.

Dann verwickelte Isaac den Kapitän in eine Unterhaltung über den Dampfkessel. Isaac hatte nämlich eine Idee, wie man Treibstoff einsparen könnte. Ich verstand kein Wort davon und beschloss, selbst nach dem Mittagessen zu sehen.

Die Schiffsküche war ein niedriger, holzvertäfelter Raum unter dem Achterdeck. Eine Sammlung billiger Blechtöpfe und Pfannen baumelte an ein paar Balken. Das Licht war schummrig, und der uralte Ofen hatte über die Jahre alles mit einer dicken Rußschicht überzogen. Eine weiße Schürze und die Kochmütze blitzten aus der Düsternis heraus. Der Koch stand gerade über den Herd gebeugt und rührte in etwas, was ehrlich gesagt nicht besonders verlockend roch.

„Hallo“, fragte ich von hinten. „Was gibt's denn zu Mittag?“

Der Mann wirbelte herum, und erschrocken sah ich, dass es Simpson war. „Eintopf“, sagte er traurig. „Hier gibt's immer nur Eintopf.“

„Wo ist denn der Schiffskoch?“

„Steht vor Ihnen.“

„Wie bitte?“, stieß ich hervor.

„Ich bin der verfluchte Schiffskoch. Das hier ist nämlich nicht die *Morning Star.* Wir haben hier keine hundertköpfige Besatzung, die sich unter Deck abschuftet, damit ihr feinen Pinkel es bequem habt.“

„Das ist aber ... interessant“, sagte ich matt. „Und wie lange braucht das Essen noch?“

„Fünf Minuten. Ich muss den Eintopf nur noch aufwärmen.“

Ich starrte in den Topf – braune Klumpen schwammen in dunkelbrauner Brühe.

„Ich läute dann schon mal die Essensglocke."

Ich war gerade wieder oben an Deck, als es plötzlich mehrmals ohrenbetäubend knallte. Waldo hing steuerbords über der Reling und feuerte seine Duellierpistole auf einen unsichtbaren Gegner auf See ab.

„Wär's nicht langsam an der Zeit, das Ding an den Nagel zu hängen, Waldo?"

„Erst wenn ich auf eine halbe Achtermeile einen Haifisch treffe", gab er zurück und schoss eine weitere Patrone in die Wellen.

„Oje, wenn du zu Mittag Haifisch essen willst, frag lieber Champlon", sagte ich.

„Wieso traust du mir nie etwas zu?", keifte Waldo und starrte mich an.

Während Waldo und ich uns zankten, kamen Gaston Champlon und meine Tante in augenscheinlicher Harmonie über das Deck spaziert. Waldo grollte dem Franzosen immer noch, was diesem aber völlig entging. Als er Waldos Pistole erblickte, machte sich ein Lächeln auf seinem Gesicht breit.

„Isch werde dir zeigen", sagte er und versuchte, Waldo die Waffe aus der Hand zu nehmen. „Du 'ältst sie falsch. Eine Pistol ist wie eine Frau. Du musst sie umgarnen, sie erobern, sie in 'öflischster Manier be'andeln."

Waldo schnaubte, und ich schob mich zwischen die

beiden, für den Fall, dass ein ernsthafter Streit entbrennen sollte. „Mittagessen!", rief ich. „Der Koch hat etwas ganz Besonderes gezaubert!"

„Etwas Besonderes?" Tante Hilda warf angewidert ihren Löffel hin. „Diesen Pamp hier würden nicht mal die streunenden Hunde anrühren, die sich vor meinem Haus herumtreiben."

Wir saßen im Esszimmer, einer Kabine, die in ihren Glanzzeiten sehr elegant gewesen sein musste. Jetzt allerdings fehlten die meisten Kristalltropfen am Lüster, und der Mahagonitisch war überall vernarbt. Genau wie alles andere auf dem Boot hätte auch dieser Raum einen neuen Farbanstrich dringend nötig gehabt.

Isaac war so in Gedanken versunken, dass er vermutlich sogar geröstete Ohrwürmer gegessen hätte, ohne eine Miene zu verziehen. Er schaufelte Löffel für Löffel in sich hinein, wir anderen hingegen schoben das Zeug nur auf dem Teller hin und her.

„Wir müssen das Essen unbedingt rationieren", sagte Isaac, der sich wie immer vor allem für die praktischen Aspekte der Reise interessierte. „Wir dürfen auf keinen Fall riskieren, dass uns die Vorräte ausgehen, bevor wir Alexandria erreichen."

„Noch nie habe ich mich so lange von so einem widerwärtigen Zeug ernähren müssen", sagte Tante Hilda. „Nicht mal auf meiner Expedition nach Tanganjika – da hatten wir wenigstens Pemmikan."

„Was ist denn Pemmikan?“

„Es besteht zu fünf Teilen aus Dörrfleisch und zu vier Teilen aus geschmolzenem Fett. Das Ganze mit gestampfter Yamswurzel in etwas Wasser aufgekocht – eine wunderbar nahrhafte Mahlzeit. Wenn meine Forscherkollegen Burke und Wills bei ihrer dummen Expedition durch Australien Pemmikan dabeigehabt hätten, wären sie bestimmt nicht verhungert. Sie hätten mich nur vorher fragen müssen, ich helfe immer gern.“

„Heute ist etwas Gemüse im Eintopf“, sagte ich, obwohl ich mir nicht sicher war, ob die seltsamen Klumpen in der braunen Pampe überhaupt irgendeines natürlichen Ursprungs waren.

„Für Rachel tue ich alles“, sagte Ahmed und würgte tapfer einen Löffel voll hinunter.

„Keiner sorgt sich mehr um die arme Rebecca als ich“, protestierte Tante Hilda. Diesmal machte sich niemand die Mühe, sie zu verbessern. Was sich einmal in ihrem Kopf festgesetzt hatte, war einfach nicht mehr daraus zu entfernen. „Aber ich finde, wir zahlen einen zu hohen Preis.“

„Isch muss misch der Dame anschließen“, sagte Champlon. „So ein Pamp sollte keine Dame je essen müssen. Und für ein Franzosen, der kommt aus dem Land der Haute Cuisine, ist dies unerträglisch.“

„Ihr seid erwachsen und benehmt euch wie kleine Kinder! Rachel ist euch doch völlig egal! Ihr seid doch nur hinter dem blöden Skarabäus her!“, brach es auf einmal aus Isaac heraus. Sein Gesicht war verzerrt, und ich dachte, gleich würde er in Tränen ausbrechen. Da wurde mir klar, dass er nur nach außen so gelassen tat. In Wirklichkeit hatte sich in seinem Inneren aus Sorge um seine Schwester ein wahrer Sturm aufgestaut.

„Skarabäus?" Monsieur Champlon sah aus wie ein schnurrbärtiger Jagdhund, der eine neue Fährte aufgenommen hat. „Welscher Skarabäus?"

Erst jetzt bemerkte Isaac, welchen Fehler er gemacht hatte, und sofort lief er rot an. Stille breitete sich aus. Wir hatten Isaac eingebläut, dass Champlon und Tante Hilda von dem Skarabäus nichts erfahren durften. Eine plötzliche Brise wehte eine Staubwolke herbei und ließ die verbliebenen Kristalltropfen klirren.

„Oh! Das ist ja interessant!" Meine Tante sah mich so argwöhnisch an, dass ich sofort wusste, dass jede Ausrede lahm klingen würde. Himmel, wann war diese unsägliche Reise endlich zu Ende? Es war, als hätten wir einen Kobold an Bord, der uns alle in missmutige Narren verwandelte.

„Meine Liebe! Was ist das denn für eine Geschichte? Von einem Skarabäus hast du ja noch gar nichts erwähnt", fuhr Tante Hilda fort. „Du hast Geheimnisse vor mir?"

Genau in diesem Augenblick zerschnitt ein Freudenschrei die Luft:

„Land in Sicht! Land in Sicht!"

„Ägypten!", keuchte ich und sprang auf.

Es war, als würde das Schiff einen Sprung nach vorne machen, während wir alle an Deck stürmten, um den ersten, atemberaubenden Blick auf Afrika zu erhaschen. Ich war gerade noch mal davongekommen! Wir hatten unser Geheimnis nicht verraten müssen. Ägyptens Anblick ließ Tante Hilda alles über den Skarabäus vergessen.

Und was für ein Anblick es war! Grünlich schimmernd erstreckte sich das Meer vor uns, weiter vorne war ein breiter Schaumstreifen zu sehen, und dahinter, am Horizont, zeichnete sich die Küstenlinie ab – braun, flach und kahl, die Kargheit nur von den dicht gedrängten Spitzen der Minarette aufgelockert. Ägypten, das alte Land der Pharaonen!

25

„Sie sind wohl vollkommen verwirrt, mein Junge. Ich wohne immer im *Shepheard's,* wenn ich in Kairo bin!", bellte meine Tante den Mann an der Rezeption an. „Lieber Himmel, ich tue Ihnen doch einen Gefallen! Man hat mir erzählt, manche Leute kommen extra in dieses Hotel, um einen Blick auf mich zu erhaschen!"

„Oder auf Gaston Champlon", warf der Franzose ein, um nicht hinter meiner Tante zurückzustehen.

„Es wäre uns eine Ehre, Sie als unsere Gäste begrüßen zu dürfen. Aber im Moment sind wir leider komplett ausgebucht", murmelte der Mann an der Hotelrezeption. „Darf ich Ihnen vielleicht das *New Hotel* empfehlen?"

„Die armselige Bruchbude? Da wohnen nur Handelsvertreter und Spione. Denken Sie daran, mein Junge, Sie haben es hier mit *der* Hilda Salter zu tun!"

Während meine Tante und Champlon weiter auf den Mann einredeten, wandte ich mich dem schillernden Empfangsraum des *Shepheard's Hotels* zu. Die Marmorböden glänzten mit der Ebenholz-Vertäfelung um die Wette, Dattelpalmen wuchsen in riesigen Kübeln.

Dies sei die beste Unterkunft in Kairo, hatte Tante Hilda mir erklärt. Flinke Kellner mit kleinen, eimerförmigen roten Mützen – Tarbusch genannt –, knappen bestickten Jacketts und bauschigen weißen Hosen flitzten geschäftig hin und her. Missionare mit geflochtenen Hüten, die in ihren gestärkten weißen Anzügen schwitzten, stapften von dannen, um Heiden zu bekehren. Ein Portier wurde beinahe unter Gepäcklasten begraben. Er folgte einem vornehmen Herrn – war das ein Kunstsammler auf der Suche nach Mumien oder eher ein Invalide, der zum Wohle seiner Gesundheit eine Nilkreuzfahrt unternehmen wollte? Unter den vielen westlichen Gästen, die das *Shepheard's* bevölkerten, befanden sich Franzosen, Amerikaner und Griechen – waren sie vielleicht Spione, Schatzjäger oder Abenteurer, die am Hof des Paschas ihr Glück zu machen versuchten?

Zu Dutzenden fläzten Gäste auf der sonnigen Hotelterrasse und beobachteten das Treiben auf Kairos geschäftigster Prachtstraße. Schwer beladene Esel, türkische Teppichhändler, verschleierte Frauen mit Wasserkrügen auf dem Kopf, Beduinen mit wogenden, cremefarbenen Gewändern – alles hastete hin und her.

Wie soll ich euch nur den Zauber dieser Stadt vermitteln? In der Ferne ragten die Spitzen der Pyramiden auf. An Verkaufsständen auf der Straße brutzelten

Kebab-Spieße, es duftete nach würzigem Curry und süßem Rosenwasser, und das Menschenmeer, das durch die Gassen wogte, zeigte jede Hautfarbe und Bekleidungsart. Für mich war alles fremd und faszinierend zugleich. Ich wünschte, wir hätten nach Belieben durch die Straßen spazieren und die fein verzierten Häuser bewundern können, deren obere Stockwerke wie zarte Vogelkäfige aussahen, die jeden Augenblick zusammenbrechen könnten. Aber wir waren nicht hierhergekommen, um die Gegend zu bewundern.

Rachel, Rachel, Rachel! dröhnte es wie Trommelwirbel in meinem Kopf.

Mir war es egal, in welcher Herberge wir abstiegen. Wichtig war nur, dass wir meine beste Freundin fanden. Gerade wollte ich das meiner Tante mitteilen, als ich feststellte, dass sie den Hotelbesitzer hatte rufen lassen, einen ehrerbietigen Herrn aus der Schweiz. Mit besänftigender Stimme teilte er Tante Hilda mit, dass er für sie und ihre Begleiter eine Suite habe auftreiben können. Typisch – meine Tante hatte mal wieder gewonnen!

Schon bald kamen einige Hotelpagen, um unser Gepäck auf die Zimmer zu bringen, obwohl ich nur eine kleine Tasche dabeihatte und einwandte, dass ich die sehr gut auch allein tragen konnte. Wir bezogen eine Suite, deren Balkon zur grünen Oase des Ezbekiya-Gartens schaute, welcher sich direkt gegenüber dem Hotel befand. Es war eine der besten Suiten des Hauses.

Ich war müde und von der Reise erschöpft. Ich erfrischte mich mit dem Wasser aus dem Krug neben dem marmornen Waschtisch, dann machte ich mich auf den Weg zu Ahmed.

Er war auf der Veranda und steckte mit Isaac und Waldo die Köpfe zusammen. Mehrere Gläser mit frischem Limonensaft standen vor ihnen auf einem kleinen Tisch. Er schmeckte so sauer, dass sich mein Gaumen zusammenzog, aber er war perfekt, um den Staub der Reise endgültig hinunterzuspülen.

„Und?“, fragte ich Ahmed.

Er sah mich ernst an. „Schlechte Nachrichten.“

„Na dann, raus damit.“

„Ich habe mich etwas umgehört und einen hilfsbereiten Pagen aufgetan. Zumindest ist er hilfsbereit geworden, nachdem ich ihm ein paar Dinar zugesteckt habe. Er hat mir erzählt, eine europäische Reisegruppe habe sich hier im Hotel einquartiert. Zwei Männer mit blondem Haar und bleicher Haut. Sie würden immer auf ihrem Zimmer essen und nie im Speisesaal auftauchen. Und ihre Begleiter wären ungewöhnlich, ganz anders als die Gäste, die das Hotel sonst so hat. Der Junge sagte, es seien grobe Kerle. Und dann hätten sie noch eine schöne Frau dabei. Der Page konnte gar nicht mehr aufhören, von ihr zu schwärmen. Sie sei unglaublich dick und habe die weißeste Haut und die blauesten Augen, die er je gesehen habe.“

Ich nahm einen Schluck Limonensaft und musste

husten, weil ich ihn zu schnell hinunterschluckte. „Velvet Nell“, keuchte ich.

„Das war aber noch nicht alles, Kit ...“ Ahmed hielt inne, als habe er Angst, fortzufahren.

„Rachel“, sagte ich.

„Sie hätten etwas dabei, sagte der Page. Das hätten sie in einem abgedeckten Käfig nach oben geschafft und in einem eigenen Zimmer untergebracht. Ein seltenes Tier wahrscheinlich, dachte er. Er hielt die Leute für Tierschmuggler. Aber dann hat er sich einmal ins Zimmer geschlichen – und herausgefunden, dass es ein junges Mädchen ist. Ein wunderschönes Mädchen, mit dunklen Locken, die über das Kissen flossen. Sie schlief in voller Reisemontur auf dem Bett. Er war so erschrocken, als er sie erblickte, dass er ins Stolpern geriet und eins der Gläser umkippte, die auf seinem Tablett standen. Das Wasser schwappte auf Rachels Gesicht, Kit, aber ...“

„Sie ist nicht aufgewacht“, sagte Isaac leise.

„Die bring ich um.“ Ich war so wütend, dass ich kaum sprechen konnte.

„Aber immerhin ist sie am Leben“, murmelte er, als wollte er sich selbst Mut zusprechen.

„Sie haben Rachel etwas eingeflößt. So viel Grausamkeit hätte ich nicht einmal dem Velvet Mob zugetraut.“

„Wahrscheinlich ein Schlafmittel“, sagte Isaac. „Damit sie im Hotel ruhig ist.“

Eine dunkle Angst stieg in mir auf. Ausgerechnet Rachel, die keiner Fliege etwas zuleide tun konnte. Der gutherzigste, liebenswürdigste Mensch, den ich kannte. Wie brachte man es übers Herz, ihr so etwas anzutun?

„Wo sind sie?", fragte ich.

„Warte, Kit." Waldo legte mir eine Hand auf den Arm. „Sie sind gestern Früh abgereist. Sie sind uns weit voraus."

„Dann sollten wir jetzt nicht mehr herumsitzen und diskutieren. Wir müssen hinterher!"

„Aber wohin?", sagte Waldo.

„Was meinst du damit?"

„Wir wissen doch nicht, wohin sie gegangen sind", warf Ahmed sanft ein. „Sie könnten eine Dahabieh gemietet haben, um den Nil hinunterzufahren. Oder sie reiten auf Kamelen durch die Wüste. Wir haben keine Ahnung, wohin sie wollen."

„Wahrscheinlich nach Memphis. Da kommt der Skarabäus doch her."

„Vielleicht, vielleicht auch nicht", sagte Ahmed geduldig. „Ich hätte selbst genug Gründe, so schnell wie möglich in meine Heimatstadt zu wollen, aber ..."

„Dein Vater!", rief ich aus. Mein armer Freund. Er musste sich nicht nur um Rachel sorgen, sondern natürlich auch um seinen im Sterben liegenden Vater.

Ahmed ging nicht auf meinen Einwurf ein. „Das Vernünftigste wird sein, wenn ich mich umhöre, ob vielleicht jemand weiß, wohin sie gegangen sind. In der Zwischenzeit solltest du am besten mit deiner Tante und Champlon losziehen und den Reiseproviant aufstocken, Kit."

Habt ihr schon einmal Proviant für eine lange Reise durch die Wüste besorgt? Wenn ja, dann wisst ihr, wie ermüdend das ist. Ich hatte mich auf meinen ersten Besuch auf Kairos berühmtem Basar sehr gefreut: enge, sich windende Gassen voller Marktstände, an denen Händler mit Turban so ziemlich alles verkauften, von Bernstein über Bonbons bis hin zu blubbernden Wasserpfeifen, die hier Shisha heißen.

Aber nachdem ich vier Stunden lang hinter Tante Hilda und Champlon hergetrottet war und miterlebt hatte, wie sie bei jedem einzelnen Gegenstand – ob Sattel oder Zucker – erbittert feilschten, wünschte ich mir, nie wieder einen Basar aufsuchen zu müssen. Der Lärm, das Chaos und das Überangebot an Waren waren zu viel für mich.

Ohne Tante Hilda wäre ich verloren gewesen, musste ich mir eingestehen. Habt ihr zum Beispiel gewusst, dass man auf einen Wüstenritt unbedingt eine kleine Zange mitnehmen muss? Sollte euer Pferd nämlich lahmen und ihr habt keine Zange dabei, habt ihr ein echtes Problem: Denn dann könnt ihr den Dorn im Huf nicht entfernen, das Pferd kann nicht weiter und ihr verbrutzelt in der Wüste.

Nachdem wir mehr eingekauft hatten, als ich je für

möglich gehalten hätte, kehrten wir zum Hotel zurück und zogen uns für den Abend um – offenbar achtet man selbst im Orient auf solch lästige englische Sitten. Dann versammelten wir uns alle im Restaurant.

Tante Hilda trug ein spitzengesäumtes Abendkleid aus smaragdgrünem Samt und eine lange Perlenkette. So feine Kleidung hatte ich an ihr noch nie gesehen, und ich fragte mich schon, ob sie damit vielleicht die Aufmerksamkeit von Monsieur Champlon auf sich lenken wollte. Und in der Tat sparte der durch und durch galante Franzose nicht mit Komplimenten.

„Eine Blüte inmitten von Wüstensand! Die schöne Rose von Kairo!"

„Unsinn." Tante Hilda errötete. „Wenn es Ihnen nichts ausmacht, bestellen Sie doch bitte eine Flasche Rotwein, Monsieur. Ich bin völlig ausgetrocknet."

Das Restaurant des *Shepheard's* war ein wirklich prachtvoller Anblick. Die gewölbte Decke wurde von dicken Säulen gestützt, die Wände waren mit arabischen Schnitzereien üppig verziert. Der große Raum bot Platz für mehrere Dutzend Tische, die mit schneeweißem Leinen und glitzernden Kristallgläsern gedeckt waren. Die Kleider der anwesenden Damen funkelten um die Wette. Noch nie hatte ich so viele Diamanten, Smaragde und Rubine auf einem Haufen gesehen. Es war nur zu leicht vorstellbar, dass hier Herzoginnen und Großfürsten, ja sogar europäische Könige und Königinnen speisten.

Mein Filet Wellington schmeckte ausgezeichnet. Ein Wunder, dass die Hotelköche auf Kairos Basaren solche Sachen einkaufen konnten, auch wenn ich vermutete, dass das Fleisch eher vom Pferd als von einem Rind stammen könnte.

„Wer sind diese ganzen Menschen?", fragte ich meine Tante mit Blick auf die schicke Gesellschaft.

„Dünnbrettbohrer", schnaubte Tante Hilda. „Meistens einfache Touristen. Ägyptenreisen sind in Europa derzeit groß in Mode. Vermutlich ist dies zum Teil meine eigene Schuld, weil ich so spannende Bücher darüber geschrieben habe. Aber dieser lästige Thomas Cook ist noch mehr schuld daran. Seit er angefangen hat, den Nil hinunterzufahren, reißt der Strom des Gesindels, das aus gesundheitlichen Gründen hierherkommt, einfach nicht mehr ab. Die überschwemmen Ägypten geradezu. Und stören die ernsthaften Ägyptologen auf Schritt und Tritt."

„Für dich also sehr ärgerlich."

„Verbieten sollte man das! Aber hallo, wen haben wir denn da?" Tante Hilda erhob sich halb von ihrem Stuhl und spähte zu einem Mann hinüber, der in einer Ecke des Raums allein an einem Tisch saß. Er sah ägyptisch aus, trug einen cremefarbenen Anzug und hatte sich das schwarze Haar mit Pomade nach hinten gekämmt. Als meine Tante auf ihn zeigte, griff Ahmed plötzlich nach meinem Arm und krallte sich regelrecht fest.

„Also wenn das nicht mein alter Freund Ali ist!“, rief Tante Hilda. „Das nenne ich einen Glücksfall! Ali hat schon bei meinem letzten Aufenthalt für mich gearbeitet. Er hat mir sogar geholfen, Ptah-Hoteps Mumie zu finden.“ Sie winkte einen vorbeigehenden Kellner heran. „Bitte richten Sie dem Herrn da in der Ecke schöne Grüße von Hilda Salter aus“, sagte sie. „Ali ... irgendwas. Und bitten Sie ihn, uns auf einen Brandy Gesellschaft zu leisten.“

„Du musst sie aufhalten“, flüsterte Ahmed mir ins Ohr. „Ali ist mein Vetter. Ganz übler Bursche.“

Aber der Kellner war schon unterwegs, und wenige Augenblicke später stand der schicke junge Mann neben unserem Tisch, ein nettes Lächeln auf den Lippen. Er verbeugte sich vor uns und wandte sich mit einem breiten Grinsen an Ahmed.

„Mein kleiner Vetter, sieh mal an. Geht es dir gut, Ahmed?“

„Ja, alles bestens“, erwiderte mein Freund, und es klang eher wie eine Verwünschung.

„Was für eine Freude, in dieser Umgebung so gute Freunde wiederzusehen.“

Tante Hilda strahlte. „Jetzt ist es entschieden. Wir reiten morgen Früh Richtung Memphis los. Ali, würden Sie uns vielleicht als unser Führer und Übersetzer begleiten?“

„Ich kann doch auch für Sie übersetzen“, warf Ahmed ein, aber da hatte Ali schon eingeschlagen.

Mit ihren großen Augen und dem kräftigen Knochenbau sahen sich die beiden Vettern ziemlich ähnlich. Aber während Ahmed eher steif und linkisch wirkte, war Ali geschmeidig und aalglatt.

Nach dem Abendessen zogen wir uns zurück, um für den frühen Start am nächsten Morgen Kräfte zu sammeln.

„Das gefällt mir nicht", raunte Ahmed auf dem Flur. „Ali ist durch und durch verdorben."

„Nun übertreib nicht", sagte Isaac.

„Auf mich wirkt er eigentlich ganz nett", sagte auch Waldo.

„Nett! Mein Vetter weiß noch nicht einmal, was dieses Wort bedeutet!", fauchte Ahmed. „Er ist ein böser Mensch. Bitte seid wachsam! Ich vermute, dass er für die Bakers spioniert."

„Aber er kennt die Gebrüder Baker und den Velvet Mob doch überhaupt nicht", protestierte Isaac. „Ich weiß ja, dass er deiner Familie übel mitgespielt hat, aber ..."

„Ich finde, wir sollten auf Ahmed hören", unterbrach ich ihn. „Er kennt seinen Vetter."

„Ich bitte euch doch nur, euch in Acht zu nehmen. Ihr dürft ihm nicht trauen. Verratet ihm nichts!"

Ahmeds Worte echoten noch in meinen Ohren, als ich an diesem Abend zu Bett ging. Die Nacht war kühl, doch die Moskitos ließen sich davon nicht schrecken. Das *Shepheard's Hotel* lag inmitten einer weiten Gartenlandschaft und war dadurch besonders stark von Insekten geplagt. Ich kroch unter mein Moskitonetz, löschte die Gaslampe und bettete den Kopf auf mein Kissen.

Zu meinem Glück habe ich fast immer einen guten, gesunden Schlaf. Aber an diesem Abend hatte ich Mühe wegzutauchen. Dass eine Meute Straßenköter irgendwo unter meinem Fenster raufte, machte die Sache auch nicht gerade besser. Ich kann mir nicht vorstellen, dass sich englische Hunde so verrückt aufführen.

Als ich schließlich doch einschlief, wurde ich von merkwürdigen Träumen geplagt. Ich reiste den Nil hinunter, leicht wie ein Vogel, der über die glitzernden Wellen gleitet. Meine Arme waren Segel, die sich nach allen Seiten im Wind blähten. Meine Füße berührten die Wasseroberfläche, wurden aber nicht nass. Mit der Zeit veränderte sich der Fluss, und ein leises, melodisches Lied setzte an. Der große Nil war nun kein silbern schimmerndes, prächtiges Band mehr, sondern ein Netz, in dem man sich leicht verfangen konnte. Wie eine Schlange umkreiste er mich in der Dunkelheit, ölig glänzend drohte er mich zu ersticken.

Panik stieg in meiner Kehle auf, und ich erwachte mit einem Schlag. Was war das für ein Krach? Ah, nur der Muezzin, stellte ich kurz darauf erleichtert fest, der vom Minarett, dem Turm der Moschee, herunter zum Gebet rief. Das gehörte hier zum Alltag, genau wie in England die Kirchenglocken. Gott ist mächtig, sang der

Muezzin in seiner schwermütigen, heidnischen Sprache. Es war alles in Ordnung.

Oder doch nicht? Als meine Augen sich langsam an die Dunkelheit gewöhnt hatten, erblickte ich einen Schatten über meinem Moskitonetz. Er glitt unaufhaltsam auf mich zu. Kleine Schuppen glitzerten im Zwielicht. Eine Kobra! Jemand hatte mein Netz zerrissen, sodass die Schlange durch das Loch kriechen konnte. Ich erstarrte. Schlagartig schoss mir alles durch den Kopf, was ich jemals über Kobras gehört hatte. Wenn ich ganz ruhig blieb und sie nicht reizte, hatte ich vielleicht eine Chance, mit dem Leben davonzukommen. Kobras schlagen nur zu, wenn sie bedroht werden, redete ich mir gut zu. Und eins war mir klar: Wenn sie doch zubeißen sollte, wäre ich innerhalb weniger Sekunden tot.

26

Mit trockenem Mund und schweißnassen Handflächen setzte ich mich langsam im Bett auf. Bloß keine abrupten Bewegungen, dachte ich. Vorsichtig wich ich Richtung Wand zurück, die Augen weiterhin zu Boden gerichtet. Die Schlange zischte wütend, ein leiser, lang gezogener Laut, wie ausströmendes Gas. Ich zog die Knie bis zum Kinn hoch. Am liebsten wäre ich auf der Stelle aufgesprungen, aber ich wusste, dass dies ein Fehler wäre. Dann würde die Schlange unweigerlich zustoßen, zu schnell und zielgenau, als dass ich eine Chance hätte auszuweichen. Meine einzige Hoffnung war, einen kühlen Kopf zu bewahren.

So langsam wie möglich ließ ich mich aus dem Bett gleiten. Ich war der Kobra so nahe, dass ich sie hätte anfassen können. Ich hatte mal irgendwo gelesen, dass man eine Kobra durchaus weich streicheln kann – wenn man genau die richtige Stelle an ihrem Nacken erwischt, wird die Schlange ganz schlaff und lässt sich widerstandslos wie ein Stück Seil wegtragen. Aber ich war nicht so dumm anzunehmen, dass ich diesen Schlangenbeschwörertrick auf Anhieb hinbekommen würde.

Endlich war ich aus dem Bett und außerhalb der Reichweite der Schlange. Als ich meine Zimmertür aufmachte, bimmelte gerade irgendwo eine Uhr. Die Tür war unverschlossen, obwohl ich sie vor dem Schlafengehen natürlich abgesperrt hatte. Erst als ich draußen und in Sicherheit war, strömte mir die Angst aus allen Poren – ich schrie und schrie und schrie.

Überall gingen Türen auf und verschlafene Hotelgäste in Nachthemd und Schlafhauben taumelten auf den Flur. Auch meine Freunde waren darunter.

Ahmed erfasste als Erster, was ich in erstickten Worten von mir gab. Er schickte sofort einen Hotelpagen los, der auf dem Flur geschlafen hatte, um den Gärtner zu holen. Wenige Minuten später kam der Mann angerannt. Wir folgten ihm in mein Zimmer.

Die Kobra hatte sich mitten auf meinem Bett zusammengerollt und schlief dort friedlich wie ein kleines Kätzchen. Sie schillerte vor dem Hintergrund des weißen Lakens. Irgendwie schwer zu glauben, dass ich bis eben noch so eine Angst vor ihr gehabt hatte. Wir sahen zu, wie der Gärtner sie mit einer Astgabel hochhob und sie dabei möglichst von sich fernhielt. Jetzt konnten wir sie in ihrer ganzen Pracht bewundern. Sie wand sich und zischte zornig und spuckte Gift nach allen Seiten. Aber der Gärtner streckte nur gelassen eine Hand aus und schnippte der Kobra gegen den Hinterkopf. Sofort erschlaffte das Tier – es war bewusstlos.

„Keine Sorge, er wird ihr nichts tun“, sagte Ahmed. „Wir Ägypter verehren Schlangen schon seit der Zeit der alten Pharaonen. Er bringt sie nur weg, auf die andere Seite der Ezbekiya-Gärten. Der Mann hat ein Händchen für alles, was kreucht und fleucht.“

„Wie kommt es, dass immer *du* so etwas erlebst, Kit?“, rief Waldo neidisch aus.

Ich wollte ihn schon anbrüllen, dass ich es ziemlich beängstigend gefunden hatte, vom Zischen einer Schlange aufgeweckt zu werden, da ging Ahmed dazwischen: „Das war bestimmt mein Vetter Ali. Er hat dir die Kobra ins Netz gesteckt.“

„Was?“, japste ich. „Wie kommst du darauf?“

„Das passt zu ihm. Typisch Ali. Ich kann mich an seinen seltsamen Sinn für Humor noch aus der Zeit erinnern, als er die Ferien bei uns verbrachte. Ich bin mir sicher, dass er es war, Kit. Ich spüre es.“

„Meine Tür war nicht abgeschlossen“, sagte ich matt. „Obwohl ich sie vor dem Schlafengehen abgesperrt habe. Und in mein Moskitonetz hat jemand ein Loch geschnitten. Glaubst du wirklich, dass Ali dahintersteckt?“

„Unsinn!“, mischte sich Tante Hilda ein, die gerade rechtzeitig dazukam, um zu sehen, wie der Gärtner die Schlange wegbrachte. „Ali soll Kit eine Kobra ins Bett gelegt haben? Völliger Unsinn! Ali ist einer der besten Führer, die ich jemals hatte. Furchtbar kluger Kerl und sehr vertrauenswürdig."

„Vertrauenswürdig!", schnaubte Ahmed, aber ich zischte ihm hastig ein „Pst!" zu.

„Ach ja, und wo ist er dann jetzt?", fuhr Ahmed wütend fort. „Wo ist er, wenn er so ein wunderbarer, vertrauenswürdiger Mensch ist?"

Jetzt, wo die Aufregung um die Schlange vorbei war, waren die meisten Hotelgäste in ihre Zimmer zurückgekehrt. Bis auf den Pagen, der sich wieder auf dem blanken Boden zusammengekauert hatte, war der Flur menschenleer.

Ahmed ging zu dem Jungen und befragte ihn leise auf Arabisch. Dann winkte er uns zu sich. Wir gingen eine Hintertreppe hoch, die anders als die vorderen Stufen nicht mit rotem Samtteppich ausgelegt, sondern nackt und grob gehauen war, und gelangten schließlich in einen anderen Flur. Kurz darauf standen wir vor Zimmer 33. Ahmed klopfte an. Keine Antwort. Er drehte am Türknauf – und zu unserem Erstaunen öffnete sich die Tür.

„Seht selbst!", sagte Ahmed und trat zur Seite. „Das Zimmer meines Vetters!"

Vor dem weit geöffneten Fenster flatterte der Vorhang im Wind. Das Bett war zerwühlt. Die Waschschüssel war umgekippt, eine Wasserpfütze hatte sich darunter gesammelt. Nirgendwo eine Spur von Koffern oder Reisetaschen, Kleidern oder persönlichen Gegenständen. Nur ein polierter Lederschuh lugte unter dem Bett hervor. Offenbar war der Zimmerbewohner in Eile aufgebrochen, sonst hätte er den teuren Schuh nicht zurückgelassen.

Also tatsächlich Ali? Aber warum sollte er mich umbringen wollen? Er kannte mich doch gar nicht. Wenn, dann hatte er sicher im Auftrag eines anderen gehandelt. Der Gebrüder Baker zum Beispiel. Aber warum war er dann so überstürzt verschwunden? Es wäre für die Ganoven doch viel schlauer gewesen, ihren Spion hierzulassen, damit er uns weiter ausspionieren kann. Oder hatte er es mit der Angst zu tun bekommen, weil Ahmed ihn enttarnt hatte? Wie ein Schwarm Stechmücken sirrten die Fragen in meinem Kopf hin und her.

„Und, glauben Sie mir jetzt?“, fragte Ahmed und starrte meiner Tante in die Augen. „Dieser Ali ... Er hat sogar meinen Vater betrogen, sein eigen Fleisch und Blut. Er hätte keine Skrupel, Kit umzubringen.“

27

„Das ist das einzig wahre Lebään!“ Monsieur Champlon lächelte mir zu. Ich hatte Mühe, auf meinem alten Esel im Sattel zu bleiben und Champlons Hengst zu folgen, der anmutig durch den goldenen Sand schritt. „Die Lebensweise der Nomaden, das sprischt zu Seele!“

„Wenn man Folter mag ...“, murmelte ich. Wie sehr ich mein schönes Pony Jesse vermisste! Tante Hilda hatte es natürlich so eingerichtet, dass sie und Champlon auf Araberpferden ritten, während wir „Kinder“ uns mit Eseln begnügen mussten.

Seit der Morgendämmerung zuckelten wir nun schon durch die Wüste. Nur langsam kamen wir der Stadt Memphis näher. Sandstaub brannte in meinen Augen, meine Kehle war wie ausgedörrt, mein Kopf wummerte. Die Hitze war so gnadenlos, dass ich das Gefühl hatte, ich würde in einem Glutofen geröstet.

Champlon und meiner Tante hingegen schien dieses Leben auf den Leib geschneidert zu sein: Sie wirkten beide völlig entspannt.

„'ast du Spaß?", fragte mich Champlon. Er trug ein helles, fließendes Gewand und einen üppigen Turban. Es sah aus, als hätte er ein rot-gelbes Kissen auf dem Kopf.

„Natürlich hat Kit Spaß. Sie ist schließlich eine Salter!" Tante Hilda strahlte und drehte sich im Sattel ihrer edlen Stute um. „Das hier ist ja eigentlich gar keine richtige Wüstenexpedition. Eher ein kleiner Ausritt durch die Dünen, würde ich sagen."

„Sicher, ich genieße es aus vollem Herzen", sagte ich, um meiner Tante keinen Anlass zu irgendwelchen mitleidigen Kommentaren zu geben. „Es ist herrlich hier."

Ja, landschaftlich war unser Ritt in der Tat herrlich. Kaum hatten wir Kairo hinter uns gelassen, waren wir an den Pyramiden von Gizeh vorbeigekommen. Hach, hätten wir doch nur anhalten können! Die Pyramiden! Das einzige der sieben Weltwunder, das noch existierte! Die Hängenden Gärten der Semiramis, der Koloss von Rhodos – beide waren im Meer der Zeit versunken, aber die mächtigen Pyramiden standen noch.

Was ich empfand, als ich sie erblickte? Sicher, es war unfassbar, aber irgendwie war ich auch ein bisschen enttäuscht. Ich hatte mir diese Bauwerke schon so oft vorgestellt, dass ihr echter Anblick etwas Ernüchterndes an sich hatte. Sie wirkten in der Ferne fast so, als hätte ein Kind sie aus Papier gefaltet und in den Sandkasten gesetzt.

Ich komme wieder, versprach ich mir und ihnen, während wir hastig vorbeiritten. Eure Geheimnisse sollen mir nicht für alle Zeiten verschlossen bleiben.

Als wir schließlich Memphis erreichten, wurde ich aufs Neue enttäuscht. „*Das* ist Memphis?", sagte ich und stieg ab. Als Champlon mir einen Schluck Wasser aus seinem Ziegenlederbeutel anbot, nahm ich dankbar an, denn ich hatte mein eigenes kostbares Wasser viel zu schnell ausgetrunken.

„Die Hauptstadt der alten Welt", sagte Ahmed, der als Einziger im Sattel geblieben war.

„Aber ...", begann ich.

„Die Zeit ...", murmelte Ahmed.

Er brauchte den Satz nicht zu Ende zu sprechen: Die Zeit war der größte Zerstörer von Welten. Wo einst mächtige Paläste und Tempel gestanden hatten, waren nur noch ein paar Geröllhaufen zu sehen. Schlamm, Sand, Ödnis. Nichts erinnerte mehr daran, dass Memphis einst von Pharaonen regiert worden war. Einzig zwei riesige Statuen gemahnten traurig an frühere Glanzzeiten. Sie lagen jenseits einer Palmengruppe mit dem Gesicht nach unten in einer Schlammpfütze. Mächtige Kolosse, Abbilder von Ramses.

„Können wir jetzt weiter? Meine Familie ..." Ahmed deutete in die sandige Ferne, wo weitere Pyramidenspitzen aufragten. Sakkara, der Friedhof des alten Königreichs von Memphis. Nur ein Stück dahinter lebte in einem kleinen Dorf Ahmeds Familie.

„Aber natürlich“, sagte Isaac und stieg wieder auf den ziemlich munteren Esel, der ihm zugeteilt worden war. Obwohl wir alle müde waren und uns die Beine nur zu gern vertreten hätten, konnten wir Ahmed gut verstehen. Jetzt, wo er fast zu Hause war, konnte er es sicher kaum erwarten, endlich seinen Vater zu sehen.

Aber noch standen uns mehrere schwere Reitmeilen bevor. Je näher er seinem Heimatort kam, desto mehr zog unser ägyptischer Freund das Tempo an. Die Pyramiden von Sakkara würdigte er keines Blickes, und ebenso wenig die Straßenkinder, die uns hinterherliefen, um uns irgendwelche „antiken“ Schätze anzudienen. Immer wieder warfen sie uns Skarabäen und andere Gegenstände entgegen und versuchten, vor unsere Reittiere zu gelangen. Erst als Ahmed sie anschrie, zerstreuten sie sich in alle Winde.

Um uns herum erstreckte sich der größte Friedhof, den ich jemals gesehen hatte. Der Boden war mit antiken Keramikscherben, Knochensplittern und kleinen, schwammähnlichen Stücken übersät – Mumienbrösel, wie Tante Hilda erklärte. Es knirschte unter den Hufen unserer Pferde. Wir ritten über die sterblichen Überreste von vor langer Zeit verblichenen Ägyptern hinweg.

Plötzlich stieß Ahmed einen Freudenschrei aus. Denn am saftigen Nilufer tauchte sein Dorf auf: eine kleine Siedlung aus Lehmhütten und schlichten Steinhäuschen. Ganz am Rand ragte ein schönes Wohnhaus empor, frisch geweißt und mit kunstvoll geschnitzten Bogenfenstern geschmückt. Mehrere Reihen Palmen, deren lange Stämme sich sanft im Wind bogen, beschatteten die Vorderseite.

Als wir uns näherten, sahen wir, dass die Fensterläden geschlossen waren. Überhaupt hing dem Haus etwas Verlassenes an.

„Hier stimmt etwas nicht“, sagte Ahmed und brachte sein Reittier vor dem Eingang zum Stehen. Sein Gesicht war auf einmal aschfahl.

„Du bist nur aufgeregt, das ist alles“, versuchte ich ihn zu beruhigen.

„Mein lieber ... Pepi ...“ Ahmeds Stimme war kaum mehr als ein Flüstern.

„Wer ist ...?“, begann ich im Glauben, er meinte einen Bruder oder Freund, den er nur noch nicht erwähnt hatte, aber er unterbrach mich.

„Mein bester Freund. Mein Jagdhund. Wenn ich nach Hause komme, schießt Pepi immer sofort heraus und bellt wie verrückt. Er ist nicht aufzuhalten, und er spürt immer, wann ich komme. Kit, reite lieber zurück, ich bitte dich ... Und Sie auch, Miss Salter. Das ist nicht der richtige Ort für Damen. Bitte ...“

„Wir sind keine Damen, sondern deine Freunde“, sagte ich. „Was auch immer geschieht, Ahmed, wir bleiben bei dir.“

Aber Ahmed hörte schon nicht mehr zu. Er stieß die Gartenpforte auf, die nur noch in einer Angel hing, und ging, ohne noch einen Blick nach hinten zu werfen, auf das Haus zu. Es kam mir vor, als hätte er völlig vergessen, dass wir noch da waren.

„Na los“, wandte ich mich an die anderen.

Waldo und Isaac folgten mir Richtung Haus, genau wie meine Tante, die sich am wenigsten Sorgen zu machen schien.

„’übsches ’aus“, sagte Champlon und blieb an einem Busch stehen, der an einer Wand emporwuchs. Hunderte kleine hellrosa Blüten, die aussahen, als wären sie aus Seidenpapier gemacht, sprenkelten das üppige Grün. „Aus dickem, solidem Kalkstein gebaut. Isch ’abe mal in Theben in solsch ein ’aus gewohnt. Nachmittags war es darin wunderbar kühl.“

„Vielleicht könnten Sie ausnahmsweise mal nicht an sich selbst denken“, sagte ich. Aber dann erstarrte ich. Halb unter dem blühenden Busch verborgen lag ein Tier. Ein Hund. Blut sickerte aus der Wunde an seinem Rücken und bildete eine Pfütze am Boden. Ich kniete mich neben den Hund und tippte ihn mit einem Finger an. Es war ein schlanker Jagdhund, und er konnte vor nicht allzu langer Zeit gestorben sein, denn sein Fell war noch warm. Pepi.

In mir schrillten alle Alarmglocken: Gefahr! Ich schrie, so laut ich konnte, und stürzte los, um meinen ägyptischen Freund zurückzuhalten. Aber meine Hand griff ins Leere. Ahmed hatte die Eingangstür bereits geöffnet und verschwand im Inneren des Hauses.

28

Waldo schob sich an mir vorbei, als ich Ahmed hinterherstürmte. Hinter uns fiel die Tür ins Schloss und sperrte das Licht aus. Wir holten Ahmed ein, gerade als er das Wohnzimmer betrat. Ein Blick genügte, um zu sehen, dass der Raum verwüstet worden war: Der Boden war mit Scherben übersät, die Teppiche waren zerfetzt, Bücher aus den Regalen gezerrt und nach allen Seiten geschleudert worden. Aus den Sesseln quoll die Polsterung, die Holzrahmen waren zerschlagen. Kein einziges Möbelstück war unversehrt geblieben.

Hier war ein menschlicher Wirbelsturm hindurchgefegt.

Ahmed murmelte unverständliche arabische Worte vor sich hin. Er schien uns vergessen zu haben. Einen Augenblick später stürmte er wieder auf den Flur hinaus. Als wir ihm folgen wollten, zerschnitt ein Schuss die Stille. Die Kugel verfehlte Waldo um Haaresbreite. Ich hechtete zu Boden, während Waldo sich fest gegen die Wand presste.

Nur Ahmed blieb wie angewurzelt stehen, als verstünde er die Sprache von Patronen nicht. Wieder knallte es. Diesmal schoss die Kugel in die Decke.

„Die Treppe“, raunte Waldo.

Ein Geländer aus Ebenholz wand sich in der Mitte des Hauses nach oben. Die Schüsse waren von jemandem abgefeuert worden, der oben auf dem Treppenabsatz im Schatten stand.

„Ich versuche mal hinüberzukriechen“, flüsterte ich. „Vielleicht kann ich die da oben überraschen.“ Es war so dunkel im Flur, dass ich mir sicher war, dass der Schütze nur blind um sich schoss.

„Nein!“, sagte Ahmed.

„Aber ich bin die Kleinste“, beharrte ich. „Für mich stehen die Chancen am besten.“

Bestimmt hatten auch Tante Hilda und Champlon draußen im Garten die Schüsse gehört. Monsieur Champlon ging nie ohne seine Pistole aus dem Haus. Während ich langsam über den Boden kroch, konnte ich nur inständig hoffen, dass er eine Möglichkeit finden würde, uns zu retten.

„Das kann ich nicht zulassen“, raunte Ahmed mir leise zu. Dann trat er aus dem Schatten heraus und stellte sich in die Mitte des Empfangsraums, wo er von einem schwachen Lichtstrahl erhellt wurde. Ganz langsam hob er beide Hände über den Kopf und ergab sich.

„Tut meinen Freunden nichts. Ich bin Ahmed El Kassul, Sohn von Scheich Mustafa El Kassul. Ich bin es, den ihr haben wollt."

In der nächsten Sekunde fiel die Pistole laut scheppernd zu Boden und mir direkt vor die Füße. Blitzschnell bückte ich mich danach und riss sie an mich. Mit der Waffe im Anschlag harrte ich der Dinge, die da kommen mochten. Ich schwöre, ich hätte abgedrückt, aber was nun geschah, verwirrte mich zutiefst.

Eine alte Dame mit schwarzem Kopftuch trat aus dem Schatten und stützte sich bebend an der Wand ab. Eindeutig waren es ihre zittrigen Finger gewesen, denen die Pistole entglitten war. So schwach, dass sie sich kaum auf den Beinen halten konnte, taumelte sie die Treppe herunter. Tränen rannen ihr über die Wangen. Schließlich sackte sie vor Ahmeds Füßen auf dem Boden zusammen.

„Meine Mutter", erklärte Ahmed, während er sich neben sie kniete und sie sachte in die Arme nahm. Während sich Mutter und Sohn in den Armen lagen, liefen auch Ahmed die Tränen hinunter.

Dieser Augenblick war so persönlich, dass ich das Gefühl hatte, Waldo und ich störten nur. Also zogen wir uns in das verwüstete Wohnzimmer zurück und ließen Ahmed und seine Mutter allein.

„Die arme alte Frau", sagte Waldo und musterte das Chaos um uns herum. „Wahrscheinlich hat sie gedacht, die Einbrecher, die das hier getan haben, seien wieder zurückgekommen. Bestimmt war sie außer sich vor

Angst. Mit der Waffe in der Hand stellte sie eine echte Gefahr für uns dar."

„Eher für sich selbst", sagte ich. „Trotzdem, sie war wirklich mutig."

In diesem Moment stürmte Tante Hilda herein, gefolgt von Champlon und Isaac.

„Meine Güte, hier sollte man mal wieder aufräumen", sagte meine Tante und sah sich entsetzt um. Dann bückte sie sich und hob einen zerbrochenen Bilderrahmen auf, der ein arabisches Schriftstück beherbergt hatte.

„Isch 'abe Schüsse ge'ört, was ist 'ier los?", fragte Champlon.

Ich teilte ihnen meine Vermutung mit, dass der Velvet Mob hier am Werk gewesen war. Als ich von Ahmeds Mutter erzählte, brachte das sogar meine Tante zum Schweigen.

Stumm und hilflos standen wir alle da, bis Ahmed schließlich hereinkam, mit roten, verweinten Augen. Er trat auf mich zu und flüsterte mir etwas ins Ohr. Ich nickte, warf den anderen eine kurze Erklärung zu und folgte ihm dann hinaus.

Mustafa El Kassuls Schlafgemach lag im Obergeschoss des Hauses. Es war ein schlichter, weiß getünchter Raum. Eine angenehme Brise wehte durch das Bogenfenster herein. Ahmeds Vater saß in einem niedrigen Bett und lehnte mit dem Rücken gegen das Betthaupt.

Auch dieses Zimmer war durchwühlt worden. Winzige Daunen lagen überall herum, am Boden hatten sich Federn zu Haufen zusammengeklumpt, einige segelten durch die Luft. Der Grund dafür lag neben dem Bett: ein Berg aus aufgeschlitzten Kissen.

Als ich Ahmeds Vater erblickte, erkannte ich das kantige Gesicht gleich wieder. Natürlich sah er seinem Sohn sehr ähnlich, aber das war nicht alles. Ich hatte Mustafa El Kassul ja in der Tat schon einmal gesehen – in der kleinen Wasserpfütze, die sich damals bei der Geisterbeschwörung in der Mitte des Tisches gesammelt hatte.

Eine frische Verletzung zog sich auf einer Seite über das bis aufs Skelett abgemagerte Gesicht des Mannes. Ein schlimmer Bluterguss, der gerade ins Lilafarbene zu wechseln begann. Offenbar hatte er einen üblen Schlag abbekommen. Von jemandem, der eindeutig weder vor seinem Alter Respekt hatte noch vor der Krankheit, die ihn doch so eindeutig zeichnete.

Anscheinend war Mustafa erst vorgestern aus dem Koma aufgewacht, ungefähr zur gleichen Zeit, als wir ägyptischen Boden betreten hatten und der Skarabäus in sein Ursprungsland zurückgekehrt war. Dumm, wie ich war, dachte ich erst, Ahmeds Vater könnte kein Englisch, aber er beherrschte es fließend, wenn auch mit einem stärkeren Akzent als sein Sohn.

„Seien Sie willkommen, Miss Kit. Mein Sohn hat mir schon erzählt, wie sehr Sie ihm geholfen haben.“

„Vielen Dank.“

„Sie waren ihm eine gute, wahre Freundin in einer Zeit, als er Ihre Hilfe mehr brauchte als alles andere. Dafür bin ich Ihnen zutiefst dankbar, meine junge Freundin ...“ Er verstummte und richtete sich mit Mühe auf. Ahmed griff sanft nach seinem Ellbogen und half ihm dabei.

„Wir hatten immer große Freude an unserem Sohn. Er ist zwar waghalsig, aber ich weiß, dass er nie etwas Falsches tun würde. Wenn ich einmal nicht mehr bin, wird Ahmed das Familienoberhaupt sein.“

„Nein!“, stieß Ahmed wütend hervor. „Jetzt, wo du wieder auf dem Weg der Besserung bist, will ich so etwas nicht mehr hören!“

„Es ist aber eine Tatsache, mein Sohn. Ich fühle, dass mir nur ein kurzer Aufschub in diesem Leben gewährt wurde. Das weiß ich mit Sicherheit, und du wirst dich damit abfinden müssen. Ich werde bald sterben, vielleicht schon in ein paar Tagen. Ich will nicht so tun, als hätte ich keine Angst davor ...“ Er hielt um seines Sohnes willen inne. „Aber ich hatte ein langes Leben ... ein gutes Leben.“

Ahmed senkte den Kopf.

„Es ist eine schwere Last, die ich dir übertrage, Ahmed. Aber ich weiß, du wirst in Würde damit leben. Und jetzt, mein Sohn, möchte ich über etwas anderes sprechen: Ptah-Hotep.“

„Sein Skarabäus!“, rief ich, obwohl es unhöflich

war, ihm so ins Wort zu fallen. „Wir wissen, dass er der Schlüssel zum Schatz ist."

„Sozusagen."

„Ist es Gold?"

„Etwas viel Wertvolleres."

„Diamanten?"

„Worte."

„Worte? Aber Worte sind doch kein Schatz!"

„Doch, Weisheit ist ein Schatz, Miss Kit. Die Worte, die Ptah-Hotep in uralten Zeiten in Stein gehauen hat, sind viel kostbarer als alle Diamanten dieser Welt. Wie fühlt man sich, nachdem jemand zornige Worte ausgestoßen hat? Ist es nicht so, dass die Luft sich um einen herum verändert? Dass das Herz ängstlich schlägt? So wie Worte des Bösen Elend verbreiten, so erfüllen Worte der Weisheit das Leben mit Freude.

Wie Ahmed euch erzählt haben wird, war Ptah-Hotep nicht nur ein Wesir des Pharao, sondern auch – was viel wichtiger ist – ein großer Gelehrter. Seine Weisheit wird in Ägypten seit Jahrtausenden vom Vater an den Sohn weitergegeben. So brennt Ptah-Hoteps Flamme der Weisheit und wärmt unser Volk. In jeder Generation hat sich unsere Familie gewissenhaft der heiligen Pflicht gewidmet, Ptah-Hoteps Seele zu bewahren."

„Aber der Skarabäus ... die Mumie ... Es ist alles weg!", flüsterte Ahmed.

„Ja, die Mumie ist weg, und der Skarabäus auch.

Aber dennoch ist nicht alles verloren. Vor einigen Jahrhunderten haben meine Vorfahren das Buch – das magische Buch –, in dem Ptah-Hotep seine Gedanken festgehalten hat, an einen sicheren Ort gebracht."

Man hätte meinen können, der alte Mann hätte inmitten seines verwüsteten Schlafzimmers wie ein Häuflein Elend gewirkt. Aber unser Gespräch schien seinen früheren Kampfgeist wieder entflammt zu haben, und seine Augen funkelten. Schwer zu glauben, dass dies derselbe Mann war, der noch wenige Minuten zuvor im Sterben gelegen hatte.

„Ich spreche vom *ältesten Buch der Welt*! Stellt euch nur vor – es entstand mehrere Tausend Jahre vor Jesu Geburt! Vor Mohammed, vor Buddha, vor all den weisen Männern, die überall auf der Welt verehrt werden. Dieses Buch, mein Sohn, ist unsere Verbindung zur Morgendämmerung des Zeitalters des Menschen auf Erden. Dahinter sind diese Halunken her. Sie suchen das Versteck des ältesten Buches der Welt!"

Mit einem Schlag war mir alles klar. Deswegen hatten die Gebrüder Baker das Werk meines Vaters so gut studiert! Das alte Manuskript, von dem Papa gesprochen hatte, der *Papyrus Prisse*, war nur eine Abschrift des ältesten Buches der Welt. Es war lange nach Ptah-Hoteps Tod entstanden, ein blasser Abklatsch des ursprünglichen Textes. Was genau in dem Originalpapyrus gestanden hatte, wusste man nicht, aber die Legende sprach von unvergleichlichen Wundern.

Was aber trieb die Gebrüder Baker an, die alles Gold und alle Diamanten besaßen? Was genau erhofften sie sich?

„Warum diese Leute nach dem Buch trachten, das Fluch und Segen zugleich darstellt, weiß ich nicht“, sagte der alte Mann mit heiserer Stimme, als hätte er meine Gedanken gelesen. „Es ist ihnen egal, wen oder was sie vernichten, um daran zu kommen. Auf jeden Fall werden Menschen, die so viel Gier im Herzen tragen, dieses Buch nie wirklich verstehen können.“

„Sie werden umkommen und auf ewig verrotten!“, fiel Ahmeds Mutter wütend ein, die hinter uns in den Raum getreten war. „Der Fluch der Mumie lastet auf ihnen.“

„Der Fluch der Mumie?“ Ich erinnerte mich daran, dass Ahmed erzählt hatte, der Verlust des Skarabäus habe dazu geführt, dass sein Dorf verflucht sei.

„Purer Aberglaube“, sagte Mustafa.

„Nein!“, schrie seine Frau. Ihr Kopftuch war verrutscht und gab den Blick auf eine wilde weiße Mähne frei. „Fluch ist Wirklichkeit!“

Mustafa wandte sich ihr zu und redete auf Arabisch auf sie ein. Nach einigen Augenblicken nickte sie schmollend und verstummte.

„Wer hat Ihnen das angetan?“, wagte ich mich aufgeregt vor.

Der alte Mann zuckte gleichgültig mit den Schultern. „Verlorene Seelen.“

„Dicke Frau mit Haut wie saure Sahne“, stieß Ahmeds Mutter hervor. „Sie hat befohlen, dass Ahmeds Vater wird zusammengeschlagen. Und dann noch zwei weiße Geistermänner, die nichts tun, nur schauen. Die Dicke, sie ist böse, ich kann spüren. Sie will alles zerstören. Sie drohen Ahmeds Vater zu töten, deswegen ich willige ein. Sie zeigen mir Skarabäus und ich spreche. Ich lese die Zeichen auf Skarabäus, ich sage ihnen, wo Buch begraben liegt.“

„Wo ist das?“, fragte ich.

„Siwa. Mehr ich sage nicht, weil ich nicht kann sagen. Sie waren zufrieden, sie gehen dann.“

„Das ist eine Oase mitten in der Wüste“, erklärte Ahmed leise. „Westlich von hier. Sie werden Wochen brauchen, um dahin zu kommen. Falls sie es überhaupt schaffen.“

„Werden sie das geheime Versteck des Buches finden?“, wandte ich mich besorgt an Ahmeds Vater. „Geht das überhaupt, wenn sie doch nichts anderes wissen als Siwa?“

Ich bekam keine Antwort. Mustafa war wieder auf das Bett zurückgesunken und starrte mit leerem Blick an die Decke. Seine Flamme war erloschen, und er sah nun wieder so aus wie zuvor: ein alter Mann, der dem Tod sehr nahe war. „Wer weiß?“, murmelte er abwesend. „Als sie das Buch nach Siwa brachten, haben meine Vorfahren einen Hinweis in den Skarabäus eingraviert. Wenn sie den lesen können – wer weiß?“

Es wurde Zeit zu gehen, das konnte ich Ahmed ansehen. Als ich mich an der Tür noch einmal umdrehte und zu Scheich Mustafa El Kassul hinschaute, wusste ich tief in mir, dass ich ihn gerade zum letzten Mal lebend sah.

29

Wir verließen das Dorf vor Sonnenaufgang, noch bevor der Muezzin zum Gebet gerufen hatte. Ahmed und ein junger Berber, der als der beste Fährtenleser des Stammes galt, gingen voran. Waldo, Isaac, Champlon, meine Tante und ich folgten im Gänsemarsch – oder besser gesagt im Kamelmarsch, denn wir saßen auf Wüstenschiffen, die uns wild hin und her schwankend im Sattel trugen. Fünf Stammesleute bildeten die Nachhut und dazu zehn Kamele, die mit Wasserschläuchen und Proviant beladen waren.

Alle Männer seien bereit, im Notfall für uns zu kämpfen, hatte uns Ahmed versichert. Als wir in Richtung der legendären Oase aufbrachen, schoss mir durch den Kopf, dass wir jetzt eine echte Karawane waren und den Spuren der alten Händlerkarawanen folgten, die seit Jahrhunderten diese endlosen Wüsten durchwanderten.

Während die Sonne aufging und die Sanddünen mit rosa Lichtpuder überzog, ritt Tante Hilda neben mir her. Wie ihr euch denken könnt, war sie jetzt völlig in ihrem Element. Sie hatte sich dafür entschieden, sich wie ein Wüstenaraber zu kleiden, mit fließendem Gewand, einem Tuch um den Kopf und schlichten Sandalen. Und zu meiner großen Freude hatte sie mir erlaubt, ihrem Beispiel zu folgen und ebenfalls eins dieser Männergewänder anzuziehen, die so schön locker und bequem waren.

„Tut gut, endlich mal wieder richtig auf Forschungsreise zu sein“, brummelte meine Tante.

„War schon mal jemand ... also ich meine, irgendein englischer Forscher in Siwa?“, fragte ich.

„Nein, ich denke, der allererste Bericht, den die Welt über Siwa erhält, wird aus der Feder von Hilda Salter stammen.“

„Und Gaston Champlon“, warf der Franzose ein.

„Aber natürlich, Monsieur“, sagte meine Tante augenzwinkernd. „Ich meine ja nur die englischsprachige Welt!“

Was kann ich über unseren Wüstenritt erzählen? Stellt euch eine endlose Landschaft vor, größer als eure Heimatstadt, ja größer als ganz England. Stellt euch vor, sie besteht nur aus Sand, ein grenzenloser Ozean aus Sand, Sand und nochmals Sand. Die Dünen sind mal höher und mal niedriger, aber alles ist kahl und trocken, und von Bäumen, Büschen oder irgendetwas Lebendigem ist kaum eine Spur zu sehen. Man hatte mir gesagt, unsere Führer könnten die Dünen auseinanderhalten. Das konnte ich nur hoffen, denn für mich sah ein Sandhügel wie der andere aus, und in der Wüste gibt es keine Straßen.

Wem meine Beschreibung zu trostlos klingt, es gibt noch eine andere Seite: Die Wüste ist wunderschön. Der goldgelbe Sand, die unglaublich geformten Sandverwehungen, die Salzkrusten – dies alles birgt echte Schönheit in sich, wenngleich eine trostlose Art von Schönheit.

Am Ende des ersten harten Tagesritts waren meine Augen bereits rot vom Sand. Jeder Atemzug war eine Herausforderung, weil die heiße Luft meine Nasenschleimhaut ausgetrocknet hatte. Meine Kehle sehnte sich nach Feuchtigkeit, aber Ahmed hatte uns eingebläut, dass wir uns die Wasserration mit Bedacht einteilen sollten. Die Reise durch die Wüste war ein gefährliches Unterfangen. Wenn wir unsere Vorräte nicht klug einteilten und – noch wichtiger – wenn wir keine Weide fanden, auf der die Kamele grasen konnten, konnten wir unter dieser gnadenlosen Sonne unser Leben lassen. Ägypter schätzen das Leben ihrer Kamele in der Wüste höher ein als ihr eigenes. Kamele können bis zu zwei Wochen ohne Futter überleben, weil sie von den Fettreserven in ihren Höckern zehren, aber wenn sie krank werden und sterben, ist das Schicksal ihrer Besitzer besiegelt.

Je mehr Tage vergingen, desto mehr ermüdete uns die Reise. Selbst Champlon und meine Tante wirkten ermattet. Nur Ahmed und seinen Landsleuten schien es wunderbar zu gehen. In seiner Wüstenbekleidung – Turban, gestreiftes Gewand, um die Hüften farbenfrohe Tücher, unter denen mehrere Pistolen und Messer hervorblitzten – sah Ahmed wie ein Räuberprinz aus. Obwohl er mit seinen dreizehn Jahren der jüngste Ägypter war, unterstanden die Berber seinem Befehl. Vermutlich hatte Scheich El Kassul ihnen dies auferlegt, und ich war sehr froh darüber, denn wir befanden uns nun mal mitten in der Wildnis, die kaum je ein europäischer Fuß betreten hatte. Unser Leben hing von Ahmeds Männern ab, und das ihre wiederum von den Kamelen.

Es gab Zeiten auf dieser Reise, in denen meine Stimmung zugegebenermaßen alles andere als gut war. Immer wieder verließ mich der Mut, und ich sah Waldo an, dass es ihm genauso erging. Isaac hatte sich in sich selbst zurückgezogen, man hätte nur schwer sagen können, was in scinem Kopf vorging.

Wieso tun wir uns diese Strapazen an?, fragte ich mich immer wieder. Aber dann dachte ich an Rachel, die von einer anderen Karawane verschleppt wurde, und schon fühlte ich mich wieder stärker. Es war weder das Buch noch der Skarabäus, der mich in diesen Tagen aufrechterhielt, sondern die Zuneigung zu meiner besten Freundin.

Nach zehn Tagen hatten wir uns alle einigermaßen an die Widrigkeiten gewöhnt. Ich hatte gelernt, mir das

Kopftuch so tief ins Gesicht zu ziehen, dass kein Sand oder Staub in die Augen flog. Ich hatte gelernt, trotz der Schmerzen in der Nase gleichmäßig zu atmen. Ich hatte sogar gelernt, das Reiten auf dem Kamel zu genießen, denn ich saß mittlerweile nicht mehr rittlings im Sattel wie auf einem Pferd – wovon man Hüftschmerzen bekommt –, sondern kauerte zwischen den beiden Höckern, die Beine um den vorderen geschlungen.

Allmählich verwandelte ich mich in eine Wüstenexpertin. Ich begann, verschiedene Dünenarten zu unterscheiden, und ahnte, wo eine Wasserader verborgen sein könnte. Immer wieder bekamen wir Gazellen, Wüstenratten und Hasen zu Gesicht. Aber der Teil des Tages, auf den ich mich am meisten freute, war der Augenblick, wenn wir abends aus dem Sattel stiegen, unsere schlichten Tuchzelte aufschlugen und uns über dem Lagerfeuer ein bescheidenes Mahl zubereiteten.

Und heute wartete, nach viel zu vielen Tagen bei Brot und wenig Butter, ein echtes Festessen auf uns. Der geschickte Ahmed hatte nämlich einen Hasen gefangen. Einer der Männer briet das Tier – im Ganzen, um die kostbaren Körpersäfte zu erhalten – über dem Feuer. Dann machten wir uns gierig über den Braten her und tunkten die Soße mit Brotstücken auf.

Nach dem Festmahl streckte ich mich auf dem Boden aus und sah zum Mond hoch, der hier wesentlich tiefer hing als zu Hause. Es kam mir vor, als könnte ich die Hand nach ihm ausstrecken und ihn wie einen silbernen Apfel vom Himmel pflücken. Die Männer saßen um das Lagerfeuer herum und ließen wehmütige Wüstengesänge erklingen, die sich wild und irgendwie gespenstisch, aber auch schön anhörten.

Ich war mit mir und der Welt im Frieden.

„Ghazou! Ghazou!" Schrille Schreie durchbrachen meine Träumerei.

Ein Mann sprang auf und trat das Feuer aus, wobei brennende Holzscheite nach allen Seiten flogen. Auch die anderen Berber sprangen auf die Beine, zückten ihre Säbel und Pistolen.

„Ein Überfall!", zischte Ahmed. „Zurück zu den Kamelen, schnell!"

„Wer sind denn die Angreifer?"

„Feinde. Schnell, folgt mir!"

Schüsse zerschnitten die Stille der Wüste, wildes Hufgetrappel war zu hören. Wir schafften es nicht mehr bis zu den Kamelen. Schon stürmten die Angreifer in einem Wirbelwind aus Sand und Schüssen durch unser Lager. Es waren dunkle, verschleierte Gestalten auf schnellen Kamelen, das Gesicht mit Tüchern verdeckt. Einige zerschnitten im Vorbeireiten mit glitzernden Säbeln die Luft. Sie waren hinter unseren Kamelen her, aber kampflos würden wir sie ihnen nicht überlassen. Unsere Berber, die eben noch satt und zufrieden am Lagerfeuer gesungen hatten, standen nun mit gezückten Waffen in Reih und Glied. Überall um mich herum klirrten Säbelklingen aneinander, peitschten Schüsse durch die

Wüste. Ich befand mich plötzlich inmitten einer offenen Feldschlacht.

„Geh hinter mich", raunte mir Waldo zu. „Und duck dich!" Eine Pistole blitzte in seiner Hand auf. Ein großer Mann mit purpurrotem Umhang kam auf uns zu. Waldo feuerte seine Waffe ab – aber der Schuss ging daneben. Der Mann beugte sich von seinem Kamel herunter und schlug Waldo mit seinem Säbel die Pistole aus der Hand. Blut rann an Waldos Hand hinab. Der Angreifer lachte auf, und seine weißen Zähne blitzten dabei in der Finsternis. Dann trat er heftig nach Waldo. Der Schlag traf meinen Freund an der Brust und ließ ihn durch den Wüstensand rollen.

Es war Ali, Ahmeds hinterhältiger Vetter.

„Nein!", schrie ich und duckte mich. Irgendwie dachte ich, ich könnte den Reiter zu Fall bringen, wenn ich sein Kamel aushebelte. Stattdessen brachte ich mich nur selbst zu Fall, und zwar gefährlich nahe vor den Kamelhufen. Die nächsten Augenblicke erlebte ich wie durch Nebel. Etwas traf mich so heftig am Kopf, dass mir ganz schwindlig wurde, doch gleich darauf spürte ich, wie ich von zwei kräftigen Armen nach hinten gezerrt wurde. Waldo. Oder Champlon? In dem Durcheinander aus Leibern und Säbeln war es schwer zu sagen.

„Danke", stammelte ich und kroch hastig aus der Reichweite der Hufe heraus.

Champlon stand da und lächelte. Mit ruhiger Hand hob er die Pistole, zielte und schoss. Die Kugel traf den

Angreifer, gerade als er ausholte, um Waldo einen weiteren Schlag zu verpassen, am Arm. Verdattert schrie Ali vor Schmerz auf und ließ den Säbel in den Sand fallen. Sofort hechtete ich danach und schnappte ihn mir eine Sekunde vor Waldo.

Ich wirbelte herum, bereit, den Angreifer zu erdolchen – aber er war verschwunden. Schnell wie der Blitz ritt er auf seinem Kamel aus dem Lager, immer wieder sauste die Peitsche auf das arme Reittier herab.

Die anderen Angreifer wüteten immer noch um uns herum, aber Champlon erwies sich als wahrer Meister. Wie ein Fels in der Brandung stand er da und feuerte zielgenau Kugel um Kugel ab. Ein Schuss traf das Schwert eines Angreifers und riss es diesem aus der Hand. Eine andere Kugel bohrte sich in die Schulter eines Mannes mit buschigem Schnurrbart. Sein Aufschrei schrillte wie das Jaulen eines Schakals über das Kampfgeschrei hinweg.

Mit jemandem wie Champlon, der sich in einen wahren Kugelhagel verwandelte, hatten die Räuber anscheinend nicht gerechnet. Wir waren bewaffnet und viel zäher, als sie erwartet hatten. Durch den aufgewirbelten Sand hindurch sahen wir nun, wie die Angreifer langsam zum Rückzug ansetzten – allerdings nicht, ohne sich vorher einiges an Beute geschnappt zu haben. Einer erwischte eine Satteltasche voller Proviant, ein anderer ein Zelt, ein Dritter trieb eines unserer Kamele mit Hieben davon.

„Lasst sie laufen!“, rief Ahmed seinen Leuten zu, die drauf und dran waren, in den Sattel zu springen und ihnen nachzujagen.

„Unsinn! Ich kümmere mich selbst drum!“ Schon sprang meine resolute Tante auf ihr Reittier und brauste davon.

„Champlon weischt nie von Ihre Seite, Madame!“, rief der Franzose und eilte ihr nach.

Bevor Ahmed sie zur Vernunft mahnen konnte, waren die zwei Erwachsenen hinter einer Düne verschwunden und jagten durch die sternenbesprenkelte Finsternis den Ganoven nach. Bestimmt würden sie sich verirren! Für meine Tante sah doch jede Düne wie die andere aus, auch wenn sie immer wieder beteuerte, wie wüstenerfahren sie sei.

„Wir müssen sie zurückholen!“, rief ich und rannte zu meinem Kamel. „Das ist doch Irrsinn!“

„Nein!“, sagte Ahmed. „Wir gehen gleich morgen Früh bei Sonnenaufgang ihren Spuren nach. Heute Nacht ist das unmöglich.“

Ich wusste, dass er Recht hatte, denn längst hatte die Dunkelheit die beiden verschluckt. Jetzt, wo die Angreifer weg waren, senkte sich eine Stille über das Lager, die nach der ausgestandenen Panik beinahe gruselig war.

Plötzlich hörten wir von dort, wo die Überreste des Lagerfeuers sein mussten, einen Schrei herüberschallen, dann einen heftigen arabischen Wortschwall.

„Was ist los?“, fragte ich voller Angst, wir könnten ein zweites Mal angegriffen werden.

„Sie haben einen Gefangenen gemacht“, erklärte Ahmed.

Wir eilten zum Lagerfeuer. Ein kleiner, schmaler Araber wand sich im Griff von zweien unserer stärksten Männer. Er trug zerfetzte Kleidung, hatte ein dunkles, verschlagenes Gesicht und schrie uns lautstark entgegen. Aber in sein Gestöhn mischten sich englische Wortbrocken!

Irgendwie kam mir der junge Mann bekannt vor. Kurz entschlossen spuckte ich mir auf einen Finger und rieb ihm damit übers Gesicht. Und kaum waren Staub und Schmutz entfernt, blitzte blasse, rötliche Haut auf.

30

„Jabber!“, rief ich aus.

„Schön, dich wiederzusehen, Kit.“

„Bist du es wirklich?“ Ich starrte in das verschmierte Gesicht unter dem karottenroten Haarschopf.

„Klar bin ich's. Wer soll's denn sonst sein? Mein arabischer Zwillingsbruder? Dafür bin ich zu einzigartig. So was wie Jabber Jukes haben die hier in dieser Hitze nicht.“

„Aber was machst du denn hier?“ Ich beschloss, seine Angeberei zu ignorieren.

„Bin auf Urlaub.“

„Jetzt mal im Ernst, Jabber.“

„Was meinst'n du? Bin mit dem Velvet Mob da.“

„Und wir haben dich gefangen genommen ...“

„Wohl kaum.“

„Was meinst du damit?“

„Sagen wir mal, ich hab's vorgezogen, hierzubleiben und mich etwas auszuruhen, während die Velvets sich in alle Winde zerstreut haben.“

Der Aufenthalt in Ägypten schien Jabber gut zu bekommen. Er trug ein elegantes, wenn auch zerfetztes Gewand, ein Kopftuch und um die Hüften einen Patronengurt. Und überall klapperte und rasselte es, so schwer war er mit Waffen behängt. Wie schnell mein East-End-Freund sich aus einem großmäuligen englischen Ganoven in einen großmäuligen orientalischen verwandelt hatte!

Da schoss mir etwas durch den Kopf: „Rachel?"

Jabber nickte ernst. „Ich habe für sie getan, was ich konnte."

„Wie geht es ihr? Wie wird sie behandelt?"

Isaac und Waldo kamen näher und sahen überrascht, wie unter der ägyptischen Verkleidung unser alter Freund hervorkam. Man sollte meinen, Jabber hätte Angst gehabt, schließlich war er unser Gefangener. Aber stattdessen war er rotzfrech wie immer.

„Jabber! Ich habe dich nach Rachel gefragt!"

„Es geht ihr gut."

„Die Arme, es muss schrecklich für sie sein. Überall nur Feinde. Und nicht zu wissen, ob man je gerettet wird. Sie tut mir so leid, meine arme Freundin!"

„Ich bringe sie um. Wenn ich diese Verbrecher erwische, bringe ich sie um!", stieß Isaac hervor. Waldo legte ihm, obwohl ihm dies Schmerzen bereitete, besänftigend einen Arm um die Schultern.

„Haben sie ihr etwas eingeflößt, Jabber?", fragte ich. „Im Hotel, meine ich."

„Ich musste ihr etwas geben, damit sie einschläft. Ihr habt guten Grund, dem alten Jabber dankbar zu sein. Ich habe mich um die kleine Lady gekümmert. Ich ..." Erschrocken hielt er inne und riss abwehrend eine Hand hoch. Aber zu spät, Ahmeds Ohrfeige hatte ihr Ziel bereits getroffen.

„Wofür soll das denn gewesen sein?"

Ahmed verpasste Jabber einen weiteren kräftigen Klaps. „Man flößt einer Dame kein Schlafmittel ein!", rief er voller Zorn.

Die anderen Männer verstanden dies als Aufforderung, ebenfalls einzugreifen. Im Handumdrehen hatten sie Jabber umzingelt und schlugen von allen Seiten auf ihn ein. Bald würden sie Hackfleisch aus ihm gemacht haben.

„Aufhören!", schrie ich. „Wir brauchen ihn! Er kann uns Informationen über Rachel geben und uns helfen, sie zu finden."

„Ja, Kit hat Recht", wimmerte Jabber. „Ich sag doch, ich hab mich um sie gekümmert. Und ich helf euch auch, sie zu finden. Wär ich sonst vielleicht hier?"

„Dem kann man nicht trauen", zischte Ahmed. „Vielleicht ist er ja ein Spion. Ich kann die Wahrheit aus ihm herausprügeln."

„Nein! Jabber ist ein Freund. Er wird uns helfen, Ahmed. Ich gebe dir mein Wort darauf."

Mein Wort musste genügen. Grummelnd wichen die Männer zurück und legten sich wieder hin, um noch ein paar Stunden Schlaf zu erhaschen. Ahmed nahm Waldo mit, um dessen Handverletzung zu behandeln, und Isaac trottete hinter den beiden her. Aber vorher warf Ahmed mir noch einen finsteren Blick zu und Isaac betonte, ich wäre jetzt für alles verantwortlich. Wenn Jabber uns hintergehen sollte, würde das allein meine Schuld sein.

„Du hast gehört, was Isaac gesagt hat“, sagte ich zu Jabber und kauerte mich neben die übrig gebliebenen glühenden Holzscheite, um den letzten Rest Wärme aufzufangen – die Morgendämmerung in der Wüste kann bitterkalt sein.

Jabber war zumindest so anständig, beschämt dreinzublicken. Wir unterhielten uns lange, und was er mir über Rachel erzählte, beruhigte mich ein bisschen. Es klang, als sei Jabber ihr wirklich ein Freund gewesen und habe versucht sicherzustellen, dass der Mob sie gut behandele. Er hatte ihr sogar versprochen, ihr bei der Flucht zu helfen, sollte sich je eine Gelegenheit ergeben. Aber es hatte sich nie eine ergeben, denn Rachel wurde immer sehr gut bewacht. Ich war Jabber sehr dankbar, denn alles, was er erzählte, konnte später einmal wichtig für uns sein.

Es war schwer, am nächsten Morgen loszureiten, wo wir doch weder wussten, wohin meine Tante und Champlon gegangen waren, noch wo Rachel sich befand und wie es ihr ging. Aber es dauerte nicht lange, bis unser Fährtenleser die Spuren von Champlon und

Tante Hilda aufstöberte. Mehrere Stunden trabten wir ihnen nach und entdeckten bald, dass auch sie den Angreifern folgten.

Unserem Fährtenleser zufolge waren wir von einem siebenköpfigen Räubertrupp angegriffen worden, darunter drei Nicht-Araber und eine Frau. Später hatten sich die Angreifer einer großen Gruppe angeschlossen, die mit dreißig Lastkamelen ausgestattet war und aus zehn Leuten bestand, darunter zwei Ausländer. Offenbar reisten die Bakers und Velvet Nell wie Könige durch diese gnadenlose Wüste. Es war mir ein Rätsel, wie unser Fährtenleser das alles an Kameldunghaufen, Fuß- und Hufabdrücken ablesen konnte. Anscheinend sitzen Engländer anders im Sattel als Ägypter!

Wir beschlossen, keine Mittagsrast zu machen, sondern befeuchteten nur unsere Kehlen mit etwas Brackwasser, das wir am letzten Wasserloch geschöpft hatten. Es war ein ganz normaler Tag in der Wüste – Sand, Sand und nochmals Sand.

Aber dann durchbrach plötzlich ein Freudenschrei die Stille. Siwa in Sicht!

„Wo?“, fragte ich.

Eine breite Salzkruste stieg in der Ferne empor, etwas anderes war nicht zu sehen. Zu allen Seiten nur Dünen. Ich hatte zumindest mit einer Fata Morgana gerechnet. Erst vor ein paar Tagen war ich einer solchen Täuschung aufgesessen – ich hatte einen wunderschönen blauen See erblickt und war aufgeregt und vor Vorfreude jauchzend darauf zugeritten. Doch was ich für kühles Wasser gehalten hatte, stellte sich als bloßes Trugbild heraus. Die Ägypter hatten schallend gelacht. Dumme kleine Engländerin!

„Wo ist Siwa?“, fragten Waldo und Isaac im Chor.

Die Männer redeten auf Arabisch wild durcheinander, Ahmed lauschte. Dann wandte er sich lächelnd zu uns. „Deine Tante und Monsieur Champlon verfolgen immer noch den Velvet Mob. Aber mein Fährtenleser kennt einen anderen, einen geheimen Weg. Wir werden diese Halunken schlagen und vor ihnen bei der Oase sein!“

Statt unsere Kamele über die Salzkruste zu treiben, wo ihre Füße Schaden nehmen konnten und wir im eigenen Schweiß köcheln würden, wählten wir also eine andere Route. Hinter einem Felsen tat sich ein Salztunnel auf. Weil die Decke so niedrig war, mussten wir absteigen, aber im Tunnel war es wunderbar kühl. Vorsichtig, um uns nicht an den herabhängenden Stalaktiten den Kopf zu stoßen, schoben wir uns voran.

Unseren Kamelen gefiel der Weg durch den Tunnel gar nicht und wir mussten sie kräftig anschieben, aber für uns war dies eine willkommene Abwechslung vom ewigen Sand und der gnadenlosen Hitze. Als wir auf der anderen Seite wieder aus dem Tunnel herauskamen, schien uns die Sonne heißer vor denn je. Zum allerersten Mal auf dieser Reise hatte ich das Gefühl, das alles keine Sekunde länger ertragen zu können. Und dann kam die Erlösung. Es gibt nichts, wirklich nichts Schöneres als den Anblick einer Oase nach wochenlanger Reise durch die Wüste.

Unter einer blitzenden Zitadelle aus weißem Salzgestein, die auf einem Hügel aufragte, schmiegte sich ein bezauberndes Städtchen in die Landschaft: kalkweiße Häuser, Aprikosenbäume, Palmen und Olivenhaine, sprudelnde Quellen und ein kühler blauer See, in den ich am liebsten sofort hineingesprungen wäre. Noch nie hatte ich so etwas Herrliches gesehen. Im Vergleich dazu verblassten die Pyramiden geradezu. Und das Städtchen pulsierte vor Leben. So musste Adam und Eva der Garten Eden vorgekommen sein!

„Und hier ist also das Buch versteckt“, sagte ich zu Ahmed, während wir vom Sattel aus diesen Anblick genossen.

„Ja.“ Er nickte. „Für mein Volk war Siwa schon immer ein ganz besonderer Ort. Hier haben wir uns schon sicher und frei gefühlt, als die Araber vor vielen Jahrhunderten Ägypten überfallen haben.“

„Dein Vater denkt, der Velvet Mob könnte von dem Geheimversteck erfahren haben. Wie wollen wir die Gebrüder Baker daran hindern, den Schatz zu finden?“, fragte ich.

Aber Ahmed schien mir nicht zuzuhören. Er tätschelte die seidig schimmernde Flanke seines Kamels, sodass das Tier den Hals schwenkte und nun das Städtchen überblickte. Und dann stürmte es, als hätte es

Wasser und Leben erspürt, nach vorn. Gemeinsam ritten wir durch den Wüstensand auf die Oase zu.

Ahmed strahlte. „Kakteen erblühen in der Wüste."

„Wovon redest du?"

„Wir sind Berber, die Wüste liegt uns im Blut. Wir fürchten sie nicht, weil sie unsere Freundin ist."

„Und was heißt das?"

„Mach dir keine Sorgen. Ich habe einen Plan."

31

„Wenn Sie so freundlich wären, Mr Baker“, sagte ich.

Ich schob mich auf den Mann zu, und mir war, als näherte ich mich einer Eisstatue. Er trug einen makellosen weißen Leinenanzug, sein Gesicht lag im Schatten seines Palmenblatthutes verborgen. Seine Haut wirkte papieren, seine Augen matt – als wären es die Glasaugen einer Theaterpuppe. Ich wusste nicht, mit welchem der beiden Brüder ich es zu tun hatte, aber das war mir im Moment auch egal. Ich griff nach seinem Jackett. Irgendwas Schweres war ins Seidenfutter eingenäht, was dazu führte, dass das Jackett an einer Seite hinunterhing. Ich musste also den richtigen Baker erwischt haben! Eine schnelle Bewegung mit meinem Messer – und schon lag der Gegenstand in meiner Hand.

Es war ein glänzender schwarzer Käfer, mit uralten eingravierten Symbolen geschmückt. Der Grund für all unsere Strapazen. Der Skarabäus.

„Danke“, murmelte ich.

Baker sah mich ausdruckslos an. Sein Bruder, der

den gleichen Anzug trug, stand mit genauso leerem Blick neben ihm. Sie wirkten zwar wie zwei leblose Puppen, aber ich wusste, dass sie sehr wütend waren. Ich spürte die Eiseskälte, die ihnen entströmte, und eine Sekunde lang fürchtete ich um Ahmed, der dem zweiten Bruder eine Waffe an den Hals hielt.

Ahmeds Männer hatten den Angriff mit der Präzision ausgebildeter Wüstensoldaten durchgeführt. Hinter einem Felsen an einer Wegbiegung vor Siwa hatten wir auf den Velvet Mob gewartet. Dann kamen sie, laut und munter plaudernd, voller Vorfreude auf die lang ersehnte Oase. Sie hatten keinen Grund, misstrauisch zu sein. Also liefen sie blind in die feinen Seidennetze hinein, die wir quer über den Weg gespannt hatten. Die Kamele scheuten und warfen ihre Reiter ab. Innerhalb von Sekunden war alles ein einziges Durcheinander. Bevor unsere Feinde eine Chance hatten zu reagieren, stürmten wir mit gezückten Waffen auf sie zu. Der Velvet Mob verfügte zwar über mehr Leute als wir, aber wir hatten den Überraschungseffekt auf unserer Seite.

Ich gebe zu, insgeheim an Jabbers Loyalität gezweifelt zu haben, aber er kämpfte tapfer Schulter an Schulter mit uns und verpasste Bender Barney dabei einen Schlag, der ihn gegen die Felsen schleuderte. Jabbers Informationen waren entscheidend für unseren Plan gewesen. Nur dank ihm saßen die Ratten am Ende schön verpackt in der Falle.

Eine Frage allerdings blieb offen: Wo war Rachel?

„Rachel!“, riefen Ahmed, Isaac und ich wie aus einer Kehle. Wir gingen die Reihen der Halunken und angeheuerten arabischen Wachen sorgfältig durch – aber nirgends eine Spur von unserer Freundin.

„Wenn sie ihr irgendwas angetan haben ...“, stieß Isaac hervor.

Da rührte sich etwas ganz hinten in den Reihen unserer Gegner. Mit rauschendem Satinumhang in sattem Purpurrot kam Velvet Nell hinter einem Kamel hervor und baute sich vor uns auf. Ihre Lippen passten farblich perfekt zu ihrem Gewand, ein grausamer roter Strich inmitten des teigig blassen Gesichts.

„Ihr wollt also eure kleine Freundin wiederhaben?“, schnurrte sie.

„Was habt ihr mit ihr gemacht?“ Ich hatte Mühe, mich zu beherrschen.

„Ihr wollt sie wirklich wiederhaben?“

„Sie Hexe!“

„Ob sie die ganze Aufregung wert ist? So eine Heulsuse ist mir noch nie begegnet. Aber Geschmäcker sind ja bekanntlich unterschiedlich. Also hier, bitte schön.“

Als sie sich zur Seite schob, sah ich, dass sie ein Mädchen festhielt, das von Kopf bis Fuß in Schwarz gekleidet war und das Gesicht verschleiert hatte. Hinter dem Schleier war ein Knebel zu erkennen, der ihr um den Kopf festgezurrt worden war. Das Mädchen wand sich in Nells Griff. Es war Rachel!

„Aber ihr müsst mir im Gegenzug auch etwas geben“, sagte Velvet Nell.

Sie hielt eine Pistole auf Rachels Kopf gerichtet. Isaac schrie auf und versuchte sich an Ahmed vorbeizuschieben, dessen Hand zitterte. Die Hand, in der er die auf Mr Baker gerichtete Pistole hielt.

Zwar sahen die Gebrüder Baker wie zwei schlappe Geschirrtücher aus, aber anscheinend steckten doch zwei Kämpfer in ihnen. Der eine Bruder hechtete vor und schlug Ahmed die Waffe aus der Hand. Sie landete im Sand. Innerhalb von Sekundenbruchteilen hatten wir unseren Vorteil verspielt.

„Nein!“, schrie ich.

„Ich fürchte doch, meine Liebe.“

Nell streckte eine ihrer fleischigen Hände aus. Ihre Finger waren wie dicke blutrote Klauen. „Her mit dem Skarabäus, bitte sehr!“

Ich umklammerte den Skarabäus und versuchte verzweifelt, mir etwas einfallen zu lassen, um ihn nicht hergeben zu müssen. Und gleichzeitig Rachel zu retten. Wenn ich Nell nur irgendwie ablenken könnte, den Skarabäus in den Sand werfen ... Aber dazu kam ich nicht mehr, denn schon stürzte sich Isaac auf mich. Mit einem wütenden Aufschrei entriss er mir den Skarabäus und schleuderte ihn Velvet Nell entgegen.

„Da haben Sie das blöde Ding!“, schrie er. „Und jetzt geben Sie mir meine Schwester wieder!“

Nell fing den Skarabäus im Fluge auf und umschloss

ihn zärtlich. Dann schubste sie Rachel grob nach vorne und in Isaacs Arme.

„Da hast du einen schlechten Tausch gemacht“, sagte sie.

In der Zwischenzeit hatte Ahmed einen kühlen Kopf bewahrt, sich blitzschnell gebückt und seine Pistole wieder aufgehoben. Nun richtete er sie auf einen der Gebrüder Baker. Leider hatte der andere Bruder ebenfalls eine Waffe in der Hand, die er wiederum auf Ahmed richtete. Verwirrt sah ich mich um. Alle hatten ihre Pistolen gezückt.

„Sieht so aus, als könnten wir euch in die Tasche stecken“, sagte Nell lächelnd.

„Oder wir euch!“, entgegnete Ahmed.

Es war eine Pattsituation. Aus der sich ein blutiges Massaker entwickeln konnte. Einer der Bakers winkte Velvet Nell zu sich heran. Sie hörte seinen Anweisungen zu, dann wandte sie sich an uns: „Mein Auftraggeber möchte keinen Ärger und keine Fragen. Also lasst uns damit auseinandergehen, dass wir quitt sind.“

„Einverstanden!“, sagte Ahmed, ohne seine Waffe zu senken.

„Und versucht erst gar nicht, uns zu folgen, sagt Mr Baker. Er kämpft zwar prinzipiell nicht gegen Kinder, aber ihr habt euch zu einem fürchterlichen Ärgernis ausgewachsen, und er ist ernsthaft versucht, euch eine anständige Tracht Prügel zu verpassen. Also, schön hierbleiben, klar?“

Und damit schwang sich Velvet Nell auf ihren Hengst. Die anderen machten es ihr nach und wir sahen zu, wie unsere Feinde mit fliegenden Hufen und geschwungenen Pistolen um die Biegung in Richtung Siwa verschwanden.

Rachel löste sich von ihrem Bruder und brummte etwas vor sich hin. Ihre dunklen Augen blitzten über den Knebel hinweg.

„Wie bitte?“ Isaac schaute seine Schwester verständnislos an.

„Sie kann nicht sprechen, du Dummkopf“, sagte ich und beeilte mich, Rachel den Knebel abzunehmen.

Sobald ihr Mund befreit war, ergoss sich ein Wortschwall über uns. Es waren zornige, bittere Worte. Offenbar hatten wir es mit einer ganz neuen Rachel zu tun. „Lasst die Ratten laufen!“, stieß sie hervor.

Ahmed nahm vorsichtig ihre Hand. Und endlich kehrte eine Spur des alten Sanftmuts in ihre Augen zurück. Ich fragte mich, was sie wohl alles hatte erleiden müssen, und konnte nur hoffen, dass dies ihren gutherzigen Charakter nicht zerstört hatte.

„Mach dir keine Sorgen“, murmelte Ahmed. „Wir werden sie nicht verfolgen.“

„Was dann?“ Rachels Hand zitterte in seiner.

„Unsere einzige Hoffnung besteht jetzt darin, schneller zu dem Buch zu gelangen als unsere Feinde.“

32

„Bist du dir wirklich sicher, dass deine Vorfahren das Buch hier versteckt haben?“ Ich schlang mir die Arme um den Oberkörper. Ich hatte ein ungutes Gefühl und wäre am liebsten ganz, ganz weit weg gewesen.

„Still“, flüsterte Ahmed. „Über so etwas sollte man hier nicht sprechen.“

Uralte, von Rissen durchzogene Steinmauern umgaben uns. Seltsame Hieroglyphen und noch seltsamere Zeichnungen zierten das Mauerwerk: eine Krone, ein schwimmendes Bein, Vasen voller Wein, eine Gottheit im Profil. Vom blauen Himmel strahlte die Sonne durch das Loch im Dach des Tempels herein, aber insgesamt war es hier eher düster. Waldo lief dicht neben mir, und seine Nervosität steckte mich an.

„Wisst ihr, was Orakel sind?“, fragte Ahmed.

„Das waren Priesterinnen der alten Welt, meist junge Frauen von adeliger Herkunft“, antwortete ich. „Man glaubte damals, sie seien Sprachrohr der Götter und könnten die Zukunft vorhersagen.“

„Eines der mächtigsten Orakel der Welt hat einst diesem Tempel innegewohnt ...“

Wir sahen uns um. Der verfallene Glanz, die heidnischen Tierfiguren, die Götter an den zerbröckelnden Mauern ... Ja, an diesem Ort schien alles möglich, Wunder jenseits aller Vorstellungskraft.

„Alexander der Große, der griechische Kriegsherr, war vor vielen Jahrhunderten einmal hier.“ Ahmeds Stimme war nur ein Flüstern, als fürchtete er, gehört zu werden. „Er flehte das Orakel um Hilfe an. Und das Orakel sagte ihm, er sei der rechtmäßige Pharao. Also zog er aus und wurde König von Ägypten. Anderen hat das Orakel nicht so viel Glück gebracht. Vor über zweitausend Jahren drohte der persische Eindringling Kambyses damit, das Orakel zu vernichten, weil es ihm nicht sagen wollte, dass er der wahre Herrscher von Ägypten sei. Kambyses sandte sechstausend Soldaten aus, um den Tempel zu zerstören, aber sie verschwanden allesamt in einem Sandsturm. Wurden sie bei lebendigem Leib in der Wüste begraben? Oder flohen sie vor irgendeiner übernatürlichen Macht? Niemand weiß es, denn bis zum heutigen Tag wurde nie eine Spur von ihnen gefunden ...“

„Ein Orakel kann doch keine ganze Armee verschwinden lassen“, sagte Isaac. „Ich meine, sicher, es ist schon etwas merkwürdig hier. Aber übernatürliche Mächte? Wissenschaftlich belegt ist das alles nicht, oder?“

„Die Macht des Orakels ist so groß, dass nur ein Narr sie infrage stellen würde“, erwiderte Ahmed.

Wir waren nur zu fünft hierhergekommen: Rachel, Ahmed, Isaac, Waldo und ich. Ahmed weigerte sich, irgendjemanden sonst in dieses Heiligtum mitzunehmen, und Jabber wollte er schon gar nicht dabeihaben. Also hatten wir unsere Männer und Kamele zurückgelassen. Zumindest konnten sie sich ausruhen.

Der Tempel war auf einer ausladenden Felsnase errichtet worden. Auf dem Weg dahin hatten wir streng darauf geachtet, nicht verfolgt zu werden. Ahmed hatte uns erzählt, dass es noch zwei weitere Tempel gab, die demselben Orakel geweiht waren. Nur diesem aber hätte das Orakel wirklich innegewohnt.

Düstere Legenden rankten sich um den heiligen Ort. Und die wenigen Leute, die den Tempel kannten, machten einen großen Bogen um ihn. Kein Einwohner von Siwa hätte es je gewagt, einem Außenstehenden von seiner Existenz zu erzählen, so sehr fürchteten sie den Fluch.

„Außer euch darf niemand das hier sehen oder davon erfahren“, sagte Ahmed. Er kniete in einer Ecke des Raumes.

Und auf einmal erblickten wir etwas Außergewöhnliches. Ahmed musste einen versteckten Hebel umgelegt oder einen Geheimcode ausgesprochen haben, jedenfalls schob sich plötzlich ein Teil des Bodens zur Seite und gab den Blick frei auf eine nach unten führende, in Stein gehauene Treppe. Es war so dunkel, dass man unmöglich hätte sagen können, wie tief die Stufen hinunterreichten.

„Wir müssen aber hoffentlich nicht da runter?“, fragte ich mit ungewöhnlich piepsiger Stimme. Die Vorstellung, in irgendeiner unterirdischen Kammer gefangen zu sein, kam in mir hoch – und gefiel mir überhaupt nicht.

„Ihr könnt alle hier oben warten, wenn ihr wollt“, antwortete Ahmed. Er holte einen Stock hervor, dessen oberes Ende in Tuch eingeschlagen war, und dazu ein paar Streichhölzer. Mit ruhiger Hand entzündete er die Fackel, die uns alle in ein flackerndes Licht tauchte.

„Nein. Ich komme mit.“ Rachel, die bisher immer die Vorsichtigste von uns gewesen war, war bereits die ersten Stufen hinuntergestiegen. Waldo folgte ihr, dann Isaac, und schließlich auch ich, wenn auch mit wild klopfendem Herzen.

Ahmeds Fackel war nur eine Funzel, sodass wir uns mehr oder weniger nach unten tasten mussten. Die Steinwände waren kalt und feucht. Immer tiefer ging es hinab, bis ich das Gefühl hatte, wir wären in den Kern der Erde vorgedrungen. Schließlich kamen wir unten an. Ein niedriger Tunnel zweigte nach links ab, und Ahmed kroch, ohne zu zögern, auf allen vieren hinein. Wir folgten ihm. Es gab so wenig Sauerstoff, dass jeder Atemzug wehtat. Irgendetwas Weißes knirschte unter meinen Füßen.

Ich schrie auf. Rachel drehte sich nach mir um.

„Was ist denn, Kit?“, zischte sie.

„Nichts“, sagte ich. Aber das war eine Lüge. Ich wusste, worauf ich getreten war. Auf ein Stück von einem alten, längst ausgeblichenen Schädel, der so zerbrechlich war, dass selbst meine leichten Sandalen ihn zerbröckeln konnten. Wem hatten diese Knochen wohl gehört? Einem Priester? Einem Dieb?

Für Mutmaßungen blieb mir keine Zeit, denn soeben hatten wir eine große Höhle betreten, deren Wände und Decke aus zerklüfteten Stein- und Salzgebilden bestanden. Und Wunder aller Wunder – die Höhle schimmerte gelblich, als würde sie von einer unheimlichen Lichtquelle erleuchtet.

„Wie kommt das?“, fragte ich und sah mich fasziniert um.

„Unsere Vorfahren hielten es für eines der Wunder unseres Orakels“, antwortete Ahmed. „Aber du wirst vermutlich eine ganz andere Erklärung dafür haben, Isaac?“

„Wahrscheinlich fällt irgendwie ein Sonnenstrahl herein und wird von einer natürlich glänzenden Oberfläche reflektiert“, sagte Isaac nachdenklich. „Ich frage mir nur, wo das Licht hereinkommt.“

Die Höhle war mit goldenen, bronzefarbenen und zuweilen sogar leicht roten Lichtpunkten gesprenkelt. Ich stellte mir vor, ich sei Ägypterin und lebte vor langer, langer Zeit, zu Beginn der Menschheitsgeschichte.

Bei diesem Anblick konnte man durchaus denken, man habe den Ursprung des Lichts auf Erden gefunden. Ein Licht, das einem die Seele zu erleuchten schien.

„Ich will nicht immer nur an wissenschaftliche Erklärungen glauben", sagte ich zu Isaac. „Das klingt bestimmt dumm, aber manchmal möchte ich einfach an Wunder glauben."

„Ein größeres Wunder als die Wissenschaft gibt es nicht. Ich meine, vielleicht schafft es die Wissenschaft ja sogar eines Tages, eine Zeitmaschine zu erschaffen, mit der wir ins Zeitalter der Pharaonen zurückreisen können."

„Das wird sicher nie geschehen."

Isaac wandte sich ab. Ahmed achtete schon längst nicht mehr auf uns und hatte bereits angefangen, nach dem Buch zu suchen. Aber nirgendwo war ein Hinweis darauf zu sehen. Keine große Truhe, in der das Buch vor Sonnenlicht und Staub geschützt gewesen wäre. Kein auffälliger Stein, der auf das Versteck hingedeutet hätte.

Aber dann, ganz plötzlich, sahen wir es alle gleichzeitig. Auf einem Steinvorsprung nur knapp über unseren Köpfen lag, in ein staubfarbenes Tuch gewickelt, ein kleines Paket. Etwas, was geradezu mit der Farbe der Felsen verschmolz. Ahmed streckte die Hand danach aus ...

„Halt!", rief eine Stimme.

Wir waren nicht allein. Sie krochen aus dem Tunnel

ins Licht der Höhle: Velvet Nell, Bender Barney, Ali und schließlich auch die beiden geisterhaften Gebrüder Baker. Sie alle hatten Waffen in der Hand, die sie nun auf uns richteten.

„Hier haben Waffen nichts zu suchen“, sagte Ahmed, und seine Stimme bebte vor Wut. „Dies ist ein heiliger Ort.“ Und an seinen Vetter Ali gewandt fügte er hinzu: „Das solltest du am besten wissen.“

„Alles nur Aberglaube“, gab Ali höhnisch zurück. „Das Problem hatte auch schon immer dein Vater. Und wie ich sehe, hast du diese Familienkrankheit geerbt.“

„Wir haben die Waffen, mein Lieber, also bestimmen wir auch die Spielregeln“, sagte Velvet Nell.

„Soll ich sie fesseln?“, fragte Bender Barney eifrig, der es offenbar kaum erwarten konnte, Hand an uns zu legen.

„Erst mal durchsuchst du sie. Ali, hilf ihm“, sagte Nell. „Ich will sicher sein, dass sie nicht bewaffnet sind.“ Ihr schöner Mund verzog sich zu einem purpurroten Lächeln, das ihre perlweißen Zähne entblößte. Sie genoss das alles sichtlich. „Ich gebe zu, am liebsten hätte ich euch allesamt um die Ecke bringen lassen, aber meine Auftraggeber sind helle Köpfe. Lasst sie laufen, haben sie gesagt. Sie werden uns zu dem Buch führen. Wenn wir schlau sind, führen sie uns schnurstracks zum Schatz.“

„Ihr Dummköpfe!“, stieß Ahmed hervor und zuckte zusammen, als Ali ihm bei der Leibesvisitation im Vorbeigehen einen Schlag verpasste. „Hättet ihr den Skarabäus entziffert, würdet ihr das Geheimnis längst kennen."

„Pass bloß auf, was du redest, Großmaul!", knurrte Bender.

„Ja, wir hätten es schaffen können", sagte Ali. „Ich hab die Hieroglyphen entziffert, aber ich war mir nicht ganz sicher. Außerdem, wie ich zu Mr Baker schon sagte, wieso sollen wir uns selbst den Kopf zerbrechen? Ist das Buch hier, ist es dort? Wieso sollen wir uns das Gehirn krumm denken, wo ihr uns ja auch einfach hinführen könnt?"

„Genug geplaudert!", ging einer der Gebrüder Baker plötzlich dazwischen. Zumindest hatte sein Mund sich bewegt und Worte in die Höhle hinausgespuckt.

„Ganz recht. Nehmen Sie das Buch!", wandte sich der andere Bruder an Velvet Nell.

Nell zögerte, und Ahmed stöhnte auf.

„Nehmen Sie's!", drängte der Bruder. „Los, nehmen Sie's, und wir sind sofort hier draußen."

„Sie darf es nicht berühren!", sagte Ahmed. „Sie ist eine Ungläubige."

Nell sah für den Bruchteil einer Sekunde zu ihm hin. Über ihrer Oberlippe zuckte fast unmerklich ein kleiner Nerv, aber ansonsten war ihr Gesicht so schön und glatt wie das einer Marmorbüste. Dann schob sie sich auf den Felsvorsprung zu, auf dem das Buch lag. Hilflos mussten wir mit ansehen, wie sie die Hand nach oben streckte. Mir war, als hätte uns Isaacs Fantasie-Zeitmaschine unter einen Fluch gestellt: Jede Sekunde fühlte sich an wie eine Stunde, als Velvet Nell sich auf die Zehenspitzen stellte und ihren wohlgeformten Arm nach dem Buch reckte.

Dann hatte sie es. Der kostbare Schatz lag in ihrer Hand. Sie wickelte das alte Buch aus den schimmeligen Tuchlagen, in die es eingeschlagen war, und ließ diese achtlos zu Boden fallen. Jetzt lag das Manuskript nackt und bloß in ihren Händen.

Juwelengleich glänzten die Hieroglyphen, die auf dem Papyrus prangten. Die Weisheit aus den frühesten Anfängen der Menschheitsgeschichte, die Magie des aufknospenden Geistes, sie war entblößt. Sie stammte aus einer Zeit, in der der Mensch den großen Naturwahrheiten näher gewesen war, der Ursprache aller Lebewesen. Hier lag sie nun direkt vor uns.

„Na bitte. Nur ein harmloser Stapel altes Papier“, sagte Nell grinsend.

„Lassen Sie es fallen!“, sagte Ahmed. „Sonst wird das Buch Sie vernichten.“

„Ich bin eine moderne Frau“, entgegnete Velvet Nell. „Ich glaube nicht an Flüche und den ganzen Unsinn. Wieso sollte ich ...“

Aber dann brach sie plötzlich ab. Angst stand ihr ins Gesicht geschrieben. Rachel griff nach meinem Arm. Ein pfeifendes Geräusch stürmte von allen Seiten auf uns ein, unter der Höhlendecke wirbelte Staub herum.

„Chamsin“, raunte Ahmed uns zu.

Ich starrte ihn verständnislos an.

„Der Schirokko. Ein Wüstensandsturm. Bindet euch die Tücher vor Mund und Nase, sonst werdet ihr ersticken!“

Er zeigte Rachel, wie sie ihr Tuch wickeln sollte, während ich mir meins hastig um den Kopf schlang. Von den tödlichen Schirokkos hatte ich schon gehört. Messer aus Sand, die Mensch und Tier blendeten. Der Wind konnte bis zu fünfzig Meilen pro Stunde schnell werden und ganze Paläste aus Sand auftürmen, die in der Luft schwebten. Wurde man davon getroffen, konnte man regelrecht enthäutet werden.

Die Gebrüder Baker, Ali und Bender Barney taumelten auf den Tunnel zu. Anscheinend war ihnen nicht bewusst, in welch großer Gefahr wir uns befanden. Ich wollte ihnen folgen, aber Ahmed hielt mich zurück.

„Wir könnten bei lebendigem Leib begraben werden“, zischte ich. Die Höhle war längst voll goldener Sandkörner, die um uns peitschten und es unmöglich machten, weiter zu sehen als einen Meter.

„Da!“, rief Ahmed, und alle Köpfe wandten sich Velvet Nell zu.

Ihr Gesicht wand sich in Schmerzen, aber ihre Füße rührten sich nicht vom Fleck, als wären sie am Boden festgeklebt. Sie öffnete die purpurfarbenen Lippen und spuckte etwas aus – Speichel und ... Sand! Zwischen Faszination und Entsetzen sahen wir zu, wie sie wieder

Sand ausspie. Wie war das möglich? Hatte sie den Sand vorher geschluckt? Wenige Augenblicke später erbrach sie einen richtigen Sandschwall.

Währenddessen tobte der Schirokko um uns herum, und immer mehr Sand strömte aus Velvet Nells Mund. Es war, als wäre sie der Ursprung des Sturms! Mit wüstentrockener Kehle würgte sie den Sand hervor, unfähig, ein Wort herauszubringen.

„Hilfe!“, schrie sie schließlich. Zumindest hörte es sich danach an, aber bei der Menge an Sand, die aus ihr herausschoss, war es kaum möglich, sie zu verstehen. Die Starre, die sie an Ort und Stelle festgehalten hatte, löste sich, und Velvet Nell brach am Boden zusammen. Ihre Arme schwangen wild nach allen Seiten. Sie war das Zentrum eines geradezu biblischen Sturmes, Sandwirbel fegten um sie herum. Und dann begann der Sand sie langsam zu begraben, erst bis zur Hüfte, dann bis zur Brust. Wie besessen hielt Velvet Nell weiterhin das Buch umklammert, reckte es starr über die ansteigenden Sandmassen nach oben.

„Sie hat die Geister beleidigt!“, rief Ahmed. „Sie ist verflucht!“

Ali raunte einem der Bakers etwas zu. Daraufhin wandte sich der Mann um und richtete sich an Ahmed, wobei er sich die Augen mit einer Hand vor dem Sand abschirmte.

„Vergiss sie“, sagte er zu Ahmed und richtete seine Waffe auf ihn. „*Du* nimmst das Buch.“

„Nein. Wir müssen die Frau retten. Der Sand wird sie sonst zerquetschen ..."

Mr Baker entsicherte die Pistole und drückte Ahmed die Mündung an den Hals: „Jetzt!"

Ahmed gehorchte. Von sich windenden Sandschlangen umgeben, die ihn für mich beinahe unsichtbar machten, schob er sich auf Velvet Nell zu, die mittlerweile beinahe zur Gänze begraben war. Nur noch ein nackter Arm ragte aus dem Sandhügel hervor, die Finger in tödlicher Umarmung um das Buch gekrallt.

Rachel rannte auf Ahmed zu und versuchte ihn zurückzuhalten, aber er bewegte sich wie ein Schlafwandler. Der Sand war überall, bohrte sich in meine Augen und in jede Pore meiner Haut. Es tat so weh, dass ich am liebsten geschrien hätte.

Ahmed versuchte, Nell das Buch zu entwinden, doch im Todeskampf hatte ihre Hand den Schatz noch fester umklammert. Schließlich bog er ihr die Finger einen nach dem anderen nach hinten, bis die Hand schließlich erschlaffte und das Buch freigab. Vorsichtig hielt Ahmed den Papyrus. Beinahe rechnete ich damit, dass er nun auch genau wie Velvet Nell von einer Sandsäule eingewickelt werden würde.

Aber nichts geschah. Ahmed konnte sich frei bewegen. Gemeinsam rannten wir alle zur Tunnelöffnung, wobei wir in der Hast übereinander stolperten. Ahmed tauchte als Erster in den Tunnel, dann folgten wir. Ali, die Gebrüder Baker und Bender Barney bildeten die

Nachhut und hielten uns mit ihren Waffen von hinten in Schach. Wir krochen durch den Schacht und taumelten dann die Steinstufen in den Tempel hinauf. Und – Wunder über Wunder – hier war vom Sandsturm nicht das Geringste zu sehen. Die Luft war klar und frisch, Sonnenlicht strömte durch die zerborstene Decke, und bis auf eine leichte Brise war alles ruhig. Kaum zu glauben, dass ein Stück unter uns ein tödlicher Sandwirbel Velvet Nells Leben eingefordert hatte.

Hustend traten die Gebrüder Baker aus dem Geheimgang, dicht gefolgt von Barney. Einer der Bakers baute sich vor Ahmed auf und streckte die Hand aus. Aber das Buch war verschwunden. Hatte Ahmed es in seinem Gewand versteckt?

„Nicht so schnell, guter Mann", polterte plötzlich eine altvertraute Stimme los.

Tante Hilda! Mit arabischen Hosen und einem orangefarbenen Turban bekleidet, kam sie hinter einer Säule hervor, und ihre Pistole war auf Baker gerichtet. Einen Augenblick lang starrte er sie entsetzt an. Hinter ihr kam Gaston Champlon zum Vorschein, mit Tropenhelm und adrettem cremefarbenen Leinenanzug.

„Wie kommt ihr denn hierher?", platzte ich verblüfft heraus.

„Ihr habt uns schön an der Nase herumgeführt", sagte Tante Hilda. „Aber zum Glück hat sich mein französischer Begleiter hier von den Fährtenlesern einige Tricks abgeschaut." Sie wandte sich an die Gebrüder Baker. „Ich muss sagen, Ihre Unehrlichkeit enttäuscht mich zutiefst ... Au!“

Es knallte, und Blut tropfte plötzlich von Tante Hildas erhobener Hand. Überrascht starrte sie darauf, als könnte sie nicht begreifen, was da passierte. Die Pistole war ihr aus der Hand gefallen. Ali drückte ein zweites Mal ab. Waldo, Ahmed, Rachel und ich warfen uns zu Boden. Ein wahrer Kugelhagel sirrte nun über unsere Köpfe hinweg. Bender Barney, die Gebrüder Baker, Ali und Gaston – alle feuerten aufeinander los. Ich hob vorsichtig den Kopf und sah, dass Champlon trotz der feindlichen Übermacht im Vorteil war. Er stand allein gegen vier, aber er tänzelte geschmeidig hin und her, und jede seiner Kugeln traf. Seine Augen funkelten erregt. Er schoss so, dass er niemanden tötete, nur außer Gefecht setzte. Seine Feinde nahmen nicht so viel Rücksicht.

Wenige Augenblicke später war die Schlacht zu Ende. Blut sickerte an Barneys Bein hinunter, sein Hemd war blutbefleckt. Einer der Brüder hatte einen verwundeten Arm, und alle waren von Champlons gezielten Schüssen entwaffnet worden.

Zu meinem Entsetzen sah ich, dass Ali mit dem Rücken zur Wand am Boden kauerte. Mit einem Arm bedeckte er sein Gesicht, in der anderen Hand hielt er immer noch eine Pistole. Auf den ersten Blick hätte man meinen können, er hätte sich nur hingekauert, um Schutz zu suchen, aber seine Kleidung war von oben bis unten mit Blut verschmiert. Dann sah ich das Loch, klein und rund, das eine Kugel in seinem Körper hinterlassen hatte. Ich wollte schon Champlon Vorwürfe machen, doch in diesem Moment ließ Ahmed seine Waffe fallen. Er ließ sie los, als hätte er sich die Finger daran verbrannt, und wandte sich ab, ohne mir in die Augen sehen zu können.

Champlon fegte wütend die Gebrüder Baker an: „'aut ab, bevor isch mich vergesse, ihr faulen Tomaten!“ Er wedelte mit seiner Pistole durch die Luft. „Welsch Narr isch war, eusch jemals zu vertrauen!“

„Meint er treulose Tomaten?“, raunte Waldo mir zu. Alis Leiche hatte er offenbar noch nicht bemerkt. Ich nickte. Sprechen hätte ich nicht gekonnt, meine Kehle war wie zugeschnürt.

„Weg mit eusch!“, schrie Champlon.

Einen Augenblick blieben die Bakers wie angewurzelt stehen, als warteten sie darauf, dass ein Wunder geschieht. Doch ihre Situation war hoffnungslos. Sie waren verwundet, entwaffnet und standen einem Mann gegenüber, der mit seiner Pistole regelrecht zaubern konnte. Die Brüder sahen einander an. Und gaben sich damit ein geheimes Signal, das sonst niemand deuten konnte. Ohne ein weiteres Wort wichen sie schließlich zurück. Barney folgte ihnen wie ein geprügelter Hund.

Als sie den Tempel gerade verlassen wollten, stieß Tante Hilda ein explosives Schnauben hervor. „Haben Sie nicht etwas vergessen, Mr Baker?“

Die Brüder wirbelten gleichzeitig herum wie zwei Marionetten, die von denselben Schnüren gesteuert werden.

„Einen Skarabäus, ungefähr so groß." Sie reckte ihren stummeligen Daumen hoch. „Liegt wahrscheinlich in Ihrer Tasche."

„In seiner." Ich zeigte auf den Bruder, der weiter weg von uns stand. „Er hat eine Geheimtasche in sein Jackett einnähen lassen."

Der Mann wandte sich mir zu. „Sie halten sich wohl für sehr schlau, Miss Salter", presste er zornig hervor.

Ich zuckte mit den Schultern.

„Aber das Spiel ist noch nicht zu Ende. Noch lange nicht. An Ihrer Stelle wäre ich nach der Rückkehr nach England sehr vorsichtig."

Tante Hilda hörte nicht auf seine Drohungen. Sie stapfte auf ihn zu und tastete erst auf der einen, dann auf der anderen Seite an seinem Jackett herum. Reglos stand der Mann da. Schließlich riss meine Tante mit einer schnellen Handbewegung das Jackenfutter auf – und eine Sekunde später lag der Skarabäus flach auf ihrer Hand. Nur ein kleiner dunkler Kieselstein, aber was für ein kostbarer!

Stumm starrten Baker und meine Tante den Skarabäus an – meine Tante triumphierend, ihr Gegner mit unendlichem Verlangen im Blick. Er begehrte diesen unscheinbaren Gegenstand, begehrte ihn von ganzem Herzen.

„Nehmen Sie's nicht zu schwer", sagte Tante Hilda mit einem verächtlichen Lächeln zu ihm. „Das ist rein geschäftlich. Gegen Sie persönlich habe ich nichts." Sie machte eine kleine Pause. „Zumindest nichts, was ich in der Gesellschaft junger Damen wiedergeben sollte."

Der Mann erzeugte ein seltsames Geräusch. Es kam tief aus seiner Kehle. Und dann spuckte er meine Tante an. Vor Empörung wie eingefroren, starrte sie ihn an. Der Speichel troff von ihrem Turban. Dann drehte sich Baker auf dem Absatz um und stampfte davon.

„Manieren wie ein Stinktier!" Tante Hilda nahm ihren Turban vom Kopf und schüttelte den Speichel ab.

Wir sahen zu, wie die Halunken sich zurückzogen. Ihre cremefarbenen Anzüge verschmolzen mit dem gleißenden Sonnenlicht.

Aber mir ging noch etwas anderes durch den Kopf. „Woher wusstest du von dem Skarabäus, Tante Hilda? Das haben wir doch die ganze Zeit geheim gehalten!"

Meine Tante tätschelte mir tröstend den Arm. Ihre Augen hatten ausnahmsweise etwas Sanftmütiges. „Du warst schon immer eine schlechte Lügnerin", sagte sie.

„Das stimmt nicht!", wimmerte ich. „Wir haben dich doch mühelos hereingelegt."

„Kit, meine Liebe, ist dir vielleicht mal der Gedanke gekommen, *ich* könnte *dich* hereingelegt haben?"

Epilog

Offenbar waren wir alle in ein dichtes Netz aus Geheimnissen und Lügen verstrickt gewesen. Jeder von uns Skarabäusjägern hatte eine Maske getragen. Ahmed hatte aus Sorge um das Leben und die Ehre seines Vaters gelogen, andere waren von Habgier oder Ruhmsucht getrieben gewesen. Ich möchte meine Tante nicht zu streng beurteilen. Trotz allem bewundere ich sie nämlich. All die jungen Frauen, die der Meinung sind, ein Ausflug zum Schneider sei der Gipfel des Abenteuers, sollten sich an ihr ein Beispiel nehmen.

Dennoch stand uns nun eine schwere Entscheidung bevor. Sollten wir sie und ihren Begleiter Gaston Champlon in das Geheimnis des Buches von Ptah-Hotep einweihen? Wenn wir das taten, würde das Buch außer Landes gebracht und in einem weit entfernten Museum weggesperrt werden. Außerdem glaubte Ahmed daran, dass sein Stamm weiterhin vom Unglück verfolgt sein würde, wenn er zuließ, dass das Buch und der Skarabäus verloren gingen.

Oder sollten wir das Buch irgendwo vergraben?

Am Ende war es Ahmed, der über das Schicksal des Schatzes und des Skarabäus entschied. Er schloss mit Tante Hilda ein Tauschgeschäft ab: Er bekam den Skarabäus und Tante Hilda dafür etwas, was für sie viel kostbarer war: den Papyrus-Umschlag, der Ptah-Hoteps Manuskript geschützt hatte. Er war wundervoll, mit Vögeln, Tieren und Hieroglyphen verziert. Und von unschätzbarem Wert. Tante Hilda und Champlon versprachen, ihn dem Pitt Museum zu spenden, und ich war darüber vor Freude ganz außer mir. Denn das würde meinen Vater glücklich machen und seiner Leidenschaft für die ältesten Bücher der Welt die Krone aufsetzen.

Der Skarabäus, Sitz der Seele von Ptah-Hotep, wurde später von Ahmed an einem geheimen Ort vergraben. Natürlich zusammen mit dem heiligen Gegenstand, der in den Papyrus-Umschlag eingeschlagen gewesen war – dem ältesten Buch der Welt.

Damit hatte Ahmed seine Pflicht erfüllt. Und doch war er nicht glücklich. Niemand konnte sagen, durch wessen Kugel Ali gestorben war; das Gefechtschaos im Tempel war einfach zu groß gewesen. Aber Ahmed war sich sicher, dass er ihn getötet hatte. Und obwohl er seinen Vetter verabscheute, weil dieser seinem Vater das Herz gebrochen hatte, war er doch Teil der Familie gewesen. Ahmed war kein Mörder, und er litt sehr unter Alis Tod.

Als wir nach langen Tagen wieder in Memphis ankamen, erfuhren wir, dass Ahmeds Vater in der Zwischenzeit gestorben war. Die Begräbniszeremonie war ebenfalls schon abgehalten worden. Ahmed war am Boden zerstört, und es fiel uns unsagbar schwer, uns von ihm zu verabschieden. Für Rachel war es wohl am schwersten, schließlich hatte sie Ahmed seinerzeit als vermeintlichen „Straßenjungen" unter ihre Fittiche genommen und seither sehr ins Herz geschlossen.

Vielleicht sehen wir Ahmed ja irgendwann wieder, wer weiß? Aber erst einmal mussten Waldo, Isaac, die gute Rachel und ich in Gesellschaft von Champlon, Jabber Jukes und meiner triumphierenden Tante nach Hause zurücksegeln. Zurück nach Oxford, ins Land der Nieselregennachmittage, des schwachen Tees und der Unterrichtsstunden bei meiner gefürchteten Gouvernante, Miss Minchin. Die Standpauke, die Waldo bei unserer Heimkehr von seiner besorgten Mutter erhielt, und die ganz ähnliche Standpauke, die Rachel und Isaac sich von ihrem Vormund anhören mussten, erspare ich euch lieber. Mein lieber Vater – er sah bei unserer Ankunft aus, als hätte er sich während der ganzen Zeit kein einziges Mal die Haare gekämmt – war über die Entdeckung von Ptah-Hoteps Buch jedenfalls so verblüfft, dass er völlig vergaß, mich zu bestrafen. Um ehrlich zu sein, finde ich es zwar wunderbar, Abenteuer zu erleben, aber hinterher nach Hause zu kommen, ist fast noch schöner.

Ich hatte alle Hände voll zu tun. Ich musste Papa dazu zwingen, endlich mal wieder ein Bad zu nehmen, ich musste Waldos hysterische Mutter beruhigen und unseren Haushalt wieder in Schuss bringen. Aber wichtiger noch: Ich musste Jabber Jukes eine anständige Stelle besorgen und die spärlichen Überreste des Velvet Mobs mit Tante Hildas Hilfe der Polizei melden. Das war ich dem armen Grünschnabel Baruch und seiner Verlobten Sara Zwingler schuldig.

Es dauerte nicht lange, da waren die Erinnerungen an den gleißend hellen ägyptischen Sand beinahe verblasst. Aber was war mit den beiden Herren – ich spreche natürlich von den Gebrüdern Baker –, die uns so viel Ärger gemacht hatten? Sie hatten es schwer, Siwa und der Höhle des Orakels zu entkommen.

Waren sie einem Fluch unterworfen?

Wer kann das schon so genau sagen? Man könnte das Unglück, das ihnen in den darauffolgenden Wochen zustieß, als unglückliche Verkettung von Zufällen bezeichnen. Tatsache ist jedenfalls, dass ihnen jede Menge seltsamer Dinge passierten. Auf der Fahrt durch das Mittelmeer schlug ihr Schiff leck und sie überlebten nur deswegen mit knapper Not, weil ein vorbeikommendes Dampfschiff sie und ihr Rettungsfloß aus dem Meer fischte. Nach ihrer Rückkehr brannte ihr Schloss in Cornwall völlig aus, und es gibt Gerüchte, Dutzende ihrer kostbaren Gemälde und Statuen seien dabei vernichtet worden. Und nur einen Tag später wachte einer der Brüder mit einer merkwürdigen Hautkrankheit auf, die seinen Körper mit gelben, schwärenden Pusteln überzog und im Volksmund als „Mumienbiss“ betitelt wurde. Manche sagen, der Mann sei längst daran gestorben, andere behaupten, er klammere sich noch an sein mickriges Leben. Jedenfalls sprang das Unglück auch auf andere Leute über, die mit den Gebrüdern in Verbindung standen. Es heißt, einige ihrer Geschäftspartner hätten sich ebenfalls mit dem „Mumienbiss“ angesteckt.

Mittlerweile spricht kaum noch jemand den Namen der Gebrüder Baker aus. Irgendwie erfasst einen dann immer eine Grabeskälte. Ich weiß nicht, ob sie wirklich einem Fluch erlegen sind. Aber ich glaube fest daran, dass sie sich damals, an jenem schicksalsträchtigen Tag in Siwa, durch ihre Habgier den Zorn uralter, gewaltiger Mächte zugezogen haben. Gewaltiger Mächte, die man besser in Ruhe lassen sollte.

© Paul Rutman

Natasha Narayan
wurde in Bangalore in Indien geboren.
Im Alter von fünf Jahren kam sie nach England.
Heute lebt sie als Journalistin in Oxford
und schreibt unter anderem
für den Observer und die Daily Mail.